KB158370

낭독은
인문학
이다

발행일  | 2014. 2. 25
글쓴이 | 김보경
펴낸이 | 김태완
펴낸곳 | 현자의 마을
총편집 | 맹한승
출판등록 | 410-82-20233 2012. 12. 17
주소  | 506-357 광주광역시 광산구 박호등임로 485

전화 | 062)959-0981
팩스 | 02)712-0288

값 16,000원
ISBN 979-11-951244-2-8  03800

낭독은
인문학
이다

지은이
김보경

# 행복한 낭독자의 삶을
# 나누고 싶다

추운 겨울이 지났다. 날이 풀리고 눈이 녹자, 드디어 봄이 오나보다. 간절히 봄이 기다려진다. 남은 인생이 기지개를 켜게. 사랑스런 나비도 돌아오고.

번거로운 일들을 떨치지 못한 채 아등바등 서둘러 만든 이 책이 얼마나 봄 기분에 어울릴지, 독자들의 흥을 깨지나 않을지 두려운 마음이 앞선다. 남이 쓴 책을 읽으면서 눈이나 흘기고 거품이나 물었는데, 정작 내가, 눈이 벌게져서 쓴 밤샘 글을 책이라는 형태로 묶어, 자, 이제 마음껏 씹어 보시오, 하고 내놓게 되다니, 아이구머니나다. 정말이지 엄살이라도 미리 떨어서 비난을 면하고 싶다. 나로서는 가장 두려운 책, 읽기 싫은 책 한 권이 드디어 세상에 나온 셈이다. 그러나 뭐 어쩌겠는가. 누구나의 인생이 그렇듯.

이 책은 독서 낭독에 대한 책이다. 자랑이나 계몽이라기보다는 자기고백이나 경험담, 간증에 가까운 책이다. 4년 7개월. 두껍거나 어렵거나 고전이거나, 아무튼 혼자서는 읽기 어려운 책을 함께 어울려 낭독하는 북코러스 모임이 지속되어 온 기간이다. 이번 주에도 월요일 7시 30분에 모여 두꺼운 책을 낭독했다. 눈이 펄펄 내리고 한파가 닥쳤어도 10명 이상은 꾸준히 참석한다. 평균 15명 정도가 모인다. 경기가 어려워져 회사 생활이 빠듯해진 회원들은 가끔 불참하면서 더 자주 참석하고 싶어 안달이다. 함께 목소리를 나누니 인생도 나누어진 듯 서로에게 살가운 느낌을 많이 가지고 있다. 미녀들은 외모처럼 뇌도 아름답기를 원한다. 얼굴 예쁘다처럼 똑똑하고 현명한 여자다, 칭찬받기를 바란다. 이런 원초적인 이유로, 우리 모임은 두껍고 어려운 책을 읽는 모임에 미녀가 모일 리 없다는 편견을 보기 좋게 깨고 있다. 목소리 좋은 남자들은 미남이 아니어도 매력적으로 취급받는 게 또 북코러스 모임이다. 이래 저래 4년 7개월, 아니 이 글을 쓰고 있는 시점으로는 4년 9개월, 햇수로는 6년을 어떻게 지속해 왔을까. 그 분명한 이유는 모르겠다. 하지만 나나 너나, 우리 모두 열심히 읽어 왔다. 회원들은 호기심이 많다. 탱고도 추고 칼럼도 쓰고 여행도 다닌다. 강연도 다니고 글쓰기도 배우며 페이스북도 열심이다. 객주낭독회라는 모임의 여성들은 한겨울 등정을 밥먹듯 하는 분이 있는가 하면 연극, 콘서트, 공연, 인문학 강연을 찾아 다니며 인생을 채운다. 밤낚시 매니아 생활을 청산하고 조용히 책이나 읽자는 분이 있는가 하면 예순 가까운 나이에도 일본어를 배우면서 엔카 공부를 하는 분도 있다. 《둔황의 사랑》《협궤열차》의 작가 윤후명 선생에게 소설 공부를 하는 분들도 있다.

독서낭독을 하는 사람들은 삶을 매우 열정적으로 살고 있는 셈이다. '이등병의 편지'를 작사 작곡해서 김광석에게 주었던 가수 김현성 님도 북코러스의 멤버이며 객주낭독회 회원들과 친하게 지내는 분이다. "독서낭독 회원들에게는 각자의 진동이 느껴진다"고 말했다. 인간은 나름의 '진동을 가진 존재'라는 걸 깨닫게 해주는 말이다. 미래탐험가 이준정 박사님은 "21세기는 과학과 인문학의 통합의 세기다"라고 말한다. 우리가 읽은 《코스모스》나 《총, 균, 쇠》《신화의 이미지》, 곰브리치의 《서양 미술사》《거의 모든 것의 역사》 등의 책들이 전부 문학이기도 하다는 통찰을 주는 말이다.

나는 이 분들과 함께한 오랜 시간을, 그 즐거운 경험과 뿌듯한 마음을 이 책에 얼마나 담아 냈을까? 중뿔난 자기자랑에 매몰시키지는 않았을까? 주관적인 외골수 주장으로 본뜻을 왜곡하지는 않았을까? 설령 그랬다면, 그것은 내 박약한 글재주 때문일 것이다.

이 책을 통해서 '독서낭독'에 호기심을 갖는 독자들이 생긴다면 정말 기쁘겠다. 인문학이 밥이 되고 문학이 경제가 되는 시절이 슬슬 다가오고 있다. "출세나 대박보다 교양이 목적"이라는 20~30대들이 늘고 있다. 술이나 담배보다 독서가 좋다는 40~50대들도 제법 있다.

낭독은 인문학자, 문학인, 평생 독서인, 교양인이 되는 가장 쉽고 편한 방법이다. 떠벌 떠벌 낭독하면서 사는 즐거운 인생, 이 험한 세상에 우리가 택할 가장 편리한 행복이다. 행복한 낭독자의 삶. 그것이 이 책의 진짜 주제이다. 누가 뭐라겠는가.

—2014년 2월 12일, 신촌기차역 '문학다방 봄봄'에서….

책 속엔 저자가 체험하고 생각한 일들이 고스란히 담긴 세상이
다. 우리는 그 내용이 풍기는 의미와 영감에 탄복하면서 상상의 세계를 ○
한다. 저자의 감상과 의지를 좀 더 체감하고 싶다면 여럿이 함께하는 낭○
제격이다. 문장을 읽어 전해지는 이야기 소리와 눈 아래서 흘러가는 문○
흐름이 겹쳐져 리듬과 음률이 어우러진 교향곡이 연출되고, 그 속에서 서
의 생각을 공유하는 마술을 체험하게 된다. 코러스는 소리의 울림인 동시
마음의 떨림이다.

## PART 01

조용히
혹은
시끄럽게

2011년, 쑹훙빙 강연회
《코스모스》 강연회
북코러스 낭독 현장

# 독서 낭독 클럽,
# 북코러스

처음부터 딱히 정해진 것은 없었다. 모든 게 즉흥적이고 순간적인 착상이었다. 2008년 봄쯤 서대문구 대현동 이화여대 앞에 대규모 쇼핑센터가 들어섰다. 쇼핑센터 주인은 그 안에 채울 게 마땅치 않던 차에 인터넷 커뮤니티들을 활용하기로 마음먹었다. 손님을 끌어 모으기 위한 전략이었다. 여러 커뮤니티들이 그곳에서 모임을 열었고, 나도 들락거리게 되었다. 당시 블로그에 관심이 많던 나는 블로그 만드는 법을 배우고 있었는데, 마침 모임 장소가 그곳이었다. 모임에 열심히 참석하면서 블로그 만들기에 재미가 들 무렵, 한 가지 생각이 떠올랐다. 장소도 거의 공짜로 확보했겠다, 콘텐츠만 집어넣으면 되는데…. 그런 생각 끝에 떠오른 게 바로 독서 모임이었다. 하기는 당시 나는 인터넷 시대, 웹 시대의 개막과 더불어 진즉에 매료되었던 앨빈 토플러 선생의 예견에 깊이 공감하고 있던 터였다. 낡은 생각을 버리고 오직 미래에 닥쳐올 일들을 예측해서 합리적이고 명징하게 살아가야 한다는 이상한 소신에 빠져 있던 시절이었다. 아닌 게 아니라 당시 세상은 매우 뒤숭숭했다. 미래를 예측하기는커녕 한 치 앞도 내다보지 못할 만큼 안개 같은 시대가 시작되었다.

경기는 곤두박질이고, 일자리는 좀처럼 늘어나지 않았다. 오죽하면 이대 앞, 황금 상권에 지어놓은 어마어마한 규모의 집합상가 하나가 임차인을 못 채워서 두 개 층 전체를 정체불명의 인터넷 커뮤니티에 내주겠다는 발상을 했을까. 경기가 이렇게 민감하게 곧바로 실생활에, 내 피부에 와 닿는 지경으로 자본주의는 첨단을 달리고 있었다. 하지만 자본주의의 그 끝에 무엇이 있을지는 아무도 모른다. 쑹훙빙이 《화폐전쟁》에서 비관적으로 내다보듯 하이퍼인플레이션의 망령에 시달리다가 폭동과 테러로 얼룩지다 끝내 멸망할 것인가, 아니면 신자유주의자들의 호언장담대로 디지털 과학기술 혁명을 거쳐 화려하게 부활할 것인가 알 수 없었다. 아무튼 당시는 서브프라임 모기지 사태라는 미국발 금융 위기가 세계를 뒤흔들더니 급기야 한국은행이 본원통화를 찍어내어 금융경기를 부양하는 사태까지 가던 시절이었다.

당시 기업들은 수출이 잘 돼 돈을 많이 벌고 있었는데, 금융 시스템의 불안으로 신규 투자를 하지 않고 있었다. 따라서 시중 경기는 곤두박질친 가운데 회복될 기미를 보이지 않고 있었다. 원인은 미국발 신용위기였다. 국내적으로 어찌해볼 도리 없는 외부 변수이다. 세계 경제의 중심축인 미국의 은행들이 서브프라임 모기지 사태로 휘청하다 보니 아시아 시장, 특히 한국증권시장에 투자해놓았던 돈들을 빼서 안전자산으로 옮겨놓는 흐름이 계속되었다. 거의 3 : 3 : 3으로 한국증권시장을 떠받치고 있는 외국인 투자자, 기관 투자자, 개인 투자자 중 외국인 투자자들이 엑소더스 코리아를 하고 있는 형국이었다. 증시가 휘청거린다는 것은 기업의 자금 조달 통로가 막힐 조짐이 있다는 것이고, 기업의 재테크 수단이 제한된다는 것이고, 자금 조달이 막힌 기업의 미래가 불투명하다는 것이다. 그렇다면 은행도 빌려준 돈을 빼낼 궁리를 하면서 기업의 숨통을 죄게 된다. 엎친 데 덮치는 사태가 일어나는 것이다. 돈이 없어서가 아니라 돈이 굴러가는 규칙이 제한되고 통로가 막힘으로써 나타나는 불가피한 현상이다.

이러다 보니 인터넷 커뮤니티에는 백수가 넘쳤고, 그들은 눈이 빛나거나 흐리멍덩하거나 막론하고 다들 모여 앉아 앞날 걱정을 하고 있었다. 걱정은 백수들만의 몫이 아니었다. 월급쟁이들도 앞날이 걱정되긴 마찬가지였다. 언제 쫓겨날지 모른다는 불안감에 시달렸고, 그 불안을 떨치려 자기계발에 몰두하는 직장인들이 기하급수적으로 늘어나고 있었다. 나도 그중 한 사람이었으려나? 하지만 나는 업계와 직장을 여러 번 옮겨 다니면서 일종의 달관의 경지에 빠져 있었다. 재테크 잡지 기자에 이어 기술 벤처와 인터넷 부동산 벤처 회사 등을 거치며 모질게 터득한 것은, 조직은 아주 못되고 세상은 매우 부조리하다는 것이다. 열심히 성과를 내도 축하와 찬사가 돌아오는 게 아니라 불안의 씨앗이 되어 좋지 않은 결과로 되돌아오는 이상한 문화. 그것이 한국 조직들의 병폐이고 고질병이었다. 이런 부조리를 이곳저곳에서, 때론 잘 아는 대학 선배나 친구 또래에게도 느끼다 보니 어지간한 인간들은 별 수 없이 망가지는 게 이 세상이구나, 하는 생각이 들었다.

그리고 답답했다. 해결책이 없고 출구가 없었다. 조직에서 만난 사람들은 일단 대화가 되지 않았다. 대화란 상대방의 의견을 경청하고 더 나은 의견을 제시하면서 서로 상승 효과를 누리는 건데, "다들 나는 그런데, 너는 그러냐? 알았다, 끝." 이런 식이었다. 조직에서 살아남으려는 몸부림은 비열한 배신들로 점철되었다. 회식 자리의 파이팅은 그때뿐이었고, 나 같은 순진한 부류들은 낭만에 몸을 맡긴 바보들이었다. 나는 가는 곳마다 실적은 좋으면서도 꼭대기 것들과는 불화를 빚는 이상한 조직생활을 경험하게 되었다. "아, 아니구나, 아니다. 이건 아니다." 하는 생각에 점점 몰입했고, 그 불경기 와중에도 나는 조직생활에, 한 달에 한 번 마약처럼 받는 월급에 미련을 두지 않았다. 달관이라면 뭣하지만 진정으로 이 시대의 트렌드를 따라 미래에 꿈을 두고 살고 싶은 욕망이 이때부터 싹텄다. 알고 보면 철이라는 것은 참으로 늦게도 드는 것이다. 당시 마흔다섯이니, 꺾어진 나이였다. 하지만 나는 좌절하지 않았고 직진을 선택했다. 그 직진의 중요한 수단이자 나에 대한 위로의 방법은 다름 아닌 독서였다. 항상 독서에 목말랐던 나는 결행의 타이밍만을 재고 있었다. 그러나 혼자 하는 독서는 오래 가지 못했다. 묵묵히 몇 줄 읽다가 하품 한 번 하고, 그러다 밥 먹고, TV 보고, 일하고… 그런 식이었다. 결국 함께 모여서 읽는 게 수였다. 드디어 나는 2001년부터 맡아온 삼성경제연구소 사이버 포럼 트렌드연구회 시샵이라는 직위를 활용해 독서 모임을 시작하려는 결심을 실천에 옮겼다. 나는 1만 5천여 명의 회원들에게 첫 번째 메일을 보냈다.

## 우리는 낭독한다

책 속에 길이 있고 밥이 있고 삶이 있습니다.

"이루려면 읽어라."고 이룬 분들은 말합니다.

워렌 버핏은 "읽고 읽고 또 읽고, 또 읽는다."고 합니다.

소원을 물었더니 읽을 시간이 더 충분했으면 좋겠다고 했다네요.

읽을 때는 가리지 않고 읽는 게 좋다고 합니다.

책, 잡지, 신문, 블로그… 닥치는 대로 읽어 치우는 열정.

그 열정이 사람을 옳은 성공의 길로 안내한다는군요.

오죽하면 어떤 의사는 '공부하는 독종'이 되라고 했을까요.

인간과 우주의 질서, 영육의 위계와

나와 모든 것들과의 관계가 뒤바뀌고 있는 즈음,

우리는 시시한 세상사에 너무 매몰되어 있지 않은가요?

변하는 세상, 인간, 파도, 하늘

풀잎과 종種들의 노랫소리, 아우성

내 머릿속 질서를 세우고

질서가 정합하게 시절의 트렌드와 어울릴 때

한 소절 내 가슴속 가락이

뜻이 되고 울림이 되어

성속마저 넘나들며 희롱하리.

믿으며….

# 트렌드연구회 / 트렌드아카데미 독서대학 1기

'두껍거나 어려운 책 읽기 낭송 모임'을 시작합니다.

후보 책 목록은 아래와 같습니다.

회원님들과 의논해서

목록과 순서는 바꿀 수 있습니다.

1년, 2년, 10년 가능한 계속 갈 생각입니다.

시간만 내신다면 참가는 쉽습니다.

책은 안 가지고 오셔도 상관없습니다.

책 1권만 있어도 서로 돌려가며

소리 내어 읽고 몇 가지 키워드를 짚어

되새겨보고자 합니다.

소리 내어 읽고, 수다 떨다가 헤어지는 것입니다.

이렇게 하지 않으면 영영 읽을 기회가 없지 않겠습니까?

저도 그렇지만 욕구는 있으되 실천하지 못하시는 회원님들….

이번에 트렌드연구회에서 함께 읽어보시면 어떨까요?

이렇게 읽은 것은 키워드 위주로 정리해서

알기 쉽게 요약해 자료로 남길 것입니다.

참가자에 한해서 자료를 메일로 드릴 수 있도록 하겠습니다.

그리고 결국 읽었으니까, 써야겠지요.

스토리텔링 공부도 틈틈이 체계적으로 해서

저자가 되실 수 있게 힘쓰겠습니다.

독서 모임 참여는 물론이고 저자가 되시는 데도

학력, 지위 고하, 나이, 성별, 종교, 정치

구별차별 없습니다. 다 하실 수 있습니다.

오직 읽고 싶은 욕망이 꿈틀거리는

회원님들, 누구나 자유롭게 오십시오.

장소는 지하철 2호선 이화여대 역 인근입니다.

쾌적하고 조용하며 책 읽기 좋은 공부방이 있습니다.

책 읽는 모임이 많은 곳에서 열리고 있고

트렌드가 되고 있습니다.

트렌드연구회 / 트렌드아카데미에서는

읽은 것 이상으로 꽉꽉 채워서

결론을 얻고 가실 수 있을 것입니다.

많은 트렌드 정보와 뜻하지 않은

유익한 정보나 이득도 얻으실 수 있을 겁니다.

꾸준히 나오시면 말이죠.

오랫동안 준비한 것인 만큼 알찰 겁니다.

시작하겠습니다.

이 메일을 읽고 처음 모인 사람들은 모두 27명이었다. 남녀 골고루, 연령도 골고루 20~50대까지였다. 북 칼럼니스트로 활약하고 있는 박일호 회원은 "낭독이라는 아이디어에 뽕 갔어요."라고 말했다. 나는 그게 뭐 대단한 아이디어라고, 생각하며 쑥스러워했던 기억이 난다.

# 내 인생을 바꾼 한 권의 책

잭 캔필드, 게이 헨드릭스 지음
리더스북
2013년 10월 출간

이 책의 제목이 핫해서 관심이 쏠리는 건 나만이 아닐 것이다. 잭 캔필드 등 40여 명의 작가들이 썼는데, 캔필드는 90년대 중반 베스트셀러인 《내 영혼의 닭고기 스프》의 저자로 아주 유명한 사람이다. 캔필드를 대표 저자로 내세웠다는 건 이 책이 자기계발적인 감동 스토리의 보증수표라는 말이다. 캔필드 외에 이 책을 쓴 40여 명의 작가들은 70~80년 대에 미국에서도 열풍이 불었던 자기계발과 성공학 분야의 강사들이기도 하다. 성공학과 자기계발은 원래 미국산이다. 프랭클린 자서전은 원조로 꼽힌다. 미국식 성공학은 지식과 지혜, 합리적인 인간관계, 그리고 불굴의 의지와 실험정신이 버무려져 서부개척시대 같은 인생 스토리를 만드는 사람이 훌륭한 미국인이다, 라는 스토리가 뼈대를 이룬다. 토마스 에디슨, 존 D 록펠러, 앤드루 카네기, 스티브 잡스, 빌 게이츠, 워렌 버핏, 래리 페이지, 세르게이 브린, 마이크 주커버그, 제리 양, 제프 베조프, 버락 오바마까지 모두 '미국식 성공학'의 성공인들이다. 미국식 성공학의 특징은 기독교 정신이 스며들어 있다는 점이다. 잭 캔필드, 스티븐 코비(《성공하는 사람의 7가지 습관》의 저자) 등은 몰몬교 신자이거나 몰몬교와 친화력이 있다고 알려져 있는데, 그 역시 우연은 아닐 것이다. 현세에서의 성공이 내세에서의 복락과 다를 바 없다는 원리주의적 기독교 정신이 그들이 주장하는 성공학의 뿌리가 되고 있다. 교리 중심으로 기독교를 믿는 사람들은 개신교와 천주교, 몰몬교 등을 엄밀히 구분하겠지만, 세속적 관점에서는 비슷한 뿌리에서 나온 가지로 여겨진다. 따라서 미국식 성공학의 뿌리가 기독교 정신에 맞닿아 있다는 말도 크게 틀린 말은 아니다. 그런데 강남의 귤이 강북에 와서 탱자가 된다는 말이 있듯이 미국식 기독교 정신 기반의 성공학은 한국에 들어오면서 세속적 성공학으로 변질됐다. 대개 성공하는 요령이나 잔꾀, 방법론 등이 강조된 것이다. 특별한 사상적, 종교적, 학문적 기반이 없이 수용된 성공학이나 자기계발 이론은 10년쯤 지나자 드디어 독자들의 외면을 받고 있다. 스캔들에나 휩싸이는가 하면… 40여 명 작가들의 미국식 성공학 스토리에서 나름 정신적 뿌리가 느껴진다.

# 낭독은
# 우연

독서는, 더욱이 낭독 독서는 무슨 대단한 각오를 하고서야 비로소 시작할 일이 아니다. 문득, 아무 날도 아닌 어느 날 카페에서 바람에 날리는 깃털인지 휴지조각인지를 보고 "나도 소설이라는 걸 한번 써봐야겠다."고 마음먹고 그날부터 소설가가 되었다는 무라카미 하루키처럼, 그렇게 우연히 시작하는 것이다. "에이, 무라카미 하루키씩이나 되니까 그런 각오도 쉽게 하지, 먹고살기 바쁜 보통사람이 어떻게 그런 시작을 할 수 있나? 턱도 없는 소리 마!" 하는 사람도 있을지 모르겠다. 나는 감연히 말하겠다. 연애도 우연이고 결혼도 우연이며 하룻밤 정사도 우연이고 따라서 자식을 우연히 낳고, 그 결과 가문이 생기고, 그 가문에 위인이건 범죄자건 나와서 나비효과처럼 역사에 큰 흔적을 남기는 일이 발생한다고 할 수 있다. 하물며 책 한 줄 읽는

게 반드시 우주의 법칙과 인생의 필연이어야 할 일이 무엇
인가? 우연이 아니라고, 쉬운 일이 아니라고, 뭔가 운명과도
같은 강한 동기부여에 사로잡혀야만 시작할 수 있는 거사라
도 되는 양 말하는 건 비겁한 변명일 뿐이다. 나는 사사키
아타루를 본떠 용기 있게 말하겠다. 독서는 우연히 시작하는
것이다. 다시 한 번 말하지만, 독서는 우연이다. 알고 보면
우연은 거의 모든 일의 시작이다. 앞서 말했듯 결혼도 출산
도, 특히 연애가 아주 우연한 시작으로 운명이 되는 대표적
인 사건들이다. 살인도 혁명도 우연의 불씨로 시작된다. 형
량도 영웅도 우연히 결정되는 사례가 역사에 숱하다. 세계의
문학작품들은 이러한 우연한 사건들을 다뤄 이야기를 전한
다. 독자들은 문학작품 속의 우연한 서사와 서정에 울고 웃
는다.

137억 년인지, 150억 년인지 되었다는 빅뱅과 그 이후
모든 우주적 사건도 우연과 우연의 연쇄 고리로 이어져 있
다고 과학자들은 말한다. 리처드 도킨스는 진화 자체가 우
연의 연속이라고 말하고, 칼 세이건은 지구의 각도가 조금
뒤틀어지지 않았다면 생명은 없었다고 잘라 말한다. 언젠가
소행성이 충돌하여 지구의 각도를 비뚤게 하고 떨어져 나간
나머지 덩어리가 달이 되어 지금과 같은 중력 상태를 만들

었다는 스토리는 내셔널 지오그래픽의 단골 소재이기도 하다. 그런 소행성의 충돌이 필연이었을까? 그것은 지나친 의미 부여이고, 관념론적인 꿰어 맞추기일 것이다. 필연론자들은 답을 내놔야 한다. 질서가 질서를 만들었다면 질서는 어디서 탄생했는지, 질서라는 콘셉트는 어디서 나왔는지. 무질서가 있어야 질서도 있는 것인데, 질서가 질서를 만들었다면 일단 형식 논리로도 모순인 셈이다. 인도 신화를 비롯한 모든 신화와 질서의 신을 강조하는 성경마저도 시초에 카오스가 있었다, 암흑이 있었다, 라는 식으로 우주의 기원을 뭉뚱그려 설명한다. 그리스—로마 신화는 처음부터 무질서하고 애욕에 눈먼 신들의 엉터리 짓들이 역사시대까지 내내 이어질 것이라는 전제를 깔고 있다. 신화의 시대에는 엉터리가 판치고, 역사시대부터는 질서가 관장한다, 이런 게 아니다. 신이나 인간이나 애초부터 오욕칠정에 눈 먼 이상하고 괴이한 존재들이라는 게 그리스—로마 신화의 인문학적 통찰이다. 이렇듯 신화시대부터 무질서는 우주의 근본적 속성으로 묘사된다. 이런 속성은 인간사회의 길흉화복에 반영되며 재앙과 행복, 구원과 타락 등 모든 것과 연결되어 있다고 여겨진다.

알기 쉬운 예를 들어보자. 지구 온난화가 기류 변화를 일으켜 쓰나미를 부르고, 쓰나미가 후쿠시마 원전 붕괴 사태를 야기했다. 방사능 원소 세슘 134와 여러 가지 위험 물질들이 바다로, 지하로 스며들고 있다. 수년, 수십 년, 수백 년간 계속될지 모른다. 우리들은 대구탕, 동태탕을 비롯한 즐겨 먹던 생선 요리를 먹지 않는다. 일본 내에서도 애들을 키우는 엄마들은 일본산 생선을 사지 않는다고 한다. 수산물을 팔아 애들 학비를 대는 수산시장 아줌마가 한숨을 쉰다. 일본 수산물 업자들은 물론 전 세계에 진출해 있는 스시 집들도 큰일이 났다. 세계적인 석학들은 "일본의 부흥은 끝났다. 국민들을 빨리 탈출시켜라."고 조심스레(?) 말한다. 2020년 도쿄 하계 올림픽이 결정되었지만, 엔화의 미래는 불투명하다. 몇 년 전부터 태국의 살기 좋은 동네 치앙마이에 20여만 호의 일본인 집단 이주 단지가 들어서고 있다는 소문이 돌고 있다. 일본전력의 최고위 임원급들이 원전 사태 직후 가족들을 데리고 전부 외국으로 이주했다는 소식도 널리 퍼져 있다. 인터넷 소문은 며칠이 지나 뉴스에서 기정사실화된다. 이런 마당에 일본과 가까운 나라, 경제 이웃인 우리나라는 어떻게 될 것인가? 그 많은 수출입 물동량은 어찌되며 관광객들은 어디를 가야 하는가? 제주도에, 부산에 부동산을 사들이는 일본인들이 많다는 이야기를 들으며 웃어야 할까, 울어야 할까?

자, 이 모든 일련의 사건들이, 사태가 우연인가, 필연인가? 이런 건 우연이라고밖에 말할 수 없다. 우연은 한 나라의 경제와 정치, 외교, 국방 모든 것을 결정한다. 식탁에 오르는 찬거리를 결정한다. 일자리와 월급도 결정한다. 기상청이 한 번도 체육대회를 제 날짜에 연 일이 없다는 농담이 있다. 말 다했지 않은가? 불가측한 우연이 쓰나미를, 원전 사태를, 그 이후의 연쇄적인 사건들을 일으켰다. 인생은 우연이다. 독서야 말해 뭐하랴. 낭독은 더구나 그렇다. 다만 이런 생각을 했다. 공짜로 이용할 수 있는, 교통 편한 역세권(서울 지하철 2호선 이화여대 역)에 장소도 마련됐겠다, 부담 없이 독서할 수 있는 모임을 만든다면 모두들 좋아라 할 것 같다는….

낭독의 장점들이 머릿속에 그려졌다. 낭독은 일단 여러 가지 부담이 없다. 첫째, 누가 단 한 권만 들고 와도 돌아가며 큰소리로 읽으면 되니 굳이 책을 들고 다닐 부담이 없다. 책 들고 오는 건 내가 하면 된다는 각오를 배수진으로 깔았다. 둘째, 다른 독서클럽들처럼 미리 읽고 와야 한다는 부담이 없다. 대개의 독서클럽들은 빡세게 읽고 와서 토론을 하는 방식이라는데, 그런 방식은 부담감 때문에 잠도 잘 안 올 것이고, 결국 이 핑계 저 핑계로 참석을 하지 않게 될 것이

다. 우리는 그냥 돌아가며 읽자는 거니까 미리 읽고 와야 한
다는 전제가 없는 것이다. 얼마나 편한가? 나머지는 소소한
이유들이다. 두꺼운 책을 읽어 두면 남들 앞에서 큰소리칠
수 있다는 점, 그러면 학력이 후지다고 무시당하지 않을 것
이라는 점, 실제로 똑똑해지고 지혜를 얻을 수 있다는 점,
남과 다른 차별적 경쟁력을 가질 수 있다는 점, 남모르는 자
기만의 비교 우위 스펙이 생긴다는 점 등이다. 일종의 '몰래
과외'라고나 할까? 실제로 시간이 지나면서 어깨에 힘이 들
어가고 가슴에 뿌듯함이 넘치는 회원들의 모습을 본다. 이
두꺼운 책들을 누가 읽었을까보냐, 하는 자부심이 은연중에
있는 것이다. 나는 그런 모습이 기쁘고 즐겁다.

　'북코러스'라는 이름은 예비 모임 때 모인 몇몇 회원들이
브레인스토밍을 하는 와중에 불쑥 튀어나왔다. 낭독이라는
콘셉트처럼, 이름도 우연히 튀어나온 것이다. 모임의 주최자
이자 발의자인 나에게는 '독서 낭독 모임', '독서 대학원'이
라는 콘셉트밖에 없어서 이름을 정하고자 의견을 물었더니,
누군가 "'북코러스' 어때?" 하는 것이다. 당시 한국사보협회
사무총장 일을 보던 전종석 회원이 제안했는데, 듣고 보니
입에 착착 감기고 '코러스'라는 말이 소리를 내고, 노래를
한다는 뜻임이 얼른 느껴져 만장일치 오케이 했던 것이다.

지금 생각해도 이름은 참 잘 지은 것 같다. 다만 저작권이
없어서 함께 널리 전국적으로 사용했으면 하는 바람이 있다.
이름보다 더 중요한 것은 낭독이라는 행위이다. 회원들은
'북코'라는 애칭으로 부르며 즐거워하고 있다.

# 화폐전쟁

쑹훙빙 지음
랜덤하우스코리아
2008년 07월 출간

　　쑹훙빙의 《화폐전쟁》은 경제학 저서 중 가장 대중적인 인기를 누린 책이 아닌가 싶다. 《화폐전쟁》이 있었기에 장하준의 책도 잘 팔리고 토마스 프리드먼의 책도 잘 팔리게 되었으며 나아가 《정의란 무엇인가?》도 잘 팔린 것 같다. 그만큼 충격적인 고급지식과 정보를 《화폐전쟁》은 제공했다. 미국 위주의 자본주의 세계질서가 유럽 왕실과 결탁한 상인자본가 세력에 의해 생겨났다는 얘기부터 상층 자본가 사회에서는 비리와 부조리, 암살과 살인 등이 비일비재하게 일어났다는 얘기까지, 음모론에 나올 법한 내용들이 가득하다. 그런데 어쩐지 믿고 싶게 썼다. 2008년 미국발 서브프라임 모기지 사태 직후 그 진단으로 긴급 출판된 책이고, 더구나 저자는 서브프라임 모기지 사태로 파산한 가장 큰 두 모기지 회사에서 근무한 경험이 있었다. 이래저래 그럴 듯 하다. 나는 《화폐전쟁》을 열심히 줄 박박 그어가며 읽고 어느 경제신문사에서 주최한 쑹훙빙 초청행사에도 가서 그를 만나보기도 했다. 독서클럽 회원들 몇 명도 같이 갔었다. 그 정도로 매료됐는데, 다 읽고 이래저래 생각해보니 결국 그 책은 매우 정치적인 대중 경제서라는 결론이 내려졌다. 쑹훙빙은 중국 공산당의 이념을 신봉하는 애국청년이다. 《화폐전쟁》의 결론은 결국 위엔화가 달러와 맞먹는 기축통화가 되어야 한다는 주장으로 모아진다. 위엔화가 뜨고 있는 것은 맞다. 하지만 미국이 온갖 더러운 스캔들을 딛고 쌓아 온 내공도 만만치는 않을 것이다. 특히 인적 능력, 과학기술, 시스템, 제도 등을 어느 천년에 따라 올 것인가. 아무튼 이런 저런 세상 돌아가는 사정을 걱정하게 해주는 책이다. 지식이란 누가 정해서 던져주는 것도 아니고 규칙도 없다. 자기 스스로 화폐니, 경제니, 기축통화니, 하이퍼인플레이션이니 하는 지식을 쌓아 올리고 싶은 사람들은 꼭 읽어봐야 한다. 시원하고 명쾌하다. 물론 중국 공산당식의 정치적 주장을 펼친다는 점을 알고 읽어야 더 유익할 것이다.

# 두껍거나
# 어렵거나
# 고전이거나

처음 독서클럽 회원들에게 제안한 도서목록은 사실 모두 내가 읽고 싶었던 책들이었다. 앨빈 토플러의 저작들을 읽고 싶은 욕망이 제일 컸는데, 그렇다고 내 욕심만 채울 수는 없었다. 아니 욕심은 내더라도 표시를 내지 말아야 했다. 도서목록을 작성하면서 가슴이 설레고 흥분이 되는 건 어쩔 수 없었다. 이런 책들을 아직도 읽지 않고 세상이 이렇다 저렇다 떠들며 날을 세웠다니 부끄러워 견딜 수 없었다. 그중 앨빈 토플러의 《권력이동》은 1991년에 감옥에서 한번 읽은 책이었다. 당시 노동조합 운동을 하다 구속된 상태에서 지인들에게 그 책을 넣어달라고 부탁했었던 기억이 난다. 책에는 볼펜으로 가느다랗게 밑줄마저 그어져 있었다. 앞표지의 안쪽에는 '도서 열독 허가증, 보안과장'이라는 문구가 적힌 종이가 붙어 있었다. 그 책에서 당신은 무엇을 느꼈나? 저자가 무엇을 주장한다고 여겼나? 하고 질문을 한다면 묻는 것 자체가 시간낭비이다. 나는 까맣게 아무런 생각도 나지 않았다. 다만 권력이 일부 파워 엘리트에서 미디어 대중에게로 돌아가고 있다는 것. 몇 명 안 되는 집단이나 개인도 권력을 쥐고 흔드는 시대가 온다는 것 정도의 골자만 알고 있었다.

1980년대 우리나라는 전체주의적 시스템 속에서 대중들이 심각한 비민주적 핍박을 받고 있던 시절이었다. 총구를 자국민에게 겨눈 군대의 수장이 권력을 잡고, 그 측근들이 줄줄이 지배계층이 되어 세상을 호령하던 때였다. 이런 시절을 겪는 마당에 권력이 대중에게, 혹은 개인에게 돌아갈 수도 있다니 어불성설같이 느껴졌다. 나로서도 전혀 머리에 들어오지 않는 이야기였다. 하지만 막연히 언젠가는 그런 시절이 온다는 생각은 들었다. 사람이 미래를 내다보고 살아야 한다는 주장이 매우 설득력있게 다가왔다. 앨빈 토플러의 책처럼 잘 쓴 글은 사람의 마음을 움직인다.

나는 사회과학책 중에서 《렉서스와 올리브나무》를 잘 쓴 글의 전범으로 들고 싶다. 앨빈 토플러보다 더 쉽게 쓴 그 글에서 저자인 토머스 프리드먼은 글로벌라이제이션의 여러 현상과 모순점, 지역적 이슈들을 아주 설득력 있게 짚고 있다. 전 세계에 렉서스가 굴러다니지만 올리브나무도 베어지지 않고 언제나 한곳에 서 있다는 문학적 상징에 높은 점수를 주고 싶다. 아닌 게 아니라 저자는 퓰리처상을 세 번이나 탄 기자이자 탐사보도 전문 작가이다.

이에 비해 앨빈 토플러의 책은 저자가 방대한 지식을 피력함으로 말미암아 쉽게 읽히지 않는다는 단점이 있다. 하지만 세계 도처에 널려 있는 색다른 현상들을 토플러만큼 속속들이 알려주고 재해석해 줄 수 있는 사람도 드물다. 그는 그런 사실을 수집하기 위해서 전 세계에서 발행하는 수백여 종의 신문과 잡지들을 거의 다 받아본다고 한다. 더구나 그의 아내도 공동 저자로서 열렬히 자료를 수집하고 읽는다고 한다. 때로는 어떤 현상이 가진 메타포와 이면의 진실을 찾아내기 위해 현지를 방문하고, 고위직이건 하위직이건 가리지 않고 사람들을 만난다고 한다. 그의 저작들은 모두 그런 열정, 막대한 비용의 산물인 셈이다. 두꺼운 책이란 바로 그런 책, 비싸게 쓴 책이라는 걸 앨빈 토플러의 책들을 읽으면서 확실히 느꼈다. 앨빈 토플러가 무엇이 답답해서 '부의 미래'나 '권력이동' 같은 비밀을 대중들에게 알려주겠나? 그가 자기 돈 들여가며 책을 써서 일부러 대중들을 계몽한다는 건 놀라운 일이다. 그에게 우리는 정말 감사해야 한다. 그 두꺼운 책을 쓰기 위한 내공쌓기는 절대 아무나 할 수 있는 일이 아니다.

나는 앨빈 토플러의 책을 다른 미끼 상품에 슬쩍 끼워서 북코러스가 앞으로 읽을 도서목록을 제시했다. 《내 인생을 바꾼 단 한 권의 책》(잭 캔필드 등), 《화폐전쟁》(쑹훙빙), 《부의 미래》(앨빈 토플러), 《권력이동》(앨빈 토플러), 《불황을 넘어서》(앨빈 토플러), 《부의 법칙과 미래》(앨빈 토플러), 《특이점이 온다》(레이 커즈와일), 《가치 혁명과 사회 시스템 개조론》(사카이야 다이치), 《동경대 강의록》(사카이야 다이치), 《글로벌 경제의 위기와 미국》(로버트 루빈 등), 《렉서스와 올리브나무》(토머스 프리드먼), 《코드 그린: 뜨겁고, 평평하고, 붐비는 세계》(토머스 프리드먼), 《마인드 세트》(존 나이스비트), 《자크 아탈리 위기 그리고 그 이후》(자크 아탈리), 《극단적 미래예측》(제임스 캔턴), 《퓨처 파일》(리처드 왓슨), 《미래에 집중하라》(마티아스 호르크스) 등 모두 60여 권이었다.

주로 트렌드와 미래, 경제와 금융에 관한 책들이다. 우주와 디지털 등 과학 관련 저작들도 있었다. 이 목록을 보노라면 당시 내가 무엇을 궁금해하고, 어떤 분야에 갈급증을 느꼈는지 새삼 알 수 있다. 그러나 이 책들은 대부분 읽지 못했다. 실제로 4년 7개월간의 북코러스 활동 중 다 반영되지도 못했다. 처음 몇 권은 내 추천목록대로 읽었지만 새로운 얼굴들이 들어오고 나가고 하는 와중에 회원들의 추천을 받아 다수결로 선정하는 관행이 굳어졌다. 나는 애초에 천명한대로 직접 민주주의 방식을 고수했다. 운영의 민주성과 자율성, 그 것이 북코러스를 자유롭게 하고 그 자유야말로 독서의 진정한 본질이며 목적이라고 생각했기 때문이다.

북코러스가 그동안 읽은 책은 만 4년 7개월간 18권, 매주 월요일마다 모여서 읽었으니 232주 동안 읽은 분량이다. 북코러스는 두껍거나 어렵거나 고전인 책 18권을 읽기 위해 232번 정도를 만나 왔다. 어떤 책은 두 달도 걸리고 석 달도 걸렸다. 넉 달 걸린 책도 있다. 막 셈을 해보면 232주에 18권이니까 대략 13주에 한 권 정도 뗀 셈이 된다. 13주면 세 달 한 주, 어찌 보면 참으로 느린 독서를 해온 셈이다. 하지만 낭독을 통해서 내 마음속에, 어쩌면 몸속에도 새겨진 텍스트의 의미와 은유들을 생각해본다면 그 시간은 결코 느리게 흘러가지 않았다. 새기는 데는 시간이 걸리지만 한번 새기면 잘 지워지지 않는다. 북코러스가 4년간 새긴 책의 목록은 다음과 같다.

《내 인생을 바꾼 한 권의 책》(잭 캔필드 외), 《화폐전쟁》(쑹 홍빙), 《특이점이 온다》(레이 커즈와일), 《부의 미래》(앨빈 토플러), 《권력이동》(앨빈 토플러), 《불황을 넘어서》(앨빈 토플러외), 《부의 법칙과 미래》(앨빈 토플러), 《총, 균, 쇠》(제레드 다이아몬드), 《2000년의 강의》(김원중), 《불안》(알랭 드 보통), 《생각하지 않는 사람들》(니콜라스 카), 《월든》(헨리 데이비드 소로우), 《서양 미술사》(곰브리치), 《잘라라, 기도하는 그 손을》(사사키 아타루), 《코스모스》(칼 세이건), 《세컨드 네이처》(제럴드 에델만), 《돈키호테》(세르반테스), 《강신주의 맨얼굴의 철학 당당한 인문학》(강신주 외), 그리고 조지프 캠벨의 《신화의 이미지》이다. 한 권 한 권이 각기 '두껍거나 어렵거나 고전이거나'이다. 두꺼운 책은 정성도 두툼하고, 고증에 대한 믿음도 두텁다는 것을 나는 여럿이 함께 낭독하면서 실감했다. 이런 두꺼운 책들을 수익성도 생각하지 않고 출판해주는 국내 출판사들이 고마웠다. 북코러스 회원들은 다른 책들에서도 큰 감동을 받았지만, 특히 우리가 '손뎅강'이라는 별칭으로 불렀던 그 책에서 받았던 충격을 잊지 못하고 있다. 그것은 내 개인적인 독서 체험에서도 마찬가지이다. 숱한 독서를 하면서도 그토록 놀라운 주장을 접하지 못했고, 그만큼 명쾌하고 날카로운 결론을 대하지 못했다. 저자의 나이는 새파란데 어떻게 그토록 명징하고 분명하게 자기주장을 펼 수 있는지, 어찌 그리도 독창적인지 감탄하지 않을 수 없었다. 그의 주장은 '독서는 곧 혁명'이라는 말로 요약된다. 혁명의 알맹이는 결국 텍스트라는 것이다. 이 책은 북코러스 회원들의 독서에 대한 관점을 획기적으로 바꾸어놓았다.

두껍거나 어려운 책, 고전을 읽는다니까 남들이 쉽게 하지 못하는 경쟁력을 쌓는다는 차원에서 참석하는 회원들도 있다. 이런 태도는 결코 욕먹을 일이 아니다. 설령 스펙을 쌓기 위해 독서 모임에 참가한다 한들 얼마든지 권장할 만한 것이다. 우리 사회가 평가하는 스펙에 독서라는 목록이 들어 있다면 그것은 얼마나 다행인가.

나는 우리 또래 친구들, 소위 386세대들이 의외로 무식하고 천편일률적인 지식만을 보유한 채 의식이 박제화 된 데 놀랐다. 정치인이건 대기업 임원이건, 금융회사를 다녔건 금융 노련 활동을 하건 아무튼지 간에 무식한 데 놀라지 않을 수 없다. 파릇파릇한 대학 시절 텍스트를 공유하고 이상마저 공유하며 고생스럽고 괴로운 길을 함께 걸었던 작자들도 신간 서적을 읽지 않고 있다. 개혁파건 현실안주파건 가리지 않고 서로 다른 이유로 독서를 하지 않는다. 독서를 한다 해도 까만 건 글자요, 하얀 배경은 종이라는 정도의 인식밖에 하지 못한 채 그저 건성으로 책을 읽는 게 아닌가 의심이 든다. 그런 사실을 알고서 나는 우울했고 풀이 팍 죽었다. 도매금으로 휩쓸리는 기분이고, 어떻게 대화를 이어가며 살아야 하나 기가 막혔다. 대한민국 성인 남자의 독서량이 얼마나 적은지, 설령 많이 읽더라도 가볍고 농담 같은 책 속에서 얼마나 허우적대는지 나는 안다. 내 주변이 그 정도인데, 하물며 다른 사람들이랴. 이런 사정을 알기에 나는 독서가 하물며 스펙 경쟁의 항목이라 하더라도 얼마든지 권장하고 싶은 충동이 든다. 물론 자기계발이나 재테크, 성공학, 인맥 관리 같은 것들 말고 정신의 숭고한 경지를 펼쳐놓은 인문, 과학 분야의 책들에 한해서이다. 사사키 아타루가 말하듯 독서를 하게 되면 결국 자기분열증상을 겪지 않기 위해서 저자의 주장에 미치게 되며, 읽은 책을 고쳐 쓰는 과정에서 반드시 혁명적인 인식에 도달할 수밖에 없다. 그 방법이 낭독이라면 더욱 빠르게 핏줄 속에 스며들 것이며, 스며든 텍스트는 정신이건 마음이건 영혼이건 싹 다 바꿔놓을 것이라는 믿음이 내게도 있다.

샤를 단치는 《왜 책을 읽는가》에서 이기적인 독서가 결국 사람을 이타적으로 만든다고 갈파하기도 했다. 성공이나 출세를 위해서도 아니고 돈을 벌기 위해서도, 여자를 꼬시기 위해서도 아니며, 오직 자신의 정신적 행복을 위해서 독서하는 사람은 결국 텍스트에서 받은 감동을 전하고 싶어서 이타적인 인간이 될 수밖에 없다는 통찰이다. 이기적인 독서의 결과를 남에게 전달하고픈 또 다른 이기적 욕구가 결국 이타적인 결과를 야기한다는 사실, 그것은 논리의 모순이 아니라 현실적 효익이라 할 것이다. 독서는 하는 이나 독서의 결과물을 전달받는 이나 모두에게 이익인 '플러스섬' 게임이다.

《왜 책을 읽는가》에서 샤를 단치가 헤르만 헤세처럼 멋진 수사학으로 말하지는 않았어도, 결국 《헤르만 헤세의 독서의 기술》에서 말하듯, "작가의 이기심이 독자를 구원한다."는 말과 일맥상통한다. 헤밍웨이도 지독히 이기적인 삶을 살았던 작가로 알려져 있다. 그의 아들들이 기억하기는 아버지가 매우 엄했고, 아들들이 용맹하기를 바라서 잔정을 주지 않았다고 증언한다. 어릴 때부터 사냥을 데리고 다니며 남자답고 씩씩하기를 원했는데, 둘째 아들만은 영 그의 비위를 맞추지 못했는지 때리기도 하고, 욕설도 하고 그랬다는 것이다. 그런 이기적인 작가 헤밍웨이는 2차 대전과 스페인 내전에 직접 참전해 종군기자 노릇을 하는 한편 전쟁의 참상을 《누구를 위하여 종을 울리나》, 《무기여 잘 있거라》 같은 작품으로 남겼다. 다혈질의 파파로서 깡패처럼 부하들을 거느리고 온갖 광란의 짓거리를 다 하고 다녔다고 한다. 그래도 그는 불멸의 작품을 쓰는 것으로 그의 이기심을 드러내어 결국 수많은 사람들을 감동에 젖게 하는 이타성을 발휘했다. 그러고 나서 그는 무한 이기주의의 발로인 자살로 한 생을 마쳤다. 퓰리처상과 노벨문학상을 연달아 수상한 이후 항공기 사고의 후유증인지 뭔지 60세에 엽총 자살을 하고 말았던 것이다. 도대체 그는 왜 자살했을까? 극단적으로 이기적인 행위인 자살이 결국 작품의 불멸성을 보증해 독자들의 가슴에 영원히 아로새겨질 성스러운 희생 번제라 여긴 것일까? 이리 보면 이것도 같고 저리 보면 저것도 같은 상호 모순된 통일성, 우리는 독서에서 그 묘한 이중성의 세계를 본다.

# 부의 미래

앨빈 토플러
청림출판
2006년 08월 출간

20세기가 헨리 키신저의 세기라면 21세기는 앨빈 토플러의 세기다. 헨리 키신저는 1970년대 리처드 닉슨 대통령(케네디 대통령 시절 부통령이었고, 워터게이트 사건으로 사임) 시절 국무장관을 지낸 유대인으로 2014년 1월 현재까지도 생존하고 있는 미국의 거물 정치인이다. 그는 중국과 미국과의 수교를 성사시켰다. '철의 장막'이라 불리던 중국을 국제사회로 끌어들였다. 그의 전략에 따라 중국이 미국을 선택하자, 중국은 어마어마한 시장이 되었고 수십여 년 간 전 세계 상품시장을 먹여 살리는 주역이 되었다. 덕분에 목숨이 간당간당하던 미국 주도의 자본주의 체제도 기사회생했다. 오늘날 중국의 자본주의화는 헨리 키신저라는 인물없이 말할 수 없다. 헨리 키신저가 현실 외교에 몰두하며 미래를 개척할 때, 또 다른 각도에서 세상을 이해하고 더 앞선 미래사회를 예견한 인물이 있었다. 다름아닌 앨빈 토플러다. 키신저가 만든 정치, 경제, 외교 질서의 판도 위에서 토플러가 예견한 세상, 정보화사회가 전개됐다. IT 엔지니어링이 선도하는, 전례없는 세상. 전쟁의 양상, 국가의 성쇠, 문명의 흥망이 아주 간단한 클릭과 터치로 좌지우지되는 세상의 도래. 화폐와 부, 경제의 패러다임이 바뀌는 문명의 대전환 시대. 앨빈 토플러는 그러한 세상과 시대의 변화를 치밀한 관찰과, 공장 경험, 수많은 고급 자료의 섭렵, 각국 지도급 인사들에 대한 인터뷰를 통해 한눈에 보여 주었다. 《미래충격》,《제3의 물결》,《예견과 전제》,《자메리카》,《권력이동》,《전쟁과 반전쟁》(부의 법칙과 미래),《불황을 넘어서》,《부의 미래》등의 저서가 모두 한두릅에 꿰어지는 미래 통찰의 경전들이다. 앨빈 토플러는 그의 전작을 모두 읽을 것을 추천한다. 다른 저자들의 저서들은 한 권만 읽어도 대충 알만하나 토플러는 다르다. 그 중《부의 미래》는 완결판 같은 저서로, 거대한 강물이 겉으로는 유유히 흐르지만 깊은 곳에 훨씬 더 빠른 속도를 감추고 있듯이, 세상의 경제가 이미 화폐경제에서 비화폐경제로 기울었고, 눈에 보이는 상품시장보다 눈에 보이지 않는 가치의 시장이 더 커졌다고 주장한다. 그러므로 이제 삶이 변해야 할 때라고, 우리 인식론의 패러다임이 변경되어야 할 때라고 설득한다. 기꺼이 설득당하면 된다.

첫
사
랑

　　낭독 독서. 단순하고 간단한 아이디어였다. '빨리 가려면 혼자서, 멀리 가려면 다 함께'라는 아프리카 속담이 있다지만, 독서는 혼자서 가면 더 느리다는 걸 온 몸으로 알고 있는 터였다. 속담이 틀렸다는 게 아니라 '나'라는 주체의 게으름과 온갖 핑계 대기에 능숙한 성향이 문제였다. 이런 깜냥에 책 욕심은 많아서 일주일에 한 번 이상은 시내 대형 서점에 꼭 들르고, 욕심껏 책을 사재끼는 버릇이라니. 어지간한 단점을 이해해주는 아내도 책 사재기 버릇에 대해서만은 대놓고 비웃기 일쑤였다. "인간아, 사놓은 거나다 읽어라." 가장 가깝다고 여기는 사람한테 이런 말을 들으면 나는 꼭 발끈하는 습성이 있다. "베고 자면 밤새 머릿속에 입력되는 특수한 뇌, 알아?" 정색하고 이런 말을 하니 아내는 더 댓거리해봐야 본전치기도 못 한다는 걸 알아차리고는 쌩하니 돌아선다. 대화는 그것으로 단절이다. 나는 화해도 먼저 청하지 않는다. 사회생활 하면서는 오지랖 넓다는 소리를 들으며 부드러운 남자인 척 하다가 왜 꼭 아내 앞에서는 허당이 되는지 알다가도 모를 일이다. 모르는 것 투성이, 천리 세상은 커녕 한 자도 안 되는 내 마음속도 모르니 어쩔 것인가.

책 욕심을 가진다는 건 세상을 긍정적으로 보고 그만큼 나 자신에 대해서도 무언가 긍정의 에너지를 느끼고 있다는 것이다. 책을 읽으면 뭔가 조금 더 나아지려나 하는 생각, 아니 욕심이라도 좋겠다. 그런 욕심은 긍정적인 것이다.

나는 책 욕심이 많았다. 서울 인왕산 기슭 누추한 말구유 같은 집에서 삼형제의 장남으로 태어났으니 날 때부터 고행을 타고난 것이었다. 하지만 대부분 봉지 쌀, 연탄 두 장, 초롱 가득한 물, 그리고 김장 김치 같은 아이템으로 행복했던 시절이니까. 고행이 무언지 잘 몰랐던 아둔한 시절이기도 했다. 나는 고행을 몰랐다. 크리스마스카드에 그려질 법한 작은 교회당을 다니며 룰루랄라 행복했고, 교회 다닌다는 핑계로 공부를 하지 않아도 성적이 어지간해서 시험 기간에도 즐겁기만 했다. 초등학생 시절, 나는 독서의 ㄷ자도 몰랐다.

책이라고는 학교에서 나눠준 교과서가 다였다. 성경책이 있
었지만 너무 뻔해서 들여다보기조차 싫었다. 성경책을 한 줄
도 제대로 읽지 않았지만 대충 눈대중으로 아는 체를 했고,
중·고등학교 시절엔 뻔뻔하게 교회에서 설교도 했다. 열댓
명의 코찔찔이 신도들 앞이었지만, 나는 사뭇 진지했고 그들
에게 예수가 십자가에서 보혈을 흘리신 까닭을 이해시키려
열정을 불태웠다. 까까머리 중학생이 코흘리개들을 거느리
고 눈을 부릅뜨고 간절한 표정을 짓는 모습. 그 장면이 아직
도 선하다. 그때 내 표정, 그 순수하고 진지했던 동심의 표
정이 눈 뜨고도 떠오른다. 부끄럽지만 행복한 시절이었다.
언제 반추해도 그립기만 한 시절….

책에 눈뜨게 된 건 까까머리 중학교 1학년 때였다. 마침
옆집으로 교회 전도사님이 이사를 오셨고, 그 아들이 제법
똑똑해서 동네 천재 소리를 들었다. 그 집엔 책이 많았다.
아직도 기억나는 그 이름, 서성희. 나는 성희 형, 성희 형 부
르며 그 집을 들락거렸고, 그 집에 가득한 전집류의 책들을
닥치는 대로 읽어나갔다. 몰래 가져오기도 했는데, 그때마다
퉁퉁하게 생긴 성희 형은 사람 좋은 웃음을 흘리며 "말하고
빌려 가, 마음대로…." 그러는 것이었다. 사람은 좋은 사람
을 만나야 인생이 피는 법이다. 나는 마음 넉넉한 성희 형의

안내에 따라 이 책 저 책 읽기 시작했는데, 웬일인지 그 집에 문학전집 같은 건 없었다. 있는 전집류라고는 '창의성 계발', '백과사전' 같은 것뿐이었다. 나는 어릴 때부터 어딘가 문과적 성향이 강했다. 본문 암기보다는 맥락 이해를 잘하는 편이었고, 이해가 되지 않는 본문은 억지로 암기하지 않았다. 만일 성희 형네 집에 문학전집이 많았다면 나는 그 전집을 통째로 집어삼키며 맥락 이해의 신세계를 경험했을 것이고 아마도 나이 50이 다 되어 추구하는 소설가의 꿈을 더 일찍 이루었을지도 모른다. 하지만 창의성 계발이라는 제목의 전집류에도 꽤나 재미있는 얘깃거리들이 많았다. 무언가 호기심을 자극하는 내용들이었는데, 읽을 책이 별로 없던 나는 그 책들을 꽤나 심취해서 읽었다. 그러다가 그 집에 나뒹굴던 두 권의 소설책을 우연히 발견했다.

《허클베리 핀의 모험》과 《톰 소여의 모험》이 그것이다. 역사가 깊지 않은 미국 문학의 정체성을 확립했다는 마크 트웨인의 모험 소설들은 스토리텔링으로도 재미나게 읽혔지만 어딘가 감성을 자극해서 공명을 일으키는 무엇이 있었다. 막연한 상념 속에서 허클베리 핀과 나를 동일시했고, 청소년 시절 내내 나를 따라다니는 뭐랄까, 일종의 문학적 동경의 아이콘으로 마음 안에 자리 잡았다. 그 두 권 외에 다른 문

학책들은 접하지 못했는데, 그 두 권이 문학에 대한 내 갈급
증을 해소한 것도 같다. 아무튼 나는 성희 형과 함께 뜨끈한
아랫목에 배를 깔고 크리스마스카드를 만들었고, 그 집에 가
득한 책의 향기에 심취해 점점 책을 좋아하는 아이가 되었
다. 그리고 중학교 3학년 때의 이사는 나의 독서 생활에 매
우 결정적인 전환점이 되었다.

가난한 살림에도 꿀벌처럼 열심히 일하시던 어머니는 목
돈을 모았고, 그 눈물겨운 목돈에 딸라 빚을 더해 달동네를
탈출했다. 중학교 3학년 때였다. 내 인생의 결정적 전환점이
된 이사 대장정은 내가 거의 1년간 조르고 졸라서 성사된 거
사였다. "아랫동네로 이사 가자."고 처연한 표정으로 어머니
에게 몇 번이고 말했던 기억이 난다. 막연히 집안의 경제사
정이 좋지 않구나, 하고 느끼고는 있었지만 어린 나이에 그
런 건 알 바가 아니었다. 나는 단속적으로, 간헐적으로, 집요
하게 어머니를 졸랐다. 이 좁아 터지고 이웃 간에 사생활도
제대로 보장되지 않는 움막 같은 집에서는 공부가 잘 안 된
다는 핑계였다. 그와 더불어 정작 중요한 이유가 따로 있었
다. 서점에 자주 가고 싶어서였다. 머리가 굵어지면서, 그리
고 책 읽는 맛을 알게 되면서 들락거린 서점은 달동네에서
수십여 킬로미터는 떨어진 도로변에 있었다. 지금은 쇠퇴한

동네 서점이 당시에는 책을 살 수 있는 유일한 곳이었고, 규모는 작고 간판도 초라했다. 그럼에도 서점은 천국을 제공했다. 상상의 나래를 마음껏 펼 수 있는 책들이 빼곡히 꽂힌 서가에서 나는 주인아저씨가 주인아줌마로 교대되어, 아줌마가 "얘, 뭐 살 거니? 빨리 사고 인제 그만 가 봐라. 저녁 먹을 시간 다 됐다."고 할 때까지 어슬렁거렸다. 뒷목이 뻐근해질 때까지 위 칸에 있는 책을 뽑아보고 꽂아놓기를 반복했다. 그러다 손에 쥐고 가는 책은 소설가 장정일이 시로 쓴 바도 있는 '삼중당 문고본'이었다. 김동리 선생의 《사반의 십자가》, 《무녀도》, 《등신불》 같은 작품을 나는 삼중당 문고로 읽었다. 이사를 오고부터 걸어서 5~6분 거리에 있는 그 서점에 단골로 드나들며 《루 살로메》, 〈스크린〉, 〈소설문학〉 등 무분별한 독서에 빠져 들었다.

오동통하고 하얀 살결의 주인아저씨는 경희대학교 영문과인지, 국문과인지를 나왔다고 했다. 그 분이 어느 날, 조금 면구스러운 표정으로 〈스크린〉 잡지 책값을 치르는 나에게 뜬금없이 이런 말씀을 하셨다. "책이란 말이야 양서와 악서가 따로 없어. 읽는 사람이 어떻게 읽느냐가 문제지." 나는 다소 엉뚱한 그 말씀에 엄청난 깨달음을 얻었다. 마치 복음처럼 내 가슴 안에 콱 들어와 박혔다. 악서와 양서가 따로 없다니…. 이 얼마나 멋진 말인가? 한마디로 내가 야하디야한 여성 잡지를 사서 본대도 괜찮다, 다 괜찮다, 이런 말이 아닌가? 이렇게 내 나름대로 해석한 액면의 깨달음을 나는 지금도 실천하고 있다. 중학교 1학년생인 내 아들 녀석에게 "19금 영화도 네가 어떻게 소화하느냐 나름이야. 그런 것도 익숙해지면 아무것도 아니야."라고 마구 떠들어대는 이론적 근거를 그 녀석 나이에 들었던 서점주인 아저씨의 말씀으로 대치하고 있는 것이다. 나는 그 말씀에 용기를 얻어 더욱 떳떳하게 서점을 드나들었고, 조숙한 책들을 마음대로 집어들고는 "아저씨 계산이요." 하며 헤벌쭉 웃을 수 있었다. 그러면 아저씨는 씨익 미소를 지으며 기꺼이 계산을 해주고는 했다. 나는 참고서 살 돈으로 사는 각종 잡지나 소설책 등이 부끄럽지 않았고 어머니에게 미안하지도 않았다. 책과 관련하여 나의 첫 번째 자유의식을 꽃피운 그 시절의 기억은 지금도 나에게 자유의 맛을 새삼 곱씹게 해준다. 내가 은연중 갈구하던 의식의 해방과 자유의식이 책에서가 아니라 단 한마디의 조언, 서점아저씨의 한마디에서 오다니…. 아이러니하다.

# 권력이동

앨빈 토플러
한국경제신문사
1990년 11월 출간

2007년 다보스 포럼에서 글로벌 리더라는 사람들은 '힘의 이동'을 대주제로 채택했다. 서구에서 아시아로, 신흥시장으로 자본력과 외교력, 군사력이 이동한다는 얘기다. 세계 자본주의의 큰집 미국은 2001년 9.11 테러를 거치면서 가세가 확 기울더니 2008년 서브프라임 모기지사태를 거치면서 서까래가 무너진 형편이다. 흑인 대통령까지 탄생시키면서 절치부심하지만 2014년 현재까지도 재기는 쉽지 않아 보인다. 그동안 쌓은 과학기술과 군사력, 외교력, 인문학적 지도력 등 내공은 남아 있을 것이나 중국, 러시아 등 으르렁거리는 세력은 기세가 오르고 부시의 강아지 얘기까지 듣던 일본은 앞날이 불투명해서 부축해주던 팔을 빼버렸다. 유럽은 늙고 병들었다. 기력이나마 회복하려면 몇십 년이 걸릴지 알 수 없는 지경이다. 경제력 면에서 확실히 힘은 아시아로 기울었다. 아시아 중에서도 중국이다. 결국 G2, 베이징 컨센서스라는 말까지 생겨났다. 2008년 베이징 올림픽 때 중국은 어마어마한 돈을 들여 개막식 쇼를 연출했고, 각국 정상들은 장쩌민이 거느린 조공국 대신들처럼 땀을 삐질삐질 흘리며 좁아터진 좌석에서 고생해야 했다. 올림픽 직후 쓰촨 대지진이 터져 한풀 꺾였지만, 중국이 국제무대에 보여준 위용 또는 위협은 대단한 것이었다. 이른바 힘의 중심축이 이동한 것이다.《권력이동》은 단순히 경제적 권력의 이동, 국제 외교질서에서 힘의 이동만을 말하는 게 아니라 자본주의 체제 내부의 근본적인 질적 이동을 말한다. 권력의 핵심 요소인 폭력, 부, 지식정보 사이의 관계에서 그 우선순위가 급격히 바뀌고 있다는 게 골자다. 한마디로 미래사회는 지식정보가 권력 시스템의 가장 핵심적인 요소가 된다는 것이다. 지식정보의 바다이자 시스템인 인터넷을 주무르는 엘리트들이 금융과 경제, 정치, 문화 등을 주무르게 된다는 얘기는 줄리안 어샌지와 에드워드 스노든이 충분히 증명했다. 빌 게이츠, 스티브 잡스, 래리 페이지, 주커버그 등 디지털 천재들의 득세는 새삼 거론할 필요조차 없다. 자, 무엇을 할 것인가? 살아남으려면 중국의 등에 타는 게 아니라 디지털 문명의 등을 타야 한다. 아시아로 힘이 이동한다는 얘기는 한 귀로 듣고 한 귀로 흘려도 된다. 그보다 더 빠른 이동이 바로 아날로그적 폭력과 부의 권력에서 디지털 정보 권력으로의 이동이다. 아직도 이 사실을 인정하지 못하고 과거의 향수에 사로잡혀 있는 사람들은 이 책을 100번 정도 읽어야 한다.

# 가랑비에
# 옷 젖듯이

　　문학 행사 기획자로 유명한 시인 한 분에게
들은 얘기가 있다. 소설가 김동리 선생의 일화다. 고등학생
시절 방학동안 친형님인 김범부 선생이 머물던 경상남도 다
솔사라는 곳에 들어가, 형님이 소장한 책들을 읽으면서 소설
가의 꿈을 키우고 마침내 이뤘다는 얘기다. 나에게 소설가의
꿈을 막연히 꾸게 한 건 바로 김동리 선생이 쓴 《사반의 십자
가》였다. 《무녀도》, 《등신불》, 《역마》 등 김동리의 작품은 어
쩐지 다른 소설들과 달랐다. 당시 나는 까까머리 중학생으로
교회 학생회 회장이었다. 교회의 구성원들은 거의 인왕산 기
슭 달동네 출신들이었는데, 중학교 3학년 때 하천이 흐르고
시장이 가까운 아랫동네로 이사 내려온 나는 서점에서 세속
적인 욕망을 채우고, 달동네 시절부터 다니던 교회(우리 집이
이사를 온 시기에 교회도 이사를 왔다. 알고 보면 어머니는 이 교회

를 따라 이사를 온 것 같기도 하다. '맹모삼천지교'의 뜻이 아니라)
에서 거룩한 소명감을 불태웠다. 당시 내 신앙심은 가히 절정
이었는데, 경기도 인근 한얼산 기도원에서 열린 학생회 여름
수련회 때 방언의 은사까지 받은 몸이었다. 아줌마와 할머니
들의 애걸복걸하는 통성 기도 소리가 괜히 거슬려 눈을 삔히
뜨고 기도원 마룻바닥을 훑듯이 훑어보고 있는데, 양말 두 짝
이 눈앞에 나타나더니 갑자기 뒤통수를 딱 하고 내려쳤다. 통
증은 없었는데, 분명 자극은 느껴졌다. 신비로운 사건이 벌어
졌다. 뒤통수를 맞은 즉시 내 입에서 이상한 말들이 튀어나온
것이다. 나는 '눈 뜨고 있다가 들켰나?' 싶어 얼른 눈을 감으
면서도 입에서는 나도 못 알아듣는 이상한 말들을 쏟아내고
있었다. 기묘한 경험이었다. 주절주절, 쌀라쌀라… 큰 소리로
뭔가 간절한 내용을 읊으면서도 속으로 이상하다, 이상하다,
내가 왜 이러지? 할 뿐이었다. 수술 중 각성이라는 게 있다더
니, 지금 생각하면 뭔가 그런 느낌이었다. 무당이 작두를 타
면서도, 최면에 걸린 사람이 평소에 전혀 기억에 없던 이야기
를 떠들면서도 의식은 말짱하더라는 사연이 있다더니 내가
그런 짝이었던 것 같다. 아무튼 그 뒤 몇 달 동안 방언 신드롬
은 이어졌다. 나는 공연히 교회에 들러 큰 소리로 기도를 하
면서 방언 실력을 뽐냈다. 회장인 내가 방언을 하자 부회장,
총무도 따라했다. 같은 또래인 그 녀석들이 진짜 방언의 은사

라는 걸 받았는지, 그중 공부를 제일 잘하던 나를 벤치마킹
하느라 그런 건지 지금도 알 수 없다. 다만 매우 간절한 표정
으로 주절거리던 한 녀석의 오만상 찡그린 얼굴은 오래 기억
에 남아 있다. 당시 방언이란 일종의 교회 내 엘리트임을 드
러내는 고급 스펙이었다. 방언을 하는 사람을 우러르는 묘한
분위기가 있었다. 더구나 까까머리 중학생짜리가 그러니 교
회 어른들도 나를 매우 대견해했다. 나는 우쭐대고 싶었으나
표정 관리를 해야 했고, 항상 겸손한 모범생의 포스를 유지해
야 한다는 강박감에 사로잡혀 있었다.

　그런 분위기는 교회가 아랫동네, 그러니까 하천이 있고 시
장이 근처에 있고 서점이 있는 곳으로 이사 내려온 뒤에도
한동안 지속되었다. 그래서 《무녀도》나 《등신불》보다는 《사
반의 십자가》가 쏙 마음에 들어왔다. 두말할 나위도 없었다.
기독교 문화에 가까운 텍스트가 아닌 건 이상하게 역겨웠고
싫었다. 향냄새가 싫었고 까까머리가 싫었다. 울긋불긋한 칼
라도 싫었고, 무당춤이 나오는 드라마가 나오면 바로 채널을
돌렸다. 어쩐지 미신 같은 제목의 소설들은 《사반의 십자가》
를 읽고 나서야 손에 잡았는데 그리 솔깃하지 않았다. 나중
에 대학생이 되어서 나를 운동권으로 끌어들이려는 선배가
권해준 《사람의 아들》을 읽었을 때서야 무언가 작품성의 차
이라는 것을 어렴풋이 느끼고 《등신불》의 가치를 다시 생각

했던 기억이 난다. (당시 나는 서강문학반의 일원이었다.)

　삼중당 문고판 《사반의 십자가》의 내용은 지금 기억에 없다. 《사람의 아들》의 내용은 그나마 머리가 굵을 때 읽어서인지 기억이 난다. 그래도 작품성이 높은 《사반의 십자가》만 기억에 없다니, 다시 읽어야지 하는 결기가 새삼 돋는다. 그 이후 나는 니코스 카잔차키스의 《예수 다시 십자가에 못 박히다》, 움베르토 에코의 《장미의 이름》, 댄 브라운의 《다빈치코드》와 《천사와 악마》, 조반니노 과레스키의 《신부님 우리들의 신부님》 시리즈를 읽었다. 대학교 1학년 무렵까지 푹 빠져 있던 기독교 세계관, 기독교적 문화에 익숙해 있었던 것이다. 그래서일까, 대학교 4학년 당시 학생회 간부 활동을 하다가 '집회 및 시위에 관한 법률 위반 혐의'로 잡혀 들어갔을 당시, 지금의 서대문 형무소 박물관 자리에 있던 서울 구치소에서 김용옥 교수의 《여자란 무엇인가》를 읽으면서도 묘한 종교적 이데올로기의 냄새를 맡고 우호적인 감상에 빠져들었다.

　독서라는 행위는 어떻게 이루어지는 것일까? 나는 누가 강요하거나 이래라 저래라 간섭하는 사람이 없었다. 이런 책, 저런 책 추천해주는 사람도 하나 없었다. 형도 없고 선배도 없었다. 다만 고등학생 시절 당시 명지문예반의 리더였던 유성호라는 친구가 박인환의 시를 외우는 걸 보고 따라 외우던 기억이 누군가로부터 독서 안내를 받은 첫 경험이었다. 한목 술문세술…. 이 글을 쓰면서 외워보려 기를 썼으나 나는 고작 "한 잔의 술을 마시고 우리는 버지니아 울프의 슬픈 옷자락을 이야기해야 한다. 목마는 거저 방울 소리만 남기고 겨울 속으로 떠났다. 술잔에서 별이 떨어진다. 문학이 죽고 인생이 죽고… 인생은 낡은 잡지의 표지처럼 통속하거늘…" 이런 식의 기억만 어슴푸레 남아 있는 걸 확인한다. 고등학교 교정에서 꿈꾸는 표정을 지으며 시를 읊던 친구 유성호, 그 녀석에게 자극받아 시를 외던 그 멋진 저녁의 야간 자율학습 시간. 그 기억은 그저 황홀할 뿐으로 언젠가 "얌마, 나도 문학한다. 이제…" 이러면서 문단의 유명인사가 된 그 녀석을 만나 이런저런 이야기를 나누었으면 하는 바람을 한 자락 깔아본다. 시를 외운 행위보다 그런 저녁 시간을 보냈다는 경험이 내겐 너무 아름답게 여겨진다. 유성호는 나도 좋아하는 선각자(?) 마광수 교수의 제자로 국문과 교수이자 평론가로 활동하고 있다.

독서의 맛을 알게 된 중학생 시절부터 고등학생 때까지 나는 누구의 강요도 없이, 사사키 아타루의 '누구의 부하도 되지 않았고, 누구도 부하로 두지 않았다.'는 표현대로 가랑비에 옷 젖듯, 속된 말로 제멋대로의 독서를 했던 것이다. 나는 지금도 독서는 누가 무엇 무엇을 읽어라 해서 읽는 게 아니라 가랑비에 옷 젖듯이 우연히 얻어 걸리고, 자기가 좋아하고 끌리는 대로 하는 게 좋다는 생각을 지우지 못한다. 《사반의 십자가》에 푹 빠졌는데 결국은 《등신불》, 《무녀도》의 문학적 가치를 이해하게 되는 자연스러운 과정, 이것은 교육으로 되는 게 아니라는 생각이 든다. 데모에 미쳤던 대학생 시절 짬짬이 읽었던 김동인, 현진건, 나도향, 채만식, 김유정, 박태원, 이태준, 강경애, 한무숙, 서영은, 최명희, 박경리, 박완서, 윤흥길, 전상국, 문순태, 하근찬, 이문구, 김주영, 이병주, 한승원, 한수산, 박범신, 조정래, 황석영 등 작가들의 수많은 소설들 중에서 김동리 선생의 작품이 준 감흥만큼 강렬한 건 없었다. 작품성이나 작가적 성향의 문제가 아니라 말랑말랑한 전두엽의 시기, 아마 어리고 새되고 순수한 가슴은 장작불 같은 것으로도 쉬이 불타오를 수 있는 시기였기에 그러지 않았을까 생각한다. 내가 일부러 문학을 하겠다는 작정을 하고 읽었을 때와 외롭고 높고 쓸쓸한 경지를 모르면서도 문학에 대한 막연한 숭앙심과 존경심을 갖고서 읽었을 때는 아마 다를 것이다. 가랑비에 옷 젖듯, 누구의 가르침도 없이 자연스레 독서에 빠졌던 시절의 기억은 말로 표현할 수 없는 황홀감을 준다. 그 시절이 없었다면 나는 무엇으로 존재의 가치를 증명할 수 있을까? 막막할 뿐이다.

# 부의 법칙과 미래

앨빈 토플러
한국경제신문사
2003년 02월 출간

　　'전쟁과 반전쟁'이 원 제목이다. 그런데 두 번째 판에선 '부의 법칙과 미래'로 제목을 바꾸었다. 아마도 전쟁이라는 말이 너무 자극적인데다 서점에서 분류할 때 군사학 쪽으로 갈까봐 그랬을 것이다. 이 책은 앨빈 토플러가 만만한 민간인이 아니라는 점을 잘 보여준다. 앨빈과 하이디(부인)는 펜타곤에서 찾아온 한 육군 중령으로부터 들은 이야기와 그의 안내로 방문한 펜타곤에서 구경했던 시뮬레이션 전쟁 게임의 장면에서 미래 전쟁의 모습을 구체적으로 그리게 된다. 그 이후 펜타곤과의 관계가 어떻게 설정되었는지 모르지만, 토플러는 1990년 8월에서 1991년 2월까지 벌어진 걸프만 전쟁에서 펜타곤에서 구경했던 전자게임 장면을 그대로 보게 된다. 경악을 금치 못한 토플러는 1993년 이 책을 쓴다. 대량살상의 초토화 전략에서 맞춤형 타격의 스마트전으로 전쟁의 양상이 바뀌면 세상은 어떻게 변하는가, 뭐 이런 문제를 다룬 것이다. 그때로부터도 20년 넘게 흐른 지금 첨단 전자무기들의 발전상은 놀랍다. 로보캅이 등장하는가 하면 아바타와 독가스 곤충, 무인 정찰기 등 상상초월의 전쟁 무기들이 등장했다. 이젠 전쟁이 벌어지면 문명이 붕괴할 정도다. 2차 대전만 해도 초토화된 폐허 위에서 경제부흥의 꽃이 피워졌는데, 앞으로는 아니다. 건물만 횅뎅그렁 남아 있고 사람은 간 곳 없고, 정부와 제도만 박살나는 식일 것이다. 인류는 이런 전쟁을 어떻게 억제할 수 있을까? 인류가 디지털에 의존할수록 통제력을 상실하는 게 아닌가, 하는 끔찍한 생각이 드는 건 어쩔 수 없다. 가뜩이나 더 끔찍한 것은 2013년 후쿠시마 원전 붕괴를 불러온 동일본 쓰나미 같은 자연 재해다. 핵을 건드린 게 혹시 에덴동산에서 무화과를 따 먹은 행위를 상징하는 건 아닐까, 자꾸 종말론적인 생각이 드는 시절이다. 이 책은 막연히 그런가 보다가 아니라 왜 그런 식으로 굴러갈 수밖에 없는지, 그 근거를 알 수 있게 해주는 책이다. 논리가 명쾌하고 사례가 생생하며 저자의 깊은 속내가 느껴진다.

# 낭독
## 독서의 발견

하늘천 따지, 검을현 누를황, 집우 집주. 사극에서 도령들이 몸을 앞뒤로 꺼떡꺼떡 흔들며 천자문을 암송하는 장면은 우리 세대에겐 그리 낯설지 않다. 하지만 중학교 1학년 때 지태환이라는 대머리 영어 선생님이 "1번부터 일어나 큰 소리로 읽는다. 실시!", "태호 이즈 어 사커 플레이어…."를 외울 때 하늘천 따지를 암송하는 장면은 오버랩 되지 않았다. 아무튼 나는 중학교 1학년 시절 지태환 선생님의 독특한 영어 교수법에 매료되었고, 그때 영어 실력이 수십 년이 지난 지금도 거의 내 영어 실력이라고 믿고 있다. 영어를 말할 때, 나는 반드시 먼저 "태호 이즈 어 사커 플레이어."가 떠오른다.

이렇듯 나도 언젠가는 낭독을 한 적이 있고 그 시절 강렬한 독서의 기억은 지금까지 남아 평생을 갈 것 같은 예감이 든다. 나는 이미 독서의 두 번째 계단을 낭독으로 올랐고, 그 이후 수십 년간 그 두 번째 계단에서 멈춰 있었던 게 아닐까, 생각하며 우울해한다. 천자문을 외우듯이 큰 소리로 영어 문장을 외우고, 다시 다양한 낭독 독서의 세계로 일찍 안내되었더라면, 지금 나는 어떤 사람이 되어 있었을까? 아마도 경쟁사회의 큰 승리자가 되어 있지 않았을까?

장회익, 정민, 김열규, 표정훈, 헤럴드 볼룸, 샤를 단치, 헤르만 헤세, 움베르토 에코, 알베르토 망구엘, 다치바나 다카시 등 내로라하는 독서가들에 의하면 독서는 성공의 수단이 아니라 행복의 도구라고 한다. 그리고 그들은 대개 낭독을 즐겼다. 이들은 낭독이 오감을 자극하고 두뇌를 활성화시켜 더욱 효과적이라는 것을 잘 알고 있었던 것 같다.

독서의 역사를 거슬러 올라가면 애초에 대중 앞에서의 낭독이 먼저였고, 묵독은 나중이라고 한다. 아우구스티누스 황제가 읊조려 묵독하는 모습을 본 귀족들이 "저이야 말로 위대한 천재다!"라며 감탄하기도 했다고 한다. 옛날의 위대한 천재는 조용히 글을 읽을 수 있는 능력을 가진 사람이었다. 중세의 묵독은 신비로운 명상, 신의 말씀을 암송하는 것과 비슷한 콘셉트였던 것 같다. 그래서인지 묵독이 낭독보다 더

품격 높은 독서로 인정받았다. 낭독은 일종의 싸구려 길거리 대중 연설 정도로 취급받았던 것 같다. 한마디로 묵독은 지배 계층, 지식층의 고품격 독서였고, 낭독은 대중용, 보급형 독서였다는 것이다. 하지만 이 대중용, 보급형 독서에서 오늘날 근대 문학이 탄생했고, 민주주의적 글 읽기와 글쓰기, 언론 자유와 미디어가 생겨난 것일 테니, 결국 낭독의 역사적 승리라고 할까?

한국방송통신대학교 손종흠 교수는 자신을 '전기수傳奇叟'라고 한다. '길 위의 인문학'이라는 프로그램에 참가해 초청 강사로 나선 그 분의 이야기를 들었는데, 그 분은 자기를 우리나라에 남은 마지막 전기수라고 소개했다. 전기수? 떠오를 듯 아슴푸레한 전기수라는 말. 전기수란 다름 아닌 그 옛날, 흘러간 옛 시절의 소설 낭독 전문가이다. 조선 후기까지 내려오던 전통이던 전기수는 전국의 5일장을 돌아다니며 판소리 소설들을 낭독해주며 생계를 유지한 낭독 전문가였다. 전기수는 한 푼이건 두 푼이건 돈을 받았고, 애간장 녹는 장면에서 낭독을 뚝 끊어 다시 돈을 긁어모은 뒤 다음 내용을 낭독하는 식으로 대중들의 귀를 사로잡았다. 오늘날로 말하면 아나운서, 성우, 배우 등을 겸한 최초의 방송인이었던 셈이다. 다만 그 무대가 텔레비전 방송국이 아니라 사람들이 많이 모이는 장터였을 뿐. 전기수들은 판소리 소설을 낭독할 때 아주 독특한 리듬과 가락, 후렴구, 감창소리 등을 넣어 연기를 했다. 텔레비전도 라디오도 스마트폰도 없던 시절, 게다가 문맹률이 100퍼센트에 육박하던 때라 대중들은 전기수의 한 마디, 한 마디에 온 귀와 마음을 사로잡혔다. 전기수는 일종의 낭독 연예인으로 인기를 얻어 한 시대를 풍미한 직업이었다. 손 교수가 낭독한 판소리 한 대목은 요즘 사람들의 귀로는 도저히 들어오지 않는 흥얼거림이었으나 그 독특한 리듬감과 악센트 때문에 낱말의 뜻만 알고 있다면 얼마든지 몰입이 가능할 것 같았다.

개인적인 독서 체험을 미루어 보거나, 독서의 역사를 살펴보아도 낭독이란 우리 선조 엘리트들이 언젠가 한 번은 거치고 넘어간 독서의 방식이고 생활 속에 녹아 있는 자연스러운 독서 방법이었다는 생각이 든다. 알고 보면 낭독 독서는 우리 생활 주변에 흔하다. 하다못해 교회나 절에 다니는, 기타 종교생활을 하는 모든 종교인들이 최소한 일주일에 한 번 이상은 낭독 독서 생활을 하는 것으로 여겨진다. 목사님의 설교나 신부님의 강론, 스님의 설법이 결국 경전의 한두 대목을 낭독해주고, 그 의미를 되새기거나 재해석해주는 게 아닌가? 대중 앞에서의 경전 낭독, 그 뜻의 반추와 되새

김과 재해석. 이것이야말로 독서의 전형적인 기술이다.

　독서 낭독 클럽, 북코러스에서도 감명 깊게 읽은 책《잘라라, 기도하는 그 손을》에 의하면 독서는 고쳐 쓰기, 재해석으로 귀결되어야 한다. 저자 사사키 아타루는 일본의 떠오르는 젊은 사상가인데, 그에게 독서는 혁명이다. 사사키 아타루가 대표적인 역사적 사례로 드는 게 마틴 루터의 종교개혁이다. 마틴 루터의 종교개혁이야말로 근대 국가의 기본 질서와 법과 체계를 만든 최초의 혁명이라는 것인데, 마틴 루터 혁명의 시초는 다름 아닌 성경의 대중적 보급, 대중 설교였다고 주장한다. 지식층, 종교 귀족층에서만 알음알음 돌려읽던 라틴어 성경이 대중들이 누구나 쓰는 독일어로 번역된 순간 역사는 새로 시작되고 혁명이 일어났다는 것이다. 그러니까 성경의 독일어 번역은 대표적인 고쳐 쓰기다. 독일어로, 즉 보통 민중의 언어로 번역하면서 부지불식간에 거룩한 텍스트가 친근하고 살가운 텍스트로 고쳐졌다는 것이다. 이런 고쳐 쓰기가 곧 사사키가 말하는 혁명이다. 역사학자들이나 사회과학자들은 흔히 혁명이라면 러시아 볼셰비키 혁명이나 정권이 뒤바뀌는 폭력 혁명을 말하나 텍스트 혁명이야말로 그런 혁명들에 우선하는 근본적이고 본질적인 혁명이라는 주장이 뒤따른다. 유혈이 아닌 무혈 혁명, 수백 년 동안 마치 방사능이 반감기 동안 계속 분열하듯이, 내적으로 지속적으로 분열과 폭발이 일어나는 콘텐츠 혁명. 그것이야 말로 독서의 본질이자 정수가 아닌가, 일본의 새파랗게 젊은 사상가가 되묻는다.

또 다치바나 다카시도 사사키 아타루와 비슷한 취지로 설명한다. 중학생 시절 세계문학을 거의 다 읽고 나이가 들면서 뇌과학, 우주과학 등 전방위 독서광이 된 다치바나 다카시도 책을 깨끗하게 보지 않고 엄청난 여백 낙서를 통해 고쳐 읽고 고쳐 썼다고 한다. 다치바나 다카시는 일본 내에서 유명한 다큐멘터리 탐사 보도 작가인데, 한 분야의 탐사 보도물을 만들기 위해서 최소 300권에서 500권 이상의 책을 읽는다고 한다. 그는 독서광을 넘어 독서 괴물이라 할 만하다.

아무튼 내로라하는 독서가들이 권하는 방식은 텍스트의 맥락을 암기하는 게 아니라 자기 것으로 완전히 소화하여 재해석하고 고쳐 쓰는 것이다. 이러한 재해석과 고쳐 쓰기를 위해서는 묵독보다는 낭독이 확실히 효과가 있을 것이라고 생각한다. 그들이 지은 책을 읽어보니 독서 전문가들은 어느 경지에 올랐을 때 이미 묵독만으로도 낭독 이상의 효과를 보는 것 같다. 하지만 초심자나 묵독에 익숙하지 않은 사람들이라면 낭독이 매우 효율적인 독서법이며 고품격 묵독으로 가는 지름길이라는 것을 의심할 여지가 없다. 인간의 독서 역사가 낭독으로부터 출발해 마음속으로 읊조리는 묵독, 명상의 경지로 나아간 것이니 원리상 맞아 떨어지지 않을까?

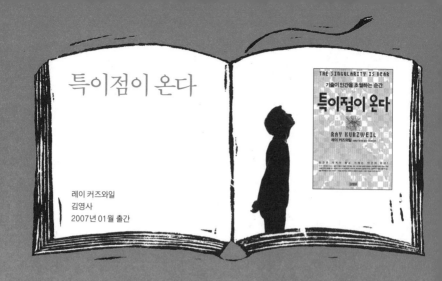

# 특이점이 온다

레이 커즈와일
김영사
2007년 01월 출간

레이 커즈와일의 《특이점이 온다》는 또 하나의 경전이다. '뻥 튀기'라는 평가도 받지만 이만큼 일목요연한 뻥도 드물다. TV드라마처럼 아주 그럴듯한 뻥이다. 레이 커즈와일은 이 책에서 기술, 특히 디지털 기술의 지수함수적 발달의 역사를 제시하면서 2040년 대에는 인간이 로봇과 섞일 것이라는 놀라운 전망을 내놓는다. 나노컴퓨터 기술이 인간의 뇌에 작은 컴퓨터 신경 다발들을 심을 수 있을 정도로 발달해서 인간이 지구 진화의 역사 40여 억년 만에 드디어 '신'이 된다는 얘기다. 연산능력이 어마어마한 그 신은 말 한마디 하지 않고도 우주와 소통하며 우주 생성의 원리를 알아낸다. 그리곤 다시 침묵한다. 침묵하면서 행성과 항성들의 운행, 끊임없이 우주 어딘가로 팽창하고 있는 그 어느 경계 지점의 비밀에 대해 알아낸다. 이런 어마어마한 뻥을 거의 확신하는 그는 하루 200알의 생화학 약제를 복용하면서 당대에 그런 일이 일어날 것에 대비하고 있다고 한다. 이런 그를 아주 엉터리로 볼 수 없다. 그는 맹인 가수 스티비 원더와 함께 '커즈와일' 전자올겐을 발명하고 텍스트를 소리로 들려주는 소프트웨어를 발명하는 등 21세기의 에디슨 소리를 듣고 있기 때문이다. 아바타 등 숱한 미래 영화가 그의 자문 아래 만들어졌다고도 한다. 《특이점이 온다》도 영화로 만들어졌는데, 국내 개봉은 없었다. 그는 또 나사와 구글의 지원을 받아 나사 에임스캠퍼스 내에 '특이점 대학'을 만들었는데, 우리나라 우주인 고산 씨가 한국 최초의 졸업생이다. 짐 테이터 등 내로라는 미래학자들이 그 정체불명 대학의 교수이며 한두 달 간의 수업을 듣고 곧장 미래형 회사를 창업하는 코스로 짜여 있다고 한다. 천재들만 모인 대학에서 미래 기술사회의 도래를 예견하는 공부를 빡세게 한 뒤 곧장 세상을 뒤바꿀 무언가를 만드는 사업을 벌인다는 것이다. 몇 명의 천재가 세상을 먹여 살리거나 변화시킨다는 디지털 세상에서 매우 주목받는 한 팀이 될 게 틀림없다. 그 팀에 대해 알고 싶거나 그 팀에 합류하고 싶거든 얼른 이 책을 경전처럼 몇 번 되풀이해서 읽은 뒤, 현재를 잊고 미래만을 생각하라. 그것도 한판의 인생이다.

# 묵독

독서의 기술은 여러 가지가 있다. 분류 방식에 따라 다를 테지만 나는 크게 낭독과 묵독으로 나누고 싶다. 독서의 역사를 살펴보면 대중용 독서법인 낭독이 먼저 보급되고, 묵독은 고상한 지식인의 독서법으로 나중에 생겨났다고 한다.

《명상록》의 저자인 로마 황제 마르쿠르 아우렐리우스(121~180)는 책을 읊조려 읽을 수 있다고 해서 귀족들의 존경을 한 몸에 받았다. 황제니까 뭘 해도 "존경하옵니다. 폐하." 소리를 들었을 텐데, 책을 소리 내지 않고 읽는다고 존경을 받았다니 멋지다. 이런 면모 때문에 아우렐리우스에게서 르네상스형 황제의 첫 모습을 목격했다는 말도 하는 것이리라. 아마도 당시 묵독은 고결한 명상, 신에게 읊조리는 경건한 기도로 이해되었지 싶다. 무척 신비한 일로 여겨졌을 것이다. 아우렐리우스가 손에 들고 있던 묵독의 대상인 책도 아마 아무나 손에 쥘 수 있는 게 아니었을 것이다. 황제의 권위에 걸맞는, 그의 신분에 어울리는 특별 한정 제작판이었을 것이다. 텍스트는 오죽했을까? 당시에는 성경이나 불경도 없었을 테니, 아마 당대 가장 위대하거나 유명한 사상가의 책 같은 것이었을 것이다. 그는 윤리와 도덕, 양심을 중시하는 경건한 스토아 철학자로 알려져 있다. 그가 손에 책을 들고 그를 둘러싼 호위 무사나 시종, 하녀, 특별보좌관 격의 신하나 최측근 귀족, 애인들이 뚫어져라 지켜보는 가운데 묵독을 하는 모습. 햇빛이 환하면서도 부드럽게 들이치는 넓은 궁정의 어느 쾌적한 방에서 황제가 책의 한 페이지에 몰입하는 장면이라니. 상상만 해도 입이 헤벌어지는 풍경이 아닐 수 없다.

 오늘날 어떤 지도자가 이런 고즈넉한 묵독을 즐기고 있을까? 여름 휴가지에서 상반신을 노출한 채 선탠 겸 책을 읽는 미국 대통령의 모습도 TV 화면에서 보긴 봤지만, 그건 그저 여가를 때우기 위해 곁다리로 하는 독서라는 생각이 들 뿐이다. 아우렐리우스의 묵독은 어지간히 바쁜 황제의 일상 중 한 타임을 뚝 떼어 '일'로써 하는 독서였다. 그에게 독서는 곧 통치 행위의 한 부분이고 독서를 통해 얻은 지혜는 곧 명령이 되고 칙령이 되어 당장 실행되곤 했을 것이다. 고대의 묵독은 권력자들이나 할 수 있는 비밀 제의이자 통치 행위였다. 비밀 제의라면 요상한 장면을 상상할지 모르겠는데, 그런 말이 아니라 자기와 자기, 자기와 신 사이에만 은밀히 이루어지는 소통이라는 점에서 그렇다는 것이다. 그렇다면 자기 생각을 남에게 비밀로 해도 되는 사람, 속으로 뭔가 꿍얼꿍얼 대는 거 보니 배신이라도 하려고 은밀한 모의를 하는 거 아닐까, 의심받지 않을 사람은 누구겠는가? 바로 최고 권력자, 마르쿠스 아우렐리우스다. 이렇듯 고대의 묵독은 한때 황제의 신분을 드러내는 위대한 독서법이었다. 이러한 황제의 독서법을 차츰 귀족들이 본떠 신하들이 따라하고 전문인들이 흉내 냈을 것이다.

오늘날도 어떤 책을 대통령이 읽었더라, 그러면 청와대 안에 퍼지고 그게 소문이 나서 관료들과 그 관료들에게 연줄을 단 사장, 임원들이 읽고 그것이 경제연구소 같은 데서 추천 도서로 선정되는 식으로 퍼지니까 말이다. 널리 알려진 예로 《남한산성》(김훈) 같은 소설이 대표적이다. 대통령이 읽었다는 소문이 퍼지자 삽시간에 베스트셀러에 올라, 작가가 일약 베스트셀러 작가의 반열에 올랐다. 아무튼 당시에는 묵독도 모든 유행이나 트렌드가 그렇듯 매우 핫한 아이템이었을 것이다. 하지만 지금은 지하철 안에서 누구나, 아무나 하는 행위가 되었다. 영광이다. '묵독하는 사람'이라는 그림 안에 등장할 수 있는 주인공이 아무나 되는 시대에 우리는 살고 있다. 그 누구에게도 방해받지 않으며 그 무엇에도 매이지 않고 오직 문자와 문장에만 몰입하며 마음 안에서 읊조리고 읊조리기를 반복하여 가슴에 새기는 몇 시간의 삶. 상상만 해도 행복한 일이 아닐 수 없다. 묵독은 일종의 생활이며 숨을 들이쉬고 내뱉는 것과 같이 생체리듬을 타는 독서법이 아닌가, 생각해본다.

아우렐리우스의 《명상록》 몇 구절을 감상해보자. 그리고 묵독으로 한번 읊조려보자. 아우렐리우스가 어떤 상상을 하며 이런 대목을 썼을까, 궁금해하며…. 참고로 아우렐리우스는 황제이면서도 목사나 신부, 학승보다 더 경건한 사람이었다고 한다. 살아 있는 도덕 교과서라고나 할까?

"누군가 갑자기 '당신은 지금 무슨 생각을 하고 있는가?'라고 물었을 때도, 정확하게 '나는 이런 생각을 하고 있다.'라고 대답할 수 있도록 항상 사고하는 습관을 길러야 한다. 욕망과 쾌락으로 괴로워한다거나 시기와 질투, 경쟁심 따위를 갖는 일 없이, 언제든 마음속의 것을 말해야 할 때 얼굴 붉히지 않을 수 있는 것들만 생각해야 한다."

"하루하루를 마지막인 것처럼 생각하라. 절대로 분노하지 말고, 냉담하지 않으며, 위선적인 행동을 하지 않는 것이 완전한 인격에 도달하는 길이다."

"인간은 변화를 두려워한다. 그러나 변화 없이 가능한 일은 아무것도 없다. 또한 자연이 변화보다 더 소중히 여기는 것은 없다. 변화야말로 우주의 본질에 가장 적절한 것이기 때문이다."

아우렐리우스의 묵독. 명상하듯 곰곰이 몰입하는 독서. 느린 독서. 알고 보면 묵독이 낭독 너머의 낭독 독서, 낭독 독서가 지향하는 고차원의 독서 천국이 아닐까 생각해본다.

총, 균, 쇠

재레드 다이아몬드
문학사상
2005년 12월 출간

《총, 균, 쇠》는 두 말이 필요없는 명저다. 현대판 고전이란 말은 이 책을 두고 하는 말이다. 서점에는 그 두꺼운 《총, 균, 쇠》가 지식인들의 바이블처럼 소문나서인지, 아주 신선한 빛을 띤 표지를 위로 하고 얌전히 누워 있다. '조선일보 파워 101 클래식'이라는 독서 권장 프로그램에서 《코스모스》와 함께 이 책도 다뤄졌다. 아마도 그 이후 이래 저래 더 팔리지 않았나 싶다. 《총, 균, 쇠》의 세계관은 우리가 익히 배워온 민족주의사관이나 진보사관, 유물사관, 관념사관, 기독교사관 같은 사관들을 일거에 비과학적인 주장들로 깔아 뭉갠다. 저자 제레드 다이아몬드가 논쟁을 건다는 말이 아니라 《총, 균, 쇠》를 읽고 나면 자연스레 내가 배운 역사 이야기가 쓰잘 데 없는 아집으로 첨철되어 있었구나, 하는 깨달음이 온다. 나는 그래서 이 책을 강력히 추천한다. 역사를 팩트의 그물로 이을 때가 이제는 되었다. 특히 민족주의사관이나 유물사관에 멍든 한국의 지식사회, 교육사회는 《총, 균, 쇠》를 100번이고 1000번이고 똑바로 읽어야 한다. 인간은 진화의 산물이다. 지금의 역사는 진화의 도정 안에서 인간의 몸과 마음이 처한 특수한 사정과 생태, 환경 등의 산물이다. 미래에도 그렇고 영원히 그럴 것이다. 자연선택이건 인위선택이건, 그때 그때 생존 여건에 발맞춘 우연한 노력, 필생의 노력으로 문명은 만들어진다. 인간도 그런 식으로 만들어지는 사회적 존재다. 세련된 부자 문명권에 산다고 거들먹거릴 일도 없고 후지고 가난한 문명권에 산다고 주눅들 일도 아니다. 각자 다양한 생태적 본분을 지닌 채 자기 나름대로 사는 게 인생이다. 그런 깨달음을 공유하기 위해 수십여 년간 조사하고 연구해서 이런 명저를 세상에 내놓은 제레드 다이아몬드에게 고맙다. 평생 머리맡에 두고 읽고 또 읽어야 할 명저이다. 이 책은 이야기 책 읽듯이 쉽고 편하게 술술 읽으면 된다. 다만 그동안 학교에서 배워온 민족사관이 걸거쳐서 머리에 쥐가 나는 사람도 있을 것이다. 일단, 우리가 배운 건 틀렸다, 여기고 이 책을 새로운 교과서인양 외우듯이 술술 읽어라. 이 책을 읽고 우리 역사 교과서를 보면 태도가 달라질 것이다.

# 낭독

묵독의 장점은 아무리 강조해도 지나침이 없는데, 막상 독서의 효능이나 효과를 말할 때 묵독이 좋은지 낭독이 좋은지에 대해서는 딱 부러지게 답을 내놓을 수 없을 것 같다.

뒤에 나오겠지만, 일반적으로 낭독이 묵독보다는 뇌의 전두엽을 더 활성화시키고 이런저런 부위에 더 자극을 준다고는 한다. 뇌파 검사에서도 묵독보다 낭독을 할 때 안정적인 저주파가 나와 마치 몰입, 명상을 할 때와 비슷한 효과를 보인다는 결론이다.

낭독을 해보니 실제로 묵독을 했을 때보다 3~4배 이상 기억에 남고(수치로 나타낼 수는 없지만 느낌대로 말한다면) 가

슴에도 스민다. 내 경험으로는 아주 까다롭게 낭독하며 읽었
던 책들, 예컨대 제레드 다이아몬드의 《총, 균, 쇠》, 칼 세이
건의 《코스모스》 같은 텍스트가 읽은 지 몇 달이 지났는데도
머릿속에 이미지로 떠돈다. 예컨대 《총, 균, 쇠》에 나오는 첫
장면이 그렇다. 저자인 제레드 다이아몬드와 원주민 정치가
청년 얄리가 해변을 함께 걸으면서 이야기하는 대목이다. 묵
독을 하면서는 이미지까지 떠올리기 힘든데, 아마도 낭독을
하고 그 이후 몇 번 슬쩍슬쩍 뒤집어 보면서 그런 이미지가
생긴 것 같다.

　　얄리가 묻는다. "어째서 당신네 서구문명에는 화물이
　　많고, 우리가 사는 땅에는 화물이 없는 거지요?" 작가는
　　이 질문을 화두로 잡아 방대한 책을 썼다. 질문은 누구나
　　떠올릴 수 있겠지만 화두로 삼아 연구를 하고 통찰력의
　　경지까지 끌어올리기는 쉬운 일이 아닐 것이다. 질문 단
　　계에만 그치지 않는다면 이런 질문은 누구나에게 창조적
　　통찰의 시작이자 원천일지 모른다.

　그 다음 유명한 장면이 떠오른다. 16세기, 스페인의 돼지
치기 출신에 불과한 프란치스코 피사로가 200명도 안 되는
군인들을 데리고 남미 원정을 가 잉카 제국의 아타우알파

황제와 그 부족들, 그 부족의 연합군들을 몰살하는 장면이다. 초토화된 남미, 하루아침에 지구 종말과 같은 비극적 상황에 처한 부족들의 처지와 아녀자들의 눈물, 어린아이들의 죽음. 이 대목만큼 《총, 균, 쇠》에 어울리는 장면도 없을 것이다. 책을 다시 뒤적여보고 다큐멘터리를 검색해 감상하면서, 이 장면들을 더욱 분명히 머리속에 각인했다. 알고 보니 1519년과 1521년 두 차례 에르난도 코르테스 일당 수십 명이 아즈텍과 마야 문명을 초토화시킨데 이어 프란치스코 피사로가 1532년 잉카 제국 문명을 멸살하는 만행을 저지른 것이다. 말과 갑옷, 화승총, 쇠칼 등의 무기에 놀란 손도끼, 돌팔매, 나무막대, 청동기의 무리들은 자기들끼리 도망치다 엎치고 겹쳐서 180:80,000의 싸움에서 패퇴했다. 이 싸움의 전리품으로 피사로 일당이 챙긴 것은 다름 아닌 금과 은이었다. 피사로 일당이 남미 부족들에게 태양신으로 추종되는 아타우알파를 구금시킨 8개월 동안 몸값조로 받아 챙기거나 약탈한 금은 11kg, 은은 750kg이라고 한다. 그런데 이 금과 은은 결국 스페인과 유럽 전역에 이제까지 경험하지 못했던 인플레이션을 불러오게 된다. 이러한 미증유의 인플레이션은 결국 스페인을 쇠락의 길로 몰고간다. 인플레이션에 허우적거리게 된 스페인의 팔자소관이야 어쩌건 이후 세계 질서의 균형추가 서유럽 중심으로 기우는 결정적인 동인이 바로 피사로의 만행이었다. 이후 스페인 사람들은 마음 놓고 대륙을 유린하면서 기독교 개종을 명분으로 원주민들을 노예로 부리게 된다. 그렇게 100년이 흐르는 동안 대륙의 인구 7천만 명이 죽어 나갔다는데, 그 원인 중 하나가 스페인 사람들이 들여온 천연두였다. 우월한 무기, 세균이 원주민들을 몰살시키고 그 자리에 새로운 문명, 새로운 지배층, 새로운 문화를 만든 것이 오늘날 남미의 역사다.

《총, 균, 쇠》의 역사, 문화, 인류학적 통찰은 낭독을 했던 순간 이후 내 머리속에 강렬한 인상을 심어놓았다. 그간 묵독했던 어려운 책들도 이 정도의 인상을 주진 않았다. 나에게 《총, 균, 쇠》 낭독은 이렇듯 몇 장면들에 대한 강렬한 인상과 더불어 '다시 한 번 읽어야지.' 하는 불타는 의지를 심어주었다. 어쩌면 이것이 낭독의 강력한 효과가 아닐까 생각해본다. "반드시 다시 한 번 읽어야겠다."는 의지.

또 다른 인상 깊은 책, 《코스모스》(칼 세이건)는 우주의 심연을 가슴 안에 맞아들이게 하는 대 서사시이다. 낭독 모임에서 《코스모스》를 읽으면서 남은 인상적인 대목은 인터넷에도 돌아다니는 칼 세이건의 '창백한 푸른 점'이라는 제목의 한 컷의 사진과 캡션이다. "(보이저 1호가 1990년 태양계 경계선에 뒤로 싹 한 바퀴 돌아 찍은 지구 사진이 있고) 자, 보라. 저 작은 점. 저곳에 각양각색의 사람들이 살았었고, 살고 있다. 우리는 저 위에서 안달복달 지랄발광을 하고 있다. 참으로 우습지 않은가? 우리는 왜 싸우며, 왜 달달 볶고 사는가. 우주는 춥고 적막하다. 지구도 대수롭거나 특별한 별이 아니다." 뭐 대략 이런 내용이다. 내 기억에.

하지만 실제로는 이런 내용이다. (인터넷만 뒤져봐도 나온다.)

　"저 점을 다시 보라. 바로 여기다. 우리의 고향. 바로 우리
　자신들이다. 그 위에서 당신이 사랑하는 모든 사람들, 당신
　이 알고 있는 모든 사람들, 당신이 들어보았던 모든 사람들,
　한때 그곳에 기거했던 모든 사람들이 한 세상을 살았었다.

　우리의 기쁨과 고통, 수천 개의 확신에 찬 종교, 이념, 경
　제 원리, 모든 사냥꾼과 약탈자들, 모든 영웅들과 비겁자
　들, 문명의 모든 창조자들과 파괴자들, 모든 왕들과 천민
　들, 사랑에 빠진 모든 젊은 남녀들, 모든 부모들, 모든 희망
　의 자녀들, 모든 발명가와 탐험가들, 모든 도덕 교사들, 모
　든 부패한 정치가들, 모든 슈퍼스타들, 모든 최고의 지도자
　들, 우리 종의 역사상의 모든 성인들과 죄인들이 이곳에서,

한줄기 햇살 속에 부유하는 먼지 위에 살아갔던 것이다.

점점 멀어진다. 지구로부터 점점 멀어진다.

우리가 사는 곳, 우리 주변의 것들이 점점 작아진다. 여기는 춥고 적막하며 너무 고요하다.

이젠 저 멀리 작은 점 하나가 보일 뿐이다. 우리가 사는 곳은 너무 보잘 것 없으며 특별하지도 않다. 그 창백한 푸른 점 안에서 옹졸한 우리들은 오늘을 살아가고 있다.

내일도, 그 다음날도, 그 다음날도….”

―〈창백한 푸른 점〉

우주의 기원과 지구별의 탄생, 생명의 기원과 진화를 다룬 광대한 저작 《코스모스》를 낭독하는 기분은 마치 여행과도 같았다. 다큐멘터리에서 칼 세이건이 말했듯 광대한 우주로의 여행은 머릿속에서 시작되는 것이다. 21세기에도 5%의 우주밖에 관찰하지 못한다는 광대무변한 우주. 그 우주의 나이 150억 년을 1년으로 환산할 때, 인간의 역사는 12월 31일 11시 59분 59초의 한 지점이다. 낭독을 매개로 활짝 펼쳐진 상상의 바다에서 나는 마음껏 허우적거렸다. 매우 낭만적인 글귀가 가득한 책 《코스모스》의 매력을 40대 후반에서야 발견하고 전율했다. 낭독, 그것은 전율이고 감동이었다.

# 코스모스

칼 세이건
사이언스북스
2006년 12월 출간

《코스모스》는 이 책의 본문에서도 자세히 다뤘다. 그런데 놀라운 건 우리나라 과학도들 중에 이 책을 읽지 않고서 고등학교나 대학교를 졸업하는 사람들이 있다는 사실이다. 내 생각에 이 책은 학교에서 1년 간 거의 매주 수업시간에 가르쳐야 할 교재다. 만국공통의 교재다. 이 책은 우주의 역사를 천문학적으로 다루기도 하지만 진화의 시작, 지구의 역사, 문명의 시작, 생태의 생성과 소멸을 매우 포괄적으로 다루고 있는 과학 교과서의 모범이다. 더구나 다큐멘터리 13편은 아주 싸게 구할 수 있다. 이런 기초적인 과학 지식이 없이 과학도가 된다는 건 과학도는커녕 그저 기능인이 된다는 소리다. 나는 벤처회사에 근무할 때인 2004년 경, 내가 스카웃한 포항공대 출신 박사에게 놀라운 이야기를 들었다. 현대그룹의 모 계열사에 근무할 때 같은 박사인 선배 팀장과 자신은 매일 점심 시간에 함께 점심을 먹었는데, 한 사람이 "바보 1, 밥이나 먹으러 갑시다" 그러면 "바보2, 그래 우리 사이좋게 밥이나 축내자" 그런 대화를 했다고 한다. 우스개 소리이긴 하다. 하지만 그는 어쩐지 우울해했고, 우리나라 기업들이 인재를 잘 활용하지 못하는 것 같다는 이야기를 덧붙였다. 나는 여기에 더 덧붙이고 싶다. 《코스모스》책도 한 번 이상 읽도록 권장하지 않는 대학의 풍토라면, 거기서 자란 인재는 사실 아무짝에도 쓸모 없을 거라는 얘기다. 나는 그가 지나치게 연봉에 집착하는 태도를 익히 알고 있었고, 결국 더 많은 연봉을 찾아 함께 근무하던 회사도 떠났다. 그의 잘못만은 아니지만 어쩐지 그에게 과학자로서의 열정이나 사명감은 없어 보였다. 결국 나는 지금까지 그가 과학공부를 출세 수단으로, 취직 잘하려고 했을 것이라고 생각하고 있다. 과학도라면, 과학에 열정을 가진 사람이라면 《코스모스》를 읽어야 한다. 그리고 세상 돌아가는 사정을 알려면, 정치나 경제에 대한 관심 이전에 《코스모스》를 읽어야 한다. 나는 그런 말을 하고 싶다. 신문은 안 읽어도 좋다. 《코스모스》는 읽어라. 나는 중학교 1학년 아들 녀석에게 겨울방학 때 《코스모스》 다 읽기라는 미션을 주었다. 그 녀석은 일단 다큐멘터리를 10편까지 시청했다. 재밌냐? 재미있어. 다행히 재미있단다.

# 아,
# 코스모스

코스모스 이야기는 좀 더 해야겠다. 나는 이 책을 낭독하면서 과학적 사실의 나열보다 인문학적 통찰과 서사에 더 감동했다. 과학자가 이런 정도의 소설적 글쓰기를 할 수 있다는 건 축복이다. 딱딱한 논문식 글쓰기만 글인 줄 아는 과학계 풍토에서 가장 광대한 분야인 우주를 다루는 과학자가 퓰리처상을 탈 정도의 글재주를 가졌다니, 얼마나 신통방통한 일인가. 칼 세이건의 또 다른 저서 《에덴의 용》(1978년)이 바로 퓰리처상에 빛나는 저서인데, 나는 아직 읽지 못했다. 읽지 못한 건 이뿐만 아니고 칼 세이건의 모든 저서 중 《코스모스》만 낭독 모임 덕에 겨우 맛을 본 처지다. 언젠가 전작주의자 흉내를 내어 칼 세이건의 모든 저서는 물론 나아가 그에 관한 각종 일화까지 섭렵해서 전문가 못지않은 독서 공부를 하고 싶다는 열망에 강하게 사로잡힌다.

아! 코스모스. 이 책에 대해, 이 책의 탄생 배경이 된 텔레비전 시리즈 〈코스모스〉에 대해 어떻게 칭찬하고, 어떻게 보은할 것인가 막막하기만 하다. 《코스모스》에서 받은 감동을 생각하면 나는 지금도 가슴이 두근 반 세근 반 뛴다. 이 책을 쓰면서 나는 《코스모스》를 주의 깊게 다시 한 번 읽었고 다큐멘터리도 다 훑었다. 너무도 보람된 경험이었다. 보람도 보람이지만 그만큼 자괴감이 드는 건 어쩔 수 없었다. 1980년에 방영된 시리즈를 무려 33년이나 지나서 나이 50이 다 되어 보게 되다니, 나 자신이 한심스럽고 초라해서 견딜 수 없는 심정이었다. 마침내 다큐멘터리를 다 보고 난 새벽, 난 눈이 아프고 머리도 깨질 듯 아팠다. 아픈 골을 싸쥐고 더는 잠을 이루지 못했다. 무언가 하나를 이룬 듯한 기분. 생의 보람이란 이런 데서도 오는 것이구나, 느끼던 그 새벽의 냄새를 잊지 못한다. 위인이란, 대가란 이렇게 드넓은 감동을 연출하고도 시치미 뚝 떼고 사라지는 사람이구나, 하는 생각이 들었다. 칼 세이건은 1996년 백혈병으로 죽었다고 한다. 그 이름도 시시한 백혈병. 우리나라 막장 드라마의 단골 소재인 그 하찮은 백혈병에 당하다니, 그도 지구인이었다. 소문에 듣자 하니 그는 아마도 지구별보다 문명이 엄청 발달한 외계 문명의 파견자였다. 인터넷에는 별의별 소문이 떠도는데 엄청 똑똑한 사람, 예컨대 네덜란드의 천문학자이자 물리학자이며 수학자인 하위휜스(1929~1695)나 유명한 레오나르도 다빈치, 앤디 워홀 같은 사람들이 실은 외계 문명에서 지구로 파견 나온 외계인이라는 이야기 같은 것이다. 이름이 생소한 하위휜스는 1655년에 망원경을 개량하여 토성의 고리와 타이탄 위성을 발견한 사람이다. 빛이 파동으로 구성되어 있다는 것도 처음 발견했고, 오르간을 발명하는 등 후대에 막대한 영향을 끼친 불세출의 과학자다. 하위휜스와 함께 예수나 부처, 마호메트, 피타고라스가 그렇듯 칼 세이건도 그런 소문 속의 인물이다. 뭔가 특별하지 않고서야 한 사람이 그렇게 똑똑할 수 있는가, 그 많은 업적을 이뤄낼 수 있는가, 의심되기에 생기는 소문일 것이다.

칼 세이건은 지구별에서 최초로 행성학회를 만든 사람이고 막대한 우주항공 연구 예산을 편성하도록 미국과 유럽의 정부에 강력한 로비를 펼친 사람이다. 20대인 1950년대부터 나사의 우주항공 연구 자문역으로 활동했던 천재 학자로 우주항공 연구의 아버지라 할 수 있다. 그의 잘생긴 외모와 화술, 박학다식, 우주에 대한 호기심과 열정. 그런 게 대체 그 많은 걸 어떻게 다 갖출 수 있는지 궁금하다. 우리는 보통 한 가지 장점이 있으면 여러 가지 단점이 있다는 식으로 사람을 보는데, 칼 세이건은 장점이 너무 많아서 헤아릴 수 없을 정도다. 잘생기고 똑똑하고 선구자이고 대중성도 갖추었다. 아무나 타고나기 힘든 덕목을 가진 행운아인 것이다. 그래서인지 이기적이고 못됐다는 말도 많은 모양인데 그의 업적에 비하면 하찮은 입방아인 것 같다. 그의 여러 업적 중 가장 유명한 건 무엇보다 미국 PBC 방송에서 1979년에 방영한 다큐멘터리 〈코스모스〉 제작이다. 칼 세이건은 세 번째 부인인 앤 드류얀(화성탐사선 보이저호의 지구인 메시지 레코드판 제작 책임자 역임)과 스티븐 소터 등과 함께 쓴 《코스모스》라는 책을 1980년에 세상에 내놓았는데, 이 책의 바탕이 된 것이 바로 유명한 텔레비전 다큐멘터리이다. 우주와 과학에 대한 대중적 열정을 불러일으킨 최초의 영상물로 미디어 시대에 길이 남을 최고의 역작이 아닐 수 없다.

《코스모스》를 낭독하던 그 겨울 언젠가 출판사에서 강연회를 열었다. 조선일보의 '파워 클래식 101'이라는 독서 캠페인의 일환이었다. 번역자인 홍승수 박사의 강연을 주의 깊게 들었는데, 낭독의 감동만 못해서 실망했던 기억이 난다. 중학생인 듯한 아들을 데리고 온 한 어머니가 맨 앞줄에 앉아 아들을 다그치는 뒷모습을 보면서 조용히 한숨 쉬었던 기억도 난다. 우주의 인문학을 더 가까이에서 느낄 수 있을 줄 알았는데, 태양계 행성들의 배열과 기하학 같은 알 수 없는 내용이 졸음과 함께 귓전으로 몰려들었다. 차라리 칼 세이건이 설명해주는 다큐멘터리의 처음 대목이나 한 번 더 보여주지, 하는 생각도 스쳐갔다.

나는 나중에 다큐멘터리 〈코스모스〉를 구해서 챙겨 보았다. 처음에는 후루룩 잔치국수 먹듯 세 편을 대충 훑어봤는데 무슨 소린지 아리송하기만 했다. 기본 지식이 얕으니 어쩔 수 없는 일이었다. 한숨이 나오고 후회도 돼서 결국 포기했다. 그러다 이 책을 쓰면서 작정하고 다시 봐야겠다는 오기가 발동했고, 결국 다 봤다. 놀라운 경험이었다. 책을 낭독할 때는 낭독에 급급해서 제대로 이해하지 못했던 내용들이 쉽게 다가오고 다큐멘터리를 연상하면서 다시 책을 읽었을 때는 희열마저 느꼈다.

〈코스모스〉 시리즈의 서언은 《코스모스》가 얼마나 잘 기획된 대중적 교양 과학서인지를 알 수 있게 해주는 명문장으로 가득 차 있다. 10년 후 최신 버전으로 업데이트 되었던 방영물에는 칼 세이건의 부인이자 동료였던 앤 드류얀의 서언이 덧붙여졌다. 물론 책 속에도 이 서언들이 서문으로 들어가 있다. 말과 글이 다르지 않고 매우 정교한 논리로 무수한 지상의 문젯거리를 함축하고 있다. 나는 그들의 서언을 몇 번이고 되풀이해서 들으면서 칼 세이건과 앤 드류얀의 가슴 뛰는 과학적 열정과 똑똑한 기운을 전해 받은 느낌이었다. 그들은 나에게 그 서언을 낭독해준 셈이었다. 낭독은 묵독보다 확실히 정서적 반응이 빠르다. 정서적 감응을 하고 보니 책 속의 내용, 다큐멘터리의 내용을 다 알 것만 같은 섣부른 생각도 들었다. 머리로, 논리로 이해하는 것이 진정한 이해인 줄 알았는데, 그런 것만이 아니었다. 무언가 가슴 안에 치밀어 오르는 감응. 그것도 무언가를 이해하는 행위의 일부였다.

하지만 낭독은 묵독에 비해 매우 까다로운 독서 행위이다. 묵독보다 훨씬 깊은 몰입의 효과를 주기는 하지만 여건이 까다롭다. 낭독의 공간은 소음이 적어야 하고 낭독하는 소리가 울리지도 않아야 한다. 시끄러운 지하철 안에서 이어폰으로 음악을 들으며 읽는 묵독과도 다르다. 하지만 강렬하게 뇌리에 남는 인상. 그것 한 가지는 최고라는 생각이 든다. 계속 머릿속을 떠도는 상념은 결국 책장을 다시 펼쳐 들게 만들고, 다큐멘터리 같은 가외 자료를 뒤져보게 만든다. 그리고 한 구절 한 구절 다시 감상하게 한다. 세세한 대목까지 눈여겨보게 만들고, 결국 휘번득 스쳐 지나갔던 서문 같은 것이 얼마나 대단한 통찰을 담고 있는지 깨닫게 한다. 저

자의 생애와 다른 저서들에 관심을 갖게 하며 결국 전작주
의로 안내한다. 그것이 낭독의 힘이라고 나는 감히 말하고
싶다. 조용히 묵새기는 묵독은 해독과 해석에 강한 에너지를
주지만 낭독처럼 적극적인 실천의 길로 곧바로 안내하지는
못한다. 나의 경우는 그렇다.

다큐멘터리
〈코스모스〉의 서언

　우주는 현재이자 과거이며 미래입니다. 우주를 생각해보면 몸
서리가 쳐집니다. 등골이 오싹해지고, 말문이 막히며 아주 높은
곳에서 떨어질 때 스치는 기억처럼 감각이 희미해집니다.

　우리는 거대한 비밀에 다가가고 있습니다. 우주의 크기와 나
이는 인간의 상식을 뛰어넘습니다. 광활하고 무한한 우주 공간
어딘가에 길 잃은 작은 행성 '지구'.

무엇보다도, 우리는 지구와 우리 자신의 운명에 대한 책임이 있습니다. 우리는 커다란 위험에 직면해 있습니다. 그러나 우리 인간은 젊고 호기심에 차 있고 용감합니다. 이점이 우리의 희망입니다.

지난 세기 동안 우리는 우주에 대한, 그리고 지구에 대한 엄청난 발견을 해왔습니다. 나는 인류의 미래는 전적으로 먼지 티끌 같은 우리 지구가 속해 있는 이 우주를 얼마나 잘 이해하느냐에 달렸다고 믿습니다.

이제 우리는 우주여행을 시작하려 합니다. 이 여행에서 우리는 은하들과 항성들, 행성들 그리고 생명이 태어나고 진화하고 사라지는 모습을 볼 것입니다. 얼음으로 된 세계와 반짝이는 별들, 작지만 태양만큼이나 무거운 천체, 원자보다 작은 세상을 경험할 것입니다.

그러나 이것은 식물과 동물, 인간이 함께하고 있는 우리 행성 '지구'의 이야기이기도 합니다. 그리고 이 여행은 우리 자신에 대한 이야기입니다.

현재의 우주를 이해하기까지 어떤 과정이 있었는가? 우주는 어떤 모양인가?

인류 진화와 우리의 문화, 그리고 우리 인류의 운명은 어떻게 될 것인가?

어느 쪽이든 우리는 진실을 찾고자 합니다. 그러나 진실을 찾기 위해서는 상상력과 탐구심이 필요합니다. 우리는 추측을 두려워하지 않을 것이지만 사실과 추측을 혼동하지 않을 만큼 신중할 것입니다.

우주는 엄청나게 복잡한 자연이 절묘하게 상호작용할 수 있도록 하는 우아한 진리(법칙)로 가득 차 있습니다. 지구의 표면은 우주라는 바다의 기슭입니다. 우리는 여기에서 우리가 아는 거의 모든 것을 배웠습니다.

최근에 우리는 우주라는 바다로 아주 조금 다가갔습니다. 발목 정도 깊이랄까요. 느낌이 좋았습니다. 우리가 알고 있기론 그곳은 우리의 고향입니다. 우리는 그곳으로 돌아가고 싶고, 갈 수 있습니다. 우리가 우주의 일부이기 때문에(우리는 별의 물질로부터 왔습니다.) 우리를 통하여 우주 그 자체를 이해할 수 있습니다.

우리의 여행은 우리 머릿속에서 시작합니다. 우리는 속도와 크기의 한계를 벗어날 수 있는 상상의 우주선을 타고 우주를 항해하려 합니다. 이 우주선은 우주의 어느 곳이든, 어느 시간이든 데려다 줄 수 있습니다. 눈송이처럼 완벽하며 민들레 씨앗처럼 생긴 우주선은 우리를 상상의 세계와 실제 세계로 데려다줄 것입니다.

자, 떠나보죠.

우리 앞에 광대한 우주가 펼쳐져 있습니다. 우주라는 바다의 머나먼 어느 곳, 우리는 지구에서 아주 먼 곳에 있습니다. 무수히 많은 희미한 빛들이 빛의 덩굴을 이루고 있습니다. 어떤 것들에는 수천억 개의 별들이 있습니다. 이것은 은하입니다. 이들은 광대한 우주 공간에 끝없이 떠돌고 있습니다. 우리의 우주선은 우주의 끝에 와 있습니다.

1980년대 말에 업그레이드 된 다큐멘터리 〈코스모스〉는 그의 부인 앤 드류얀이 등장해서 말문을 연다.

재구성된 다큐멘터리
## <코스모스>에서 칼 세이건의 부인
## 앤 드류얀의 서언, 1990년

저는 앤 드류얀입니다. 칼 세이건, 스티븐 소터, 그리고 저와 함께 1970년대 말에 코스모스 TV 시리즈를 썼을 때는 지금과는 상황이 매우 달랐습니다. 그때는 미국과 소련이 오랫동안 지구 전체를, 온 세상을 좌지우지했습니다. 냉전이라는 것입니다. 인류 문명이 쌓아온 지식과 과학기술은 군비 증강의 미명 아래 낭비됐습니다. 전 세계 과학자의 절반이 고용되어 50,000기에 달하는 핵무기 개발에 투입되었습니다. 그 후로 많은 사건들이 있었습니다. 이제 냉전시대는 지났고 과학은 커다란 진보를 했습니다. 우주선을 만들어 태양계 밖을 탐사했고, 지구 밖 세계의 지도를 만들었으며 우리 내부의 인간 게놈 지도도 만들었습니다. 코스모스가 처음 방영되었을 때만 해도 월드와이드웹도 없었습니다. 지금과는 정말 다른 세계였지요. 그런 점에서 칼 세이건은 선구자였습니다. 그로부터 20여 년이란 긴 시간이 지났고 엄청난 과학적 발전이 있었지만 <코스모스>는 고칠 게 거의 없습니다. 이것은 그야말로 예언과도 같다는 생각이 듭니다. 코스모스는 우리 과학의 역사이며 이 우주에서 우리 자신의 존재에 대한 깊은 성찰을 할 수 있도록 이끌어줍니다. 자, 이제 코스모스를 즐기세요. 우리 인류의 40,000세대 동안의 탐구를 통해서 이 우주에서 그리고 시간 속에서 우리 자신의 위치를 찾을 수 있을 것입니다. 그리고 놀랍도록 강력한 과학의 방법을 통해서 우리는 우주 진화의 과정을 재구성할 수 있었고, 장구한 역사 속에서 우리들의 위치를 짚어볼 수 있었습니다.

신화의
이미지

조지프 캠벨
살림
2006년 02월 출간

　　저자 조지프 캠벨은 꽤 유명한 신화학자였나보다. 어째 나만 몰랐을까? 사실 나는 신화
학이라는 분야가 있는 지도 몰랐고 한 동안, 신화라는 게 다 꾸며낸 얘기 아냐, 여기며 무시했다.
286 컴퓨터도 모르던 고대인들이 그 무식한 머리로 꾸며낸 이야기니 오죽하겠어? 하는 마음이었
다. 나만 이런 걸까? 아마도 이 글을 읽는 대다수 독자들도 그럴 것이다. 그리스-로마 신화는 서양
미신이라는 선입관에 별 볼일 없다 여겼고 동양 신화는 귀신 씨나락 까먹는 소리라 단정해서 멍청
하다 여겼다. 단군 신화는 국수주의, 극우파들의 이데올로기에 이용된다고 판단했고 성서의 에덴
동산 이야기, 노아의 홍수 이야기는 종교권력이 편집해서 악용하고 있는 정체불명의 허구라고 생
각했다. 하지만 인간이 아무런 신화적 상상력도 없이 그저 우거우거 쳐먹고 새끼 낳는 데만 골몰했
다면 어땠을까? 오늘날의 내가, 나라는 존재가 있었을까? 문명이라는 게 생겨났을까? 아닐 것이다.
아마 인간이 상상력의 진화없이, 신화적 꾸밈을 통해서 위안을 받거나 운명을 개척해내지 못했다
면 인간은 침팬지나 고릴라 정도에서 머물렀을 것이다. 인간은 어쩐 일인지 직립보행을 하게 됐고
자유로운 두 손으로 도구를 만들어 썼으며, 불을 이용해서 고기를 익혀 해골의 골수까지 쪽쪽 빨아
먹음으로써 두뇌 피질이 두꺼워져 상상력의 영역을 만들었다. 인간은 두뇌 신경세포 내에서 무수
히 반짝이는 전자신호들을 피질에 복사하고 전사함으로써 자기가 듣고 본 것들을 기억하고 기록
하며 엉뚱하게 해석해서 믿어버리고 그것을 변명하기 위해 듣기 좋은 이야기를 꾸며내고는 했을
것이다. 우리는 현대생활을 하면서도 끊임없이 누군가에게 변명을 하고 그럴듯한 뻥을 친다. 정색
하고 없는 이야기를 꾸며내기도 한다. 그게 대중들에게 그렇게 믿어져서 사람들이 그러려니 하면
서 자기 생활에 침잠한다. 그렇게 신화의 세상이 계속되고 있는 것이다. 선입견없이, 옛날 이야기책
을 읽듯이 그러려니 하면서 '신화의 이미지'를 읽다보면, 저절로 미소가 지어질 것이다. 그리고는
자녀에게, 부인에게, 남편에게, 가족들과 지인들에게 들려줄 그럴듯한 현대판 신화가 생각날 것이
다. 그것을 기록하고 누가 그럴듯하게 해설해주면 그게 곧 '신화의 이미지'일런지 모른다.

# 낭독은 **활자를** 일으켜 세운다

— 김지훈 (에디터)

## 활자를 일으켜 세우다!

낭독이 하는 가장 기본적인 역할이자 눈에 띄는 효과다. 소리 내어 글을 읽는 행위는 책 속에 갇혀 있던 활자를 일으켜 세워 공간 속으로 뛰어들게 한다. 소리가 만들어내는 이 입체성은 다양한 모습과 역할로 읽는 사람에게 다가간다. 그것은 단어 하나의 의미에서부터 단락과 단락 사이의 맥락에 이르기까지 긴 호흡으로 깊이 있는 독서가 되도록 돕는 안내자와도 같다.

대부분의 사람들이 가장 많이 하는 일반적인 독서 방법은 조용히 눈을 통해 읽는 묵독이다. 이때 찾아올 수 있는 최고의 방해자는 딴생각이다. 눈으로 글자를 쫓되 머릿속은 회사에서 마저 끝내지 못한 업무를 떠올릴 수도 있고, 저녁 찬거리는 무엇으로 할지 생각할 수도 있기 때문이다. 때론 낭독에서도 글자를 소리 내어 읽는 순간에 짧은 시간이지만 다른 생각이 끼어들 때가 있다. 하지만 이내 물리치게 된다.

낭독을 통해 공간 속으로 걸어 나온 활자들이 주변을 맴도는 잡생각이 끼어들 틈을 막아주는 것이다. 소리가 리듬을 갖추게 되면 활자와 활자 사이의 느슨한 공백을 소리가 채워나가면서 견고한 막을 형성해 책을 읽는 사람에게 단단한 몰입감을 만들어주는 것 역시 이 때문이다.

낭독은 읽는 사람을 단순한 독자讀者에서 스스로를 제2의 화자話者임과 동시에 청자聽者로 만들어준다. 이것이 의미 있는 무게감을 갖는 건 입술뿐만 아니라 얼굴 표정, 나아가 손과 발 등 전신을 사용하여 글을 읽게 한다는 점이다. 다시 말해 일반 독자에서 책 속의 화자에 나름의 캐릭터를 부여하는 역할이 가능해진다는 것이다. 더욱이 혼자가 아닌 여러 사람과 함께 낭독을 하는 경우, 이 역할에 몰입할수록 더욱 더 과감한 몸짓과 표정을 자연스레 드러내며 읽는 행위의 감칠맛을 더해준다. 듣는 이 역시 물론이다. 또한, 스스로 예전에 보지 못했던 모습과 마주하면서 가슴속에 꽉 차오르는 만족감과 자신감을 얻을 수도 있다.

이러한 효과는 홀로 낭독이 아닌 여럿이 함께 낭독할 때 그 효과를 더욱 크게 발휘한다. 일반적인 독서 동호회의 경우 특정한 책을 사전에 읽고, 혹은 일부분을 함께 읽고 나서 책에서 말하고자 하는 바나 개인의 생각을 주고받으며 의미를 확장시킨다. 하지만 서로가 주고받는 생각의 무게에서 오는 피로감과 혼자 책을 미리 읽어야 한다는 부담감에 오랫동안 모임을 유지하기기 쉽지 않다.

하지만 여럿이 낭독을 하게 되면 얘기가 달라진다. 우선 낭독을 해야 하기에 미리 읽을 필요가 없다. 함께 소리 내어 책을 읽는 것이 핵심이기 때문에 미리 읽을 필요가 없는 것이다. 이러한 낭독의 장점은 혼자 읽기 어려운 책, 두꺼운 책, 고전인 책을 함께 품앗이 하듯 나눌 수 있다는 점이다. 읽고 싶었지만 엄두가 나지 않던 경험, 읽다가 시작 부분에서 멈췄던 경험, 혹은 책을 읽는다는 것이 지루하다는 편견에 빠져 손에서 책을 놓았던 사람들에게 친숙하면서도 색다른 경험을 안겨줄 수 있다.

또한 상대의 목소리가 들려주는 소리의 결은 당사자만의 수많은 경험을 내포하고 있다. 누군가는 긴장할 수도, 여유를 부릴 수도 있지만 그건 그대로의 맛이고, 다양한 성격만큼이나 목소리가 얼마나 그 사람의 성격과 생활방식을 보여주는가 하는 것을 알아채고는 놀라게 될 것이다. 지금 당장 실행해보라. 낭독의 진가를 알게 될 것이다.

　여기저기서 인문학을 얘기한다. 인문학을 갖다 붙이면 근사한 무엇이 되고 안정되고 정돈된 삶에 한 발짝 더 가까이 다가간 것만 같다. 열풍이다 싶을 정도지만 막상 '내 손에 잡히는 것은 모르겠다.'가 맞다. 이럴 때 낭독을 권하고 싶다. 함께하는 낭독은 더욱 좋다. 내 입으로 소리 내 읽는 것, 그것이 인문학의 시작이기 때문이다. 그래서 인문학의 시대에 자신 있게 말할 수 있다. '낭독은 입으로 하는 문학이다.'

# 마음을 일깨우는 시간들

— 이준정 박사(미래탐험가)

    티베트에선 승려가 가장 선망 받는 직업이라고 한다. 그래서 아이들은 누구나 불경을 외워서 승려가 되는 훈련을 한다. 그런데 승려가 되려면 불전을 통째로 다 외워야만 한다. 그토록 두꺼운 불전들을 모두 다 외워낸다는 것은 보통 어려운 일이 아니다. 그러나 모두들 그걸 해낸다. 그들의 학습 비법은 전통적으로 소리 높여 책을 읽는 방법이다. 교실에 가득한 학생들이 서로 지지 않으려는 듯이 학습실이 떠나가라고 큰 소리로 책을 읽고, 또 읽는다.

    이스라엘 학교도 마찬가지다. 학교에 가보면 아이들이 이스라엘 율법이 적힌 책들을 모두 암송하는데, 역시 비밀은 큰 소리로 읽는 방법이다. 이들 역시 교실이 떠나가라고 소리 높여 성경을 읽어서 암송한다. 우리는 어떤가? 우리 조상들도 암기라면 뒤지지 않는다. 천자문부터 시작해서 소학, 대학, 논어, 맹자, 중용, 시경, 주역까지 모두 큰 소리로 소리 높여 읽고 암기해서 세상의 이치를 깨달았다.

아기가 말을 배우기 시작할 때 가장 먼저 하는 일이 소리 흉내 내기다. 엄마는 아이 곁에서 책을 읽어주어야만 한다. 책을 보기만 해서는 절대로 언어능력이 발달하지 않는다. 책에서 본 글자 이미지와 함께 읽혀진 소리가 입체적으로 두뇌에 각인된다. 단어의 의미가 소리와 글자 이미지로, 입체적인 정보로 겹치면서 두뇌 세포의 시냅스를 강화시킨다.

어른도 마찬가지다. 정보를 현장에서 체험하면서 시각, 청각, 촉각, 후각, 미각까지 오감을 통해 접수하면 두뇌가 금방 사물이나 사건의 본질을 깨우치게 된다. 이런 입체적인 정보는 쉽게 잊혀질 수 없도록 시냅스가 강화되므로 무의식에 저장된다.

책 속엔 수많은 세상이 녹아 스며들어 있다. 저자가 체험하고 상상한 일들과 생각들이 고스란히 담겨 있다. 우리는 그 내용이 풍기는 의미와 영감에 탄복하면서 상상의 세계를 공유하게 된다. 그런데 저자의 감상과 의지를 좀 더 체감하는 방법이 있다면 바로 두뇌에 입체 정보를 공급하는 방법이다. 바로 책을 눈으로 읽지 않고 소리 내어 읽는 낭독이다.

나는 서재에 혼자 앉아 인터넷 페이지를 볼 때도 소리 내어 읽는 습관을 들이고 있다. 마치 누군가가 곁에서 나에게 정보를 읽어주는 착각이 들도록 말이다. 그렇게 읽으면서 들은 정보는 쉽게 기억이 된다. 또 문장을 자주 읽으면 발음이 우선 똑똑해진다. 똑똑한 발음은 의사전달의 정확성을 높인다. 내가 전하고자 하는 말을 상대에게 정확히 전달하는 힘이 길러진다. 또 글을 소리 내어 읽다 보면 마치 대화하듯이 문장의 의미를 되새겨낼 수도 있다. 슬픈 문장은 슬프게, 기쁜 문장은 기쁜 톤으로 감정을 실어서 소리를 내줄 수 있다는 말이다. 주장이 강한 문장을 읽을 땐 설득하는 자세로 읽게 되고, 해설하는 문장을 읽으면 마치 교단의 선생님이 되기도 한다. 외국어 문장을 소리 내어 읽으면 마치 외국어로 상황을 설명하는 강연자가 된 느낌을 받으며 발음 훈련은 물론이고, 바로 그들과 대화하는 간접 체험을 겪는다.

목소리는 의사전달력을 높이는 매우 중요한 수단이다. 소리 내어 글을 읽으면 발성이 좋아지고 목소리에 윤기가 더해진다. 음색은 바뀌지 않을지라도 목소리가 표현하는 감성과 지성은 훈련으로 바꿔줄 수 있다. 목소리가 내품는 지성은 톤과 적당한 음률이다. 목소리에 음률을 심어 높낮이를 변화시켜주면 읽어 내리는 문장에 그림이 실려진다. 우리가 흔히 좋은 목소리라는 표현으로 사람들의 목소리를 평한다. 그 좋은 목소리는 진심이 담긴 목소리다. 공명 즉 마음을 울려주는 소리가 된다. 마음을 울려줄 수 있는 발성은 훈련으로 가능하다. 즉, 발음을 정확하게 하고 톤을 깊고 풍부하게 바꿔주며 호흡을 길게 해준다. 이런 훈련은 혼자서 독서를 하면서도 즐길 수 있다. 상대의 호감을 쉽게 얻기 위한 훈련 방법으로 나는 낭독을 이용하고 있다.

북코러스는 여럿이 둘러앉아 좋은 책을 서로 돌려가면서 읽어 내리는 동아리 활동이다. 함께 소리 높여 책 읽는 소리를 내면 책 읽는 맛이 혼자 읽는 경우와 전혀 다르다. 마치 역할극에 빠져든 성우가 된 듯이 감정을 실어 함께 책을 나눠 읽는다. 목소리에 끼를 담아내는 목소리 연기를 들으면서 책 속에 담겨진 영감을 공유할 수 있다. 책 속의 문장이 들려주는 이야기가 연극이 되기도 하고 저자 강연회가 되기도 한다. 같은 문장을 대하는 감성이 다르기에 읽어내는 톤이나 발성이 나와 느낌이 다르게 전해지기도 한다. 빠른 호흡으로 책을 읽어 내리다 보면 어느덧 책 속에 생각이 몰입된다. 문장을 읽어 전해지는 이야기 소리와 눈 아래서 흘러가는 문장의 흐름이 겹쳐져서 리듬과 음률이 어우러진 입체 장면으로 연출되고, 그 속에서 서로의 생각을 공유하는 마술을 체험하게 된다. 코러스는 소리의 울림인 동시에 마음의 울림이다. 문장이 마음속에 공명을 일으키면서 나 자신이 책 속의 주인공으로 변하고 만다.

북코러스에 참여하는 이유는 일차적으론 나의 낭독 훈련의 연장선이기 때문이다. 그러나 더 중요한 이유는 마음의 향기를 느끼기 위해서다. 북코러스 멤버들은 다양한 직업인들이 섞여 있다. 각자가 책 읽는 소리에 마음의 향기가 묻어난다. 그 향기 속에 삶의 연주가 스며 있다. 그 연주가 어울려 인생 교향곡을 만든다. 서로 다른 향기 속에 내 향기도 섞어주면 나의 삶이 세상 속으로 스며든다. 특히나 편식하듯이 치우친 독서 습관은 이 모임에선 허락되지 않는다. 다양한 유형의 저자들의 인생철학을 엿보게 된다. 혼자서는 도저히 읽어내기 어려운 책들도 함께 읽는 이 모임에선 쉽게 읽혀진다. 다양한 모습의 세상을 읽어내는 이 모임이 그래서 좋다. 북코러스는 일주일에 한 번씩 내 마음을 일깨우는 시간이다.

더는 타인의 삶을 살지 말고 자신만의 참다운 인생의 길을 가ㄷ
내면의 목소리에 귀 기울이기로 했다. 나는 지금 여행에서 돌아와 읽고 ;
걸으며 새로운 인생의 후반전을 꿈꾸고 있다. 지금까지는 살다가 남는 ㅅ
에 읽고 썼지만, 지금부터는 읽고 쓰다가 남는 시간에 살기로 했다. 껍데ㄷ
벗기 위한 노력의 시간들….

## PART 02

변화의
바람

김보경 회장 / 〈시으라인 북코러스〉
점점 더 깊이 있고 두껍고 좋은 책들을 많이 접하게 됐어요.
그런데 그런 책들을 읽고 싶은데 읽을 수가 없어요. 만만치도 않고.

낭독의 효과를 말하는 저자
아들과 함께 낭독을
〈월간중앙〉 북코러스 취재

# 북코러스,
# 날개를 달다

　　2009년 6월 27일 첫 모임을 가졌던 독서 낭독 클럽, 북코러스가 4년째 되는 어느 날, SBS에서 연락을 받았다. 문화관광부가 정한 '독서의 해'를 맞아 독서 관련 다큐멘터리를 찍는데, 우리 독서 클럽이 취재 대상으로 선정되었다는 담당 작가의 전화였다. "어떻게 알았나?"고 되물었더니, 검색 대상 120여 독서 클럽 중 30여 클럽을 추렸고, 그 안에 북코러스가 취재 순위 안에 들었다는 것이다. 2012년 4월, 〈월간중앙〉에 '두껍거나 어렵거나 고전이거나, 낭독하는 독서 클럽 북코러스'라는 제목으로 소개된 일도 있고, SBS '컬처클럽'에서 낭독하는 장면을 취재해 간 일도 있어서 낯설지는 않았으나 웬일인가 싶었다. 인터뷰 날짜를 약속하고 회원들에게 "0월 0일은 절대 선약 잡지 말고 예쁜 옷차림으로 전부 모이세요."라는 간곡한 카톡 문자를 띄웠다. 반응은 좋았다.

제일 나이 어린 허한나 회원은 "어머 정말요. 회장님 좀 짱인 듯."이라며 좋아라 했고 "이러다 '북코'가 해외 지부까지 두는 거 아녜요?" 하며 오버하는 회원도 있었다. 30여 명 모인 카톡 방이 슬슬 달구어지기 시작했다. 하지만 나는 성이 차지 않았다. 30여 명 회원 중 절반 정도가 매주 모이는데, 최하 20여 명은 넘어야 체면치레가 될 것 같았다. 그래서 상황을 약간 과장했다. "담당 PD에 따르면 전국의 120여 독서클럽을 검색했는데, 그중에서 작가와 PD가 한목소리로 반드시 취재해야 할 대상으로 꼽은 게 바로 유일무이, 북코러스였고 더구나 돌아가며 낭독을 하는 클럽은 눈을 씻고 찾아봐도 우리 모임 한 곳 뿐이어서 반드시 취재해야 한다고 신신당부하더라. 방송에 나가면 주변에서 인기 남녀가 될 준비 단단히 하고 방송 취재 날 꼭 나와라."는 식으로 반강제 반 미끼의 문자를 연신 날렸다. 나는 회장으로서 무언가 할 일이 생기면 앞뒤 안 재고 마구 돌격하는 스타일이었으나 나이가 들면서는 조금 누그러져 돌직구보다는 커브나 마구를 날린다는 기분으로 교묘하게 말을 만들어 회원들의 마음을 달구는 요령이 생긴 터였다. 역시 회원들의 반응은 더욱 뜨거워졌다. 20대 후반에서 60대 초반까지 연령과 직업,

사는 방식이 다른 회원들은 "역시 4년간의 노력이 결실을 맺었네요.", "회장님, 대단 대단!" 등의 문자로 호응해왔다. 다행히 "북코러스 만세!" 같은 유치한 문자는 한 사람도 보내지 않았다. 과연 지성인들이었다. 하기는 두껍거나 어렵거나 고전인 책들만을 골라 읽는 사람들이니 오죽하랴마는.

나는 흐뭇하고 느긋한 기분이었지만 걱정이 앞섰다. '이걸 진행을 어떻게 한다지?' 너무 막연하고 막막했다. PD는 "걱정할 것 없으세요, 선생님. 그저 우리가 자연스레 찍으면 돼요."라고 했지만 그건 어쩐지 치과 의사 선생이 아이들 이 뺄 때 "하나도 안 아파. 금방이야, 금방. 자 여기 봐라, 여기 여기." 하며 어르는 소리 같았다. 나는 그의 말을 믿을 수 없었지만 안 믿는다고 별 수는 없었다. 재빨리 꼬리를 내려 "그럼 어떤 방법으로 취재를 하시겠어요? 우리도 4년 만에 방송에 나가는 것이니 뭔가 준비를 해야 할 것 같은데요."라며 공을 떠넘겼다. 시큰둥하게, 요즘 말로 시크하게 내뱉으면서도 내심으로는 흥분을 감추지 못했다. 문화관광부에서 예산을 대서 찍는 다큐멘터리니 이곳에 한번 등장하는 것만으로도 얼마나 유명해지겠는가, 하는 생각에 설레지 않을 수 없었던 것이다. 물론 나는 어느 모로나 유명한 사람이 되는데 흥미를 느끼는 스타일은 아니다. 하지만 어렵사리 쌓은 공든 탑을 많은 사람들이 알아준다니 기쁘지 않을 수 없었다. 더구나 회원들의 사기 진작에 얼마나 도움이 되겠는가. PD는 천연스레 "예, 콘티 나오는 대로 메일로 보내드릴게요." 그러는 것이었다. 그렇지 콘티, 시나리오가 있어야지. 며칠을 기다린 끝에 온 콘티는 마음에 들었다. 회원 중 한 명을 회사에서부터 독서클럽을 여는 장소까지 동행 취재하고, 독서 낭독하는 장면을 두루두루 다 찍고, 한 명, 한 명 인터뷰한다고 했다. 회장인 내 인터뷰는 특별히 더 길게 한다는 것이니 나는 표정 관리를 할 수밖에 없었다.

그리고 이어진 전화 통화에서 작가가 물었다. "혹시 회장님 댁에서도 독서 낭독을 하시나요?" 순간 흠칫했다. 별걸 다 묻네? 싶었던 것이다. 솔직히 대답했다. "아내가 협조를 잘 안 해서요…." 남들이 들으면 비겁한 변명으로 들릴지 모르지만, 사실은 사실이었다. 이 얘기를 떳떳하게 아내에게 하니 아내는 "내가 하자고, 하자고 그래도 매일 술이 떡이 돼 늦게 들어오는 주제에…."라는 차가운 반응이 돌아왔다. 나는 뭐지? 싶었다. 완전히 상반된 생각이고 주장이었다. 기억을 되살려보려 했으나 알코올에 찌든 뇌는 마음대로 움직여주지 않았다. 어렴풋이 아내가 몇 차례 채근하는 소리를 듣긴 들었던 기억이 떠올랐다. 나는 움찔해서 얼른 그 기억을 지우고 말을 얼버무렸다. 기왕 뱉어버린 말, 돌이킬 수 없었다. 아무튼 우리 집은 독서 낭독을 하지 않고 있었다. 말만 무성하고 행동은 굼뜨고 게으른 대한민국 보통 가정, 그 이상도 이하도 아니었다. 다른 점이 있다면 내가 술을 마시고 들어온 날, "독서가 말이야, 낭독이 말이야…" 운운하며 자주 떠든다는 점이었다.

작가는 집요했다. "혹시 회장님 자녀분은 낭독 공부를 따로 하나요?" 다시 한 번 흠칫 놀랐지만 이 대목에서만큼은 아니라고 할 수 없었다. 정작 공부가 필요한 자녀는 아빠가 궁극의 공부법이라고 주장하는 낭독 독서를 하지 않으면서, 공부가 별 필요 없는 아빠는 사람들을 조직해서 낭독 독서를 하고 있다니…. 가만 생각해보면 괴이한 일이었다. 나는 머뭇거렸다. "야, 낭독 독서가 중요해. 교과서고 뭐고 낭독을 해봐."라고 떠든 적은 있었으나 중1년생인 아들 녀석이 실천하고 있는지는 관심이 없었던 것이다. 아, 관심이 없었다니…. 스스로 생각해도 나 자신이 조금 황당한 인간이라는 생각이 들었다. 어이가 없었다. 입에 거품을 물고 떠들었으면서도 어떻게 실천되고 있는지에 대해서는 관심이 없는, 철저한 '디렉션주의자'가 바로 내가 아닌가. 우리 집은 감독이 연기 지도는 못하고 이래라저래라 쓸데없는 행정적 간섭만

하는 영화 촬영 현장이나 다를 바 없었다. 창피한 생각이 들었지만 명색이 방송작가 앞에서 솔직히 까발리고 말할 수는 없는 노릇이었다. 나는 얼결에 "그럼요. 교과서나 뭐 다른 책들도, 하다못해 참고서도 낭독을 해서 시험을 치르는데요."라고 떠들었다. 등허리에 약간 땀이 흘렀지만 뭐, 그냥 무시했다. 그 다음 말은 나를 아연 긴장하게 했다. "아, 네. 그러세요? 그러시면요, 자녀 이름이 어떻게 되시죠?", "….", "네?", "김, 예준이요.", "아, 네…. 그럼 김예준 학생을 저희가 인터뷰할 수 없을까요? 댁으로 방문해도 괜찮겠습니까? 방문해서 가족이 함께 낭독 독서하는 장면도 찍고요." 나는 자기 무덤을 파고 있었다. 이제 와서 아니라고 발뺌할 수 없는 회장의 체면치레란 이상한 관습이었다. 나는 관습을 타파하자 외치면서 정작 중요한 결단의 순간에 솔직하지 못하게 사태를 조작할 마음까지도 품고 있었다. "그러지요. 뭐…."

이렇게 시작된 SBS의 촬영 일정은 착착 진행되었다. 리허설도 없이 진행된 북코러스 낭독 날의 촬영은 제법 매끄럽게 진행되었다. 그즈음 북코러스는 논란이 많았던 《강신주의 맨얼굴의 철학 당당한 인문학》이라는 대담집을 읽고 있었다. 그 책을 낭독하면서 젊은 층은 "그 사람의 개성이 담긴 주장이니까, 그냥 그런 다양한 의견 중 하나로 받아들이면 되지요 뭐." 하는 반면 중장년층 회원들은 "자기주장을 위해서 너무 현실을 왜곡하고 꿰맞추는 주장을 하네."라는 의견이 맞섰다. 나는 회장으로서 중립을 지킬 수밖에 없으나 약간 다혈질적인 성향이어서 강신주 또래 후배들의 행태 등을 지적하면서 그 또래의 사고방식이나 공부 방법, 주장하는 성향 등에 빗대어 나름대로 무딘 논평을 했고 회장의 기에 눌린 회원들은 놀란 눈을 뻔히 뜰 뿐이었다. 이런 일은 그 책을 낭독하는 내내 되풀이 되었는데, 방송 촬영 날도 결국 논쟁의 물꼬가 트여버렸다. 나는 그날 논쟁의 분위기를 이끌어 촬영거리를 제공해주어야지, 하고 약은 머리를 굴렸다. 나는 큰 화면에 빔 프로젝트로 북코러스 블로그를 띄워놓고 모임 자랑을 늘어지게 한 다음, 독서 낭독을 유도했다. 낭독을 하는 중간 중간 논쟁이 이어졌다. 내가 먼저 살짝 불을 질러 회원들이 핏대를 세우길 기다렸다. 하지만 눈치 빠른 회원들은 '내가 먼저 창피당할 일이 있을까 보냐.' 하는 태도로 스리슬쩍 말꼬리를 올리다 말았고, 나는 다시 집요하게 논쟁을 자극했다.

이런저런 다양한 의견들이 나왔다. 책을 읽는 게 너무 낯설고 힘들었는데요, 북코러스에서 낭독을 하니까 너무 쉽게 할 수 있어서 내용은 잘 모르지만 열심히 따라 하고 있습니다. 낭독이 참 신납니다!"라는 말이 튀어나왔다. 이런 진솔한 이야기는 처음 듣는 말이었다. 다른 회원들도 봇물처럼 자기 신상에 대해 털어놓으면서 독서 낭독이 인생을 어떻게 변화시키고 있는가에 대한 이야기를 쏟아내었다. 나는 한동안 멍한 표정으로 회원들의 얼굴을 쳐다보았고 야릇한 감상에 빠졌다. 사실 회장인 나로서도, 우리끼리 인터뷰할 일도 없는데다 책 읽고 뒤풀이로 술 마시고, 가끔 함께 여행을 다녀오면서도 회원들의 속내를 자세히 알 기회가 없었다. 회원들은 마치 카메라가 고해성사를 받는 신부인 양 속 이야기를 풀어놓았다. 또 북코러스 용비어천가를 부르며 독서 낭독의 효과를 찬양했다. 나는 기쁜 한편으로 이 사태를 어떻게 또 틀어쥔다지, 하는 상념에 빠져들었다.

알고 보면 촬영이라는 것은 방송에 어떻게 나가건 상관없이 촬영 대상에게는 특별한 행사이다. 머리에 기름칠도 하고 멋진 옷도 차려입고 신경 써서 말하고 좋은 모습을 보여주려 노력하게 되는 좋은 이벤트이다. 나는 회원들과 의기투합의 계기로 이 기회를 활용하자는 생각을 했던 것 같다. 그날 20여 명 이상의 회원들이 참여했다. 회장인 나를 비롯해 일본 여행 전문가 신혜연 님, '이등병의 편지' 작곡가 김현성

님, 미래탐험연구소 공학박사 이준정 님, 영동가구 실장 이명섭 님, 마케팅 기획자 김지훈 님 등이 인터뷰를 했다. 미리 준비라도 한 듯이 평소 실력 이상의 인터뷰 기술을 보여주었고 촬영은 성황리에 종료되었다. 문성필 회원이 북코러스를 본따 운영하던 백산주유소 직원들의 독서낭독 장면은 녹화는 했으나 편집되었다. 백산주유소는 친절하고 인사 잘하는 직원들을 전원 정규직으로 고용해서 화제가 되고 있는 주유업계의 다크호스다. 직원들이 문성필 대표를 따라 독서낭독을 하고 있는 중이다. 충분히 뉴스거리인데 홍보라고 여겨질 수 있어서 빠졌다.

# 돈키호테

미겔 데 세르반떼스
창비
2005년 11월 출간

돈키호테의 에피소드는 황당하고 이상하다. 그래서 소설이다. 아니, 황당하고 이상해서 소설이 아니라 그 천연덕스러운 이야기의 전개 방식, 옴니버스 식으로 구성해서 그럴듯하게 이야기를 요리하는 방식 때문에 소설의 원조로 불린다. 알고보면 소설이란 황당하고, 이상하고, 묘하고, 그럴듯한 거짓말이고, 꾸며냈는데도 진짜 같아서 소설이라 불리는 게 아니다. 전달하는 문장이나 구성의 세련미, 예술적 긴장, 참신함, 유일함 같은 미학 때문에 소설이라 한다. 소설에 대해 오해하는 사람들은 돈키호테가 서구 중세 사회 정신나간 귀족들의 지배방식을 통렬히 풍자했다는 점에서 기막힌 소설이라 한다. 하지만 그런 메시지는 애초에 세르반테스의 의도가 아닐 수도 있다. 풍자가 아니라 충성을 다하기 위해 그런 에피소드를 지어냈는 지도 모를 일이다. 그런 의도는 영영 미궁 속이다. 원작 출간 당시는 책 한 권 출판하려면 귀족이나 폐하의 윤허를 받아야 했나 보다. 책 서문에서 세르반테스는 온갖 아부의 말을 늘어 놓으면서 "이 이야기 책의 내용은 귀족을 조롱하고자 함이 아니라 귀족의 체신머리를 깎아 먹는 일부 시골 부자들을 훈육하기 위함이니 어쩌구" 하는 변명을 한다. 책이 상대적으로 싸게 먹히는 사치품이었을 그 시절엔 출판을 위해선 왕가나 귀족의 자금지원을 받아야 했던 것도 같다. 미술이고 문학이고 부자와 정치가, 왕족의 후원을 받아 발달한 건 동서고금이 마찬가지다. 그래서, 돈키호테는 시시한 작품이라고? 외려 아니다. 그렇게 해서라도 세상에 내놓고 싶은 이야기, 온갖 아부를 하면서도 이야기를 책으로 펴내고 싶은 작가의 의지 같은 게 벌써 소설적이다. 몰락한 시골 무사 돈키호테의 시시한 에피소드와 또라이 행각은 그 자체로도 재밌지만, 돈키호테를 둘러싼 사람들의 반응이 더 기깔나다. 돈키호테를 골려 먹는 사람들의 모습은 세르반테스가 묘사하지 않은 이야기까지 상상하도록 자극한다. 묘한 매력이다. 그런 주변 이야기 때문에 돈키호테라는 캐릭터가 빛난다. 돈키호테는 인류사에서 가장 돈키호테 다운 인물이다. 읽을 때, 돈키호테에 빙의되거나 산초에 감정이입하고 돈키호테 집안의 하녀나 주막거리 못된 주인의 입장이 되어서 읽어 보기를 바란다. 그러면 돈키호테라는 캐릭터를 더 잘 이해할 수 있게 될 것이고, 내 안에 돈키호테를 발견하게 될 것이다.

# 독서 낭독가의
아들

　　독서 낭독은 사실 가정에서 아빠, 엄마, 자녀가 함께해야 효과적이라는 게 내 생각이다. 독서 낭독에 대해서 정부에서 민간에 협조한다거나, 관변 단체를 만들어 캠페인 하는 것보다 사회지도층, 예컨대 박근혜 대통령이 청와대 안에서 직원들과 함께 독서 낭독을 하는 모습을 미디어에 노출한다면 이를 본받는 사람들이 많이 늘어날 것이다. 정부 내에 국회 안에도 낭독클럽이 생긴다면 효과가 클 것이다. 특히 엄마들이 따라한다면 좋겠다. 평소에 이런 생각을 하면서도 수년째 실천하지 못하는 대표적인, 무능한 독서 낭독 클럽 회장이 나다. 그래서 방송작가가 "혹시 회장님의 자녀분은 독서 낭독을 하시나요?"라고 물었을 때 괜히 움찔할 수밖에 없었다. 아무렇지도 않게 송곳 같은 질문을 던져대는 작가에게 "우리 애가 중학교 1학년인데 학원을 따로 보내지 않고 가능한 학교 공부보다는 다른 공부를 더 많이 하라고 권유하는 편이다. 시험 성적 같은 건 중요하지 않고 꼴찌를 해도 괜찮다고 말한다. 그런데 그 말이 역효과를 일으켜 학교생활도 더 열심히 하고, 시험에도 신경 쓰는 것 같아 안타깝다. 그러던 중 참고서를 소리 내서 읽어보라고 한마디 했다. 시험 성적은 그냥 괜찮은 거 같더라."고 말해주었다. 이런 말에 솔깃 하는 게 방송쟁이들의 특징인지, 작가는 "와우, 와우, 그래요? 그러면 저희가 아드님을 취재할 수 없나요? 예?" 하면서 적극적인 태도로 나오는 것이다. 나는 아내와 당사자인 중1 녀석과 상의도 없이 얼결에 "그러마." 하고 약속해버렸다.

내심 걱정했던 일이 터졌다. 아내가 쌍수를 들고 반대의 바리케이드를 치고 나오는 것이다. 머리 빠지고 배 나온 나의 그런 모습으로는 방송에 절대 못 나간다, 무슨 일을 하건 사생활 팔아먹는 거 아니다, 나가려면 당신이나 나가지 왜 애 얼굴을 내보내느냐, 목을 꼿꼿이 세우며 반대했다. 나는 처음에 쭈뼛쭈뼛하다가 급기야 결기를 돋우며 아내에게 대항했다. 내가 들이댈 것은 대의명분밖에 없었다. 아내가 별 가치를 두지 않는 대의명분을 나는 거창하게 꾸며서 하루 종일, 아내가 졸음에 못 이겨 항복할 때까지 우격다짐으로 밀어붙였다. "독서 캠페인을 하는 건데, 올해가 문화관광부 지정 '독서의 해'라는데, 내가 명색이 독서클럽 회장인데, 이미 해놓은 약속인데, 그것도 방송국 하고, 위신이 있지 그럼 이제 와서 오지 말라고 할까? 와이프가 반대해서 도저히 할 수 없으니 접읍시다, 그럴까?" 아내도 미디어 업계에서 사회생활을 하는 처지라 어쩔 수 없을 거라는 계산이 깔려 있었지만 반대가 만만치 않았다. 나는 급기야 "서울 사람들은 미디어에 친숙해. 집 공개하는 것 정도는 아무 일도 아냐. 시골 사람들은 왜 그리 비밀이 많아?"라고 급소를 찔렀다. 아내는 움찔 하는 체 하더니 갑자기 내 옆구리를 사정없이 꼬집었다. 나는 비명을 지르며 거실로 뛰쳐나왔다. '결혼한 걸 후회해!' 하고 외칠까 하다가 그만두었다. 대신 "독서 캠페인 하는 게 영광이지 영 꽝이냐?"라고 되는대로 씨부렸다. 갑자기 방안에서 호호호, 웃음소리가 터져 나왔다. 덩달아 눈치만 살살 보던 중딩 녀석의 웃음소리도 들렸다. 방문을 빼꼼 들여다보니 쌍팔년도 개그를 좋아하는 아내가 제대로 터진 것이다. 나도 덩달아 히히 웃으며 "발 씻고 오라고 할게. 그냥 해. 예준이도 뭐 좋은 체험이지. 안 그러냐?" 녀석도 "뭐, 나는 괜찮아." 했다. 엄마와 아빠 사이에서 기회주의적인 처신을 하는 외동이 녀석이 한심하면서도 귀여웠다. 결국 방송 일정이 확정되었다.

　반대할 땐 쌍심지를 켜던 아내는 막상 그날이 닥치자 하루 전부터 부랴부랴 집 안 청소를 시작했다. 나는 텔레비전에 시선을 고정한 채 눈만 끔벅거리며 그 모습을 보고만 있었다. 아내는 땀을 뻘뻘 흘리며 온 집 안을 들락날락했다. 그날 밤 12시 넘어서야 나는 거실 책장을 정돈했다. 화면에 잘 비치는 자리에 좋아하는 소설가며 작가들의 책을 진열하느라 진땀을 뺐다. 거의 새벽 2시 넘어서까지. 한 권, 한 권 만져보는 것도 새삼스러웠다. 특히 좋아하는 소설가들, 윤후명, 김주영, 구효서, 성석제, 김애란, 김인숙, 헤밍웨이, 생텍쥐페리, 펄 벅, 서머셋 모옴 등의 소설을 잘 보이는 곳에 배치했다. 그리고 우리 독서클럽 멤버인 이준정 박사의 공저 《미래를 생각한다》, 이종주 시인의 《오래 가슴에 담아둘 이야기》, 문성필 대표의 《백산주유소》 같은 책들도 잘 보이는 곳에 놓았다. '이등병의 편지' 작사 작곡자 김현성 형의 책 《오선지 위의 시인들》은 아직 읽지 않았어도 좋은 자리에 올려놓았다. 인간은 참 이상한 동물이다. 별 생각 없다가 한번 일을 벌이기 시작하면 자기애와 집착, 몰입이 생기는 모양이다. 일종의 정신병인 것 같다.

　PD가 들이닥치기로 한 날, 막상 시간이 되자 초조해졌다. 일찍 귀가해서 저녁상을 차려달라고 어머니를 채근했다. 콘티상 부자가 다정히 저녁을 먹고(아내는 얼굴 내미는 걸 극구 사양했으므로 제외했다.) 도란도란 이야기를 나누다 책상 앞으로 가서 다정히 책을 읽는다는 것이다. 아빠와 아들이 서로 번갈아 낭독을 하면서 짬짬이 의견을 주고받고… 뭐 그런 것이었다. 어떤 책을 어떻게 낭독했는지 하나도 기억나지 않는다. 어느새 아들 녀석의 단독 샷이 진행되었다. "어떤 책이 특히 인상에 남나요?", 《스티브 잡스》 전기 하고 《몽테크리스토 백작》, 《삼총사》요.", "아, 그래요? 《스티브 잡스》 전기는 엄청 두꺼운데 다 읽었어요? 혹시 낭독했나요?" 나는 PD가 던진 질문에 아차 싶었다. 저 책을 진작 낭독했더라면, 진짜 낭독했더라면 얼마나 뿌듯했을까. 아, 낭독할걸, 낭독할 걸… 후회막심이었다. 《스티브 잡스》 전기는 북코러스 창립 멤버인 전 한국사보협회 사무총장 전종석 회원이 스핀 아웃으로 만든 삼성동 경제경영서 독서 낭독 모임에서 처음 낭독한 책이었다. 나조차 읽지도 않고 아들 녀석에게 강요하듯 떠안겼었다. 그런데 녀석이 한 달 정도 묵독으로 그걸 다 읽었다는 것이다. 아비에게 없는 끈질김이 아들에겐 있었다. 그 사실을 안 PD는 깜짝 놀라면서 매우 부끄러워했다. "나는 있는 줄도 몰랐다, 야." 다시 결정적 질문. "교과서를 낭독하면서 시험공부를 한다면서요?", "네." 다행히도 아들 녀석은 선선히 "네."라고 하는 것이었다. 나는 체면치레를 한 셈이었다. 얼마나 다행이었는지 몰랐다.

아들 녀석의 인터뷰 장면을 물끄러미 바라보면서 이런저런 상념이 떠올랐다. 그러고 보면 나도 그러구러 20여 년간 꾸준히 글을 써온 처지였다. 메이저 신문사는 아니지만 그러그러한 신문에 칼럼 연재도 오래 했고, 국립중앙도서관에서 발행하는 '오늘의 도서관'에도 2년간 독서 칼럼을 썼다. EBS, TBS, YTN 등 라디오 프로그램에서도 트렌드 분석 전문가라는 타이틀로 내가 쓴 원고로 이런저런 말 꾸러미들을 던져왔다. 하다못해 인터넷 커뮤니티의 시샵으로 꾸준히 메일링을 했고, 북코러스와 트렌드 아카데미, 두 개의 블로그를 운영하면서 이런저런 글을 써왔다. 글 없이는 못살고 글을 쓸 때 행복한 자칭 글쟁이였다. 결국 이 길의 종점은 어디일까? 나는 흥미진진하게 글의 길, 올레길인지 미로인지를 한창 걷고 있는 중이다. 아들 녀석도 이런 나를 닮아서인지 교과서를 낭독함으로써 시험에서 좋은 성적을 거두고 있었다. "묵독할 때보다 낭독하면은 기억이 좀 더 잘되는 거 같아요." 뻔한 대답을 심드렁하게 하는 아들 녀석이 답답하기도 했지만, 낭독효과가 사실은 사실인가 보다 하는 실감이 느껴졌다. 촬영이 끝나고 "교과서 낭독하니까 시험을 더 잘 보게 되더냐?" 했더니 "응!" 이러는 것이다. "교과서에도 좋은 지식이 많아. 나 많이 외워."라고 한마디 더 해주는 녀석. 그러고 보니 여름 제주 휴가 때 '생각하는 정원'이라는 분재 식물원에서 녀석이 동백꽃에 대해 주절주절 지식을 자랑하던 장면이 떠올랐다. 사실 나는 동백꽃의 생김새도 몰라서 백일홍인지 동백인지 철쭉인지 구분도 못하는 처지였다. 그저 조영남이 부른 '모란동백'을 부르며 눈시울을 붉힐 줄 알 뿐이었다.

나는 지금도 학교 뺏기는 시간을 독서 낭독이나 여행, 자연 관찰에 할애한다면 더 훌륭한 공부가 된다고 주장하면서 "학교 언제까지 다닐 거냐?" 강요하곤 하지만, 교과서를 낭독하면서 나름 아는 체 하는 녀석을 설득하지는 못하고 있다. 가정 독서 낭독은 아직도 내 과제인데 일단 시작하면 효과가 좋을 것은 분명하다. 그러자면 텔레비전부터 꺼야겠지만.

알랭 드 보통
은행나무
2011년 12월 출간

왜 불안한가. 성공을 향한 집념 때문이다. 처방은 간단하다. 성공하지 마라. 성공에 집착하는 인생을 살지 마라. 30대 중반의 알랭 드 보통은 평범한 글쟁이다. 인문학적 통찰력이 뛰어난 글쟁이라는 점이 남다르다. 그가 더 남다른 건 21세기를 살아가는 30대 남녀들이 성공 조급증, 성공 불안증에 걸려 있는 걸 간파했다는 점이다. 누구나 그러면서 말 못하던 문제, 성공 조급증, 더 높은 지위를 열망하거나 평판을 좋게 받고자 하는 갈망에 대해 "우리 꼭 그렇게 사는 게 정답일까요?"하고 되물은 것이다. 또래들은 계면쩍게 웃고 윗세대는 "그럼 뭣 땜에 사냐? 패배주의 퍼뜨리지 마라"하고 힐난한다. 하지만 인생관은 각자의 몫이다. 윗 세대가 아래 세대에게 이래라 저래라 간섭하는 건 지나친 간섭이다. 나이 들어서까지 젊은 세대를 이래라 저래라 부리고 픈 욕망을 버리지 못해서다. 요즘 유럽이건 미국이건 일본이건, 동남아 어느 나라건 젊은 세대들의 반란이 심상치 않다. 일부 해커들은 윗 세대들이 감추거나 평생 모은 정보들을 빼내어 세상을 뒤집어 놓거나 역사 전체를 거꾸로 세우는 음모도 꾸민다. 위키리크스, 에드워드 스노든은 빙산의 일각이다. 앙샹 레짐은 끝났다. 프랑스 혁명은 비로서 21세기 디지털 세상에서야 실현됐다. 하지만 아직 남아 있는 잔영, 잔재가 있다. 노구를 이끌고 노회한 표정을 지으며 제도를 틀어쥐고 권력의 그림자로 살아 남은 70~80대 노인들이다.(특히 권위주의 전통이 강했던 동양). 알랭 드 보통은 인문학자 답게 저항의 언어를 쓰지 않는다. 다만 젊은이들끼리 정신차리고 살자는 이야기를 조근조근 해댄다. 행복, 성, 성공 등 인생사의 테마별로 인생학교를 만들어 이제까지 받아왔던 교육의 내용과 시스템을 밑에서부터 붕괴시키려 하고 있다. 《불안》은 '흔들어라, 흔들려라'는 주문이다. 인문학적 통찰을 베이스에 깔아 독자들이 안심하고 불안감에서 벗어나도록 유도한다. 그 다음은 말할 것도 없다. 행동이다. 앙샹 레짐 타파. 인문학은 누구나 그러듯이 '혁명'이다. 어설픈 성공학이 아니다. 연애, 결혼, 출산을 포기했다는, 2014년 현재 한국 30~40대, 3포 세대들이라면 《불안》이 새로운 인생을 위한 시각 교정서가 될 것이다.

# 독서 낭독의
# 효과 측정

　　SBS 다큐 취재에서 얻은 중요한 성과는 낭
독과 묵독을 비교한 일련의 과학적 실험이었다. 결론은 낭독
이 묵독보다 더 깊고 융숭한 인지효과가 있다는 것이었다.
하지만 결론만 가지고 사는 게 인생이 아니므로 그 과정을
좀 살펴보겠다.

　　방송 날짜는 2013년 9월 22일 오전 7시 10분이었다. 그
러면 그렇지. 독서 관련 프로그램이 프라임 타임은커녕 준
프라임 타임에도 걸리지 못하는 미디어 환경이라니 씁쓸하
긴 했지만 그나마 방영된 게 다행이라면 다행이라는 생각이
들었다.

　　새벽부터 깬 '본방사수'라는 카톡 문자를 날린 뒤 아내와

아들 녀석을 깨웠다. 프로그램은 일본, 영국 등 해외 로케이션도 포함되어 있었다. 일본에서 유명하다는 독서클럽과 독서인들을 두루 취재해 일본의 독서 문화를 잘 알 수 있게 해주었다. 우리나라에도 북코러스뿐만 아니라 '메멘토모리' 같은 특별한 독서클럽이 있다는 것도 알게 됐다. 메멘토모리는 죽음에 관한 책을 골라 읽는 중장년층 독서 모임이었다. '죽음도 삶의 일부이므로 자연스럽게 받아들일 수 있는 심리적인 준비를 하자.'는 것, 그리고 사는 동안 최선을 다해 잘 살자, 즉 카르페 디엠이라는 취지에서 모였다고 하는데, PD도 메멘토모리에 대해 매우 인상 깊었다는 후일담을 털어놓았다. '웰다잉'이라는 시대의 트렌드에 맞는 특색 있는 독서클럽이어서 한번 방문해보고 싶다는 생각이 들었다. 다른 국내 독서 모임들은 유초년생들에게 독서 습관을 길러주는 데 주력하는 학부모들의 모임이 주를 이뤘다. 영국은 마을 도서관을 중심으로 독서클럽이 수백여 개나 조직돼 지방자치단체나 정부 차원의 지원을 받으면서 매우 공익적으로 운영되고 있었다. 영국인들에게 독서는 일상적인 습관이었다. 독서와 사회생활이 연결된 교양적 세계, 영국은 그런 세상이 아닐까 하는 생각이 막연히 들었다.

　독서클럽의 현황이 다 지나고 아들 녀석과 친구가 등장했다. 가천의대 뇌과학연구소에서의 촬영 분이었다. 실험의 목적은 묵독과 낭독을 했을 때 뇌의 어느 부분이 활성화되는가를 비교하는 것이었다. 일단 아이들을 MRI 장치에 들여보낸 다음, 일정한 텍스트를 묵독하거나 낭독하게 한다. 이 실험을 진행한 최상한 박사에 따르면 묵독이나 낭독 모두 시각 영역과 함께 언어 관련 영역인 베르니케 영역이 활성화된다고 한다. 그런데 낭독 시에는 묵독 조건 때와는 달리 듣기 관련 기능 영역과 운동 관련 기능 영역이 활성화된다.

SBS 다큐멘터리
낭독 효과
영상 촬영 화면

이 화면은 MRI 또는 fMRI로 3초마다 뇌 전체를 찍은 것이고, 자극과 관련된 영역 중에서 묵독이나 낭독을 했을 때 특별히 신호가 높게 나오는 영역을 확인하는 과정을 찍은 것이다. 비싼 기계는 단순하고 명쾌한지 묵독과 낭독의 차이를 금세 알 수 있었다. 과연 어느 쪽이 효과가 좋은지, 아니면 결과적으로 또 다른 기능이 어떻게 나타나는지도 해석할 수 있다. 뇌과학연구소팀에 따르면 일본에서도 관련 연구를 했다고 한다. 도후쿠대학교의 가와시마 류타 교수팀이 51명의 실험군을 6개월 동안 훈련시켜 47명 대조군과 비교한 전두엽 기능 평가 실험 결과에 따르면 낭독을 실시한 후 기억력이 20% 향상되었고, 낭독이 뇌를 워밍업시켜 뇌가 평소보다 활발하게 능력을 발휘했다. 낭독이 전두엽 기능을 향상시킨다는 결론이었다. 그렇다면 결론은 뻔하다. 독서는 묵독이 아니라 낭독을 할 때 훨씬 오감만족, 뇌기능 향상 등의 효과를 누릴 수 있다.

낭독의 효과는 영어 배우기에도 강력한 효과를 나타낸다는 게 '크레이지 잉글리시' 창시자 리양의 주장이기도 하다. 중국인인 리양은 큰 소리를 지르며 미친 듯이 외치니 영어가 들리고, 또 영어로 자연스럽게 말하게 되더라는 단순명쾌한 이론을 적용해 한마디로 떼부자가 된 인물이다. 리양은 "소리 지르기는 영어를 익히는 가장 좋은 훈련 방법이다. 소리를 크고 빠르게, 정확하게 지르면서 반복될 때 자신도 모르게 그 소리가 내 입안과 머릿속에 기억된다."라고 주장했다.

낭독은 또 명상처럼 일종의 몰입 상태를 경험하게 한다.

몰입 이론에 따르면 '몰입이란 시간, 공간, 자신까지 잊어 버릴 정도로 어떤 행위에 빠져 있는 심리 상태이다. 몰입 체험자는 긍정적인 상태이며 그 상태 자체가 보상으로 작용한다. 몰입은 자신의 역량과 과제 수행에 필요한 역량이 정점에서 만날 때 일어난다. 명상이 그렇듯이 독서는 고도의 몰입 집중 훈련이다. 수영이 축적된 경험을 통해 기억이 되고 익숙해지는 몸의 훈련이라면, 독서는 뇌의 훈련이다. 독서가 경험 훈련을 통해 익숙해지면 집중력과 이해력 등 독서 능력도 향상될 수 있다.'는 것이다.

이런 결과는 취재팀이 욕심을 내 추진했던 숭실대학교 소리공학연구소 배명진 교수의 측정에 의해서도 비슷하게 나타났다. 배 교수에 따르면 사람이 일상적으로 아무 생각 없이 가만히 있을 때, 로우 베타파나 하이 베타파 같은 고주파가 나온다. 그러다가 점점 알파파 위주로 에너지가 몰린다. 그런데 고도의 정신 수련을 하게 되면 알파파보다 약간 저주파, 세타파로 에너지가 몰리다가 정신이 고도의 집중력을 발휘할 때는 델타파 쪽으로 옮겨진다고 한다. 마찬가지로 독서를 하면 세타파 위주로 증가됐다가 낭독까지 곁들이면 훨씬 더 집중력이 높아지는 델타 에너지가 강하게 나타난다. 예준이와 예준이 친구 우재, 두 아이를 대상으로 한 묵독,

낭독 시 주파수 측정도 같은 결과를 보였다. 그런데 두 아이가 스마트폰 게임을 할 때는 알파파에 에너지가 몰렸던 것이 로우 베타파나 하이 베타파 쪽으로 아주 산만해지는 양상이 나타났다.

국내 최초로 신경심리검사 도구와 치매검사 도구를 만들었다는 삼성서울병원 신경정신과 나덕렬 교수도 삼성 사장단에게 한 강의에서 "많이 말하고 쓰고 활발하게 토의하고 발표하는 활동을 통해서 뇌의 판단 기능을 맡은 전두엽이 활성화될 수 있다."고 말한 적이 있다.

북코러스에서도 뇌과학과 관련된 책을 낭독한 적이 있는데, 제목이 《세컨드 네이처》였다. 모임의 오랜 회원인 미래탐험연구소 이준정 박사의 추천으로 읽은 책인데, 매우 학구적인 논문 수준의 책이었다. 북코러스의 '두껍거나 어렵거나 고전이거나'의 특징 중 '어렵거나'에 해당되는 책이었다. 이 책을 읽으면서 회원들의 불만이 폭주했는데, 도대체 읽어도 무슨 말인지 모르겠다는 원성이 자자했다. 북코러스의 장점은 구시렁구시렁 대면서도 끝까지 읽는 집요함이다. 이상한 오기심이 작동해서 기어코 다 읽어낸 그 책에 의하면 인간의 뇌는 컴퓨터처럼 조직적이고 체계적으로 움직이거나 착착 짜임새 있게 기억하는 게 아니라고 한다. 시냅스 사이를 오가는 전기 신호들은 마치 강물이 흘러가듯이 불규칙하고 외부에서 인지된 자극은 전기 신호로 바뀌어 그 강물(전기 신호들의 강물)에 불규칙하게 흩뿌려진다는 것이다. 그 흩뿌려진 자극(미세 신호)들은 자신과 가장 유사한 신호와 달라붙어 조금 더 불어나고 생생해진다. 이런 원리로 본다면 인간이 기억하고 싶은 것만 기억하는 증상은 매우 과학적인 것이다. 불편하거나 어려운 자극은 기억의 강물 속에 떠내려 보내고 유쾌하고 유리한 기억만을 생생히 되살리는 뇌의 작용은 매우 자연스러운 것이 된다.

이 정도 얘기만 가지고도 많은 의문이 풀린다. 사회생활을 하면서 만나는 많은 사람들 중에 정말로 자기 유리한 것만 기억하는 편집증이 강한 사람들이 더러 있다. 이들은 뇌 작용의 자연스러운 결과로 편리하게 사는 것이다. 그런데 만일 자기가 불리한 것도 기억하고 되살려내서 성찰하고 반성하는 사람들이 있다면 그건 어떻게 해석할 것인가? 나치 전범이나 일제 전범이 반성의 눈물을 흘리며 용서를 구한다거나 수십 년 전에 돈도 안 내고 먹은 우동 한 그릇 값을 수백만 원으로 갚는다거나 하는 미담들, 그야말로 인간적인 이야기들은 어떻게 된 것인가? 그런 것은 편집증이 아니라

역편집증이 아닌가? 나는 물리학자 장회익 교수가 쓴《공부도둑》이라는 책에서 대답 비슷한 내용을 발견했다. 그 책에 의하면 인간이 공부를 할 때 지금 현재 기억하고 강력하게 믿고 있는 어떤 학문적, 이론적 프레임이 있다. 그런데 자꾸 다른 사실들이 발견되거나 자신이 철썩 같이 믿고 있는 이론에 흠집을 내는 반론들이 제기된다. 대개의 경우 그것들은 무시된다. 심지어 체면이나 돈벌이 때문에라도 의도적으로 거부된다. 하지만 양심이 있는 학자라면, 연구 방법론을 체계적으로 정확히 익힌 이론가라면 반론의 논거들과 실험 결과에 귀 기울인다. 방법적으로 정확히 수립된 것을 확인하는 순간, 그것을 인정하고 자기가 여태까지 간직하고 있던 프레임을 깬다는 것이다. 장 교수는 그런 과정이 바로 공부라고 말한다. 익숙한 기억에 의존하지만, 불편한 자극을 수용할 수 있는 능력. 그것이 바로 인문학적 인간이 지녀야 할 태도이다.

우리 모임이 읽은《세컨드 네이처》는 제목이 의미심장하다. 번역하면 '제2의 천성' 또는 '두 번째 본성'이다. 첫 번째 본성이 자극에 곧바로 반응하는 동물적 본능에 가깝다면 뇌에서 걸러진 자극들이 기억되고 학습돼 반응하는 태도는 곧 제2의 천성, 두 번째 본성인 셈이라는 뜻이다. 기억하는 존재인 인간, 기억이 쌓여 과거 기억과 비교해보고 나쁜 것을 버리고 좋은 것을 취하는 능력. 인간은 자연계의 여러 포식자 중 이런 능력이 가장 발달한 존재이다. 이 능력을 향상시키는 방법 중 독서 낭독이 가장 손쉽고 획기적인 방법이라고 한다면, 독서 낭독 클럽 회장의 과신일까? 아무튼 독서 낭독의 효과는 과학적으로 입증되었고, 인간이 뇌를 다루는 기술 중 가장 효율적인 방법일 수도 있다는 가설을 세울 수 있게 되었다고 해도 누가 뭐라 하지 못할 것 같다.

스티브잡스

월터 아이작슨
민음사
2011년 10월 출간

《스티브 잡스》라는 도발적인 제목의 이 책은 그 집필 과정도 도발적이다. 특히 스티브 잡스가 작가에게 "나한테 검사받지 말고 멋대로 써라"고 했대서 더 그렇다. 전기작가 아이작슨은 "검사 말고 쓰려면 나도 안 쓴다"고 했다고 한다. 전기나 평전이 유가족의 심사마저 받아야 하는 거지같은 집필풍토가 만연한 한국에서는 상상도 못할 일이다. 하지만 사실 나로서도 내 이야기가 샅샅이 공개된다면 아예 평전없이 한 생을 마무리하고 싶다. 나보다 더 구리고 비린내 나는 사연을 많이 가졌을 사람들이야 오죽하겠는가. 더구나 자기 인생을 미화시켜서 뭐 한탕 해먹으려는 자들이야 속이 얼마나 탈 것인가. "전기가 너무 정직하면 재미없어. 좀 꾸미고 화장하고 예능도 있어야지. 뭐 털어서 먼지 안 나는 사람 있나, 그 정도 허물이야 덮고 가 줘야지. 잘한 것도 많은데, 그걸 위주로 써 줘요" 이러면서 로비를 할 것이다. 스티브 잡스가 위대한 건 온갖 역경과 못된 성질머리를 이겨냈고, 비즈니스에서 성공해서일 것이다. 하지만 마지막 방점은 역시 이 전기다. 암에 걸려 죽기 전에 허약하고 못되 쳐먹은 인간인 자기 자신의 모습을 까발리고 갔다는 점. 이런 전기는 그야말로 문학이다. 스티브 잡스는 정과 한이 개입될 틈이 없는 무감정의 IT엔지니어지만 마지막을 문학으로 장식했다. 그리고 그는 시를 읽고 영감을 얻어 스마트폰을 발명했다고 하지 않는가. 우리는 그의 전기를 읽으면서 그를 더욱 샅샅이 알아야 할 것이다. 이 책과 더불어 《구글드》라는 책도 추천한다. 《스티브 잡스》 전기는 샅샅이 훑는다는 기분으로 읽으면 좋을 것이다.

# 변해도
# 너무 변했다

　어찌된 일일까? 나는, 그리고 우리 독서 낭독 클럽 멤버들은 변했다. 변해도 너무 변했다. 가랑비에 옷 젖듯 변하다 보니 자신들도 변했는지 모르게 변했다. 나는 회장으로서, 창설자로서 그게 눈에 훤히 보인다. 그런데 회원들 각자는 스스로의 상태를 잘 모르는 것 같다.

　적어도 독서 낭독 클럽 멤버들은 징징대지 않는 사람들로 변했다. 그것이 첫 번째 변화다. 젊은 사람들은 흔히 징징댄다. 직장에서 받는 스트레스 탓에, 가족과 가정에 대한 부담감 탓에 울상을 짓고 인상을 찡그리기 일쑤다. 그런 것은 말하지 않아도 밥 먹는 자리에서건 술 마시는 자리에서건 티가 나게 마련이다. 처음 한 1년여 간 멤버들은 입술을 달싹이며 무언가 호소하고 싶은 것을 애써 참는 표정이 역력했다. 눈동자를 깊이 안으로 들이면서 상대방이 자기 처지를 이해해주었으면, 자기가 어떤 말을 하건 공감해주었으면 하고 바라는 얼굴이었다. 20대 젊은 학생서부터 40대 중반 중견 회사원까지 다양한 면면이었는데, 각자 무언가 하소연하고 싶은 이야깃거리들이 많은 듯했다. 점점 친해져서 본격적인 술판이 벌어지고 밤이 깊어졌을 때, 드디어 멤버들은 신세를 한탄하고 세상을 비판하고 나쁜 놈들을 비난했다. 우리끼리 허심탄회하게 하는 얘기들이었으니 다들 신이 났다. 앞장은 내가 섰다. 말도 거칠고 아무 말이나 막하는 버릇이 있는 나는 멤버들을 꼬드겨 자기 마음속에 있는 모든 걸 털어놓게 선동질했다. 이런 식으로 한동안 우리는 바깥에서 묻혀온 마음의 때를 털어내는 데 골몰했다. 마음의 때를 털어내는 일도 잘 못하는 사람들이 많다. 괜히 속내를 들킬까 봐, 자기 약점을 노출시킬까 봐 툴툴 털어내지 못한다. 그러나 독서 낭독으로 뭉친 사람들끼리는 자신도 모르게 그런 속내가 잘도 터져 나왔다. 말 한 마디 한 마디에 힘이 실리고, 자기 자신을 객관적으로 분석해서 남 앞에 털어놓는 데 그다지 거리낌이 없어졌다.

회사에서는 얌전히 자기 할 일만 하던 샌님 같은 인물이 독서클럽 멤버들과 어울려 술이라도 한 잔 할라치면 노래방

댄서로 과감히 변해서 고래고래 소리를 지르면서 발광을 해댔다. 점잖기로 소문나 자기네 회사 회장님의 총애를 받던 인물도 독서클럽에만 오면 주신이 내렸는지 한 가락 하는 인물로 변해서 매력을 뽐냈다. 20대 파릇파릇한 젊은 여자 회원들도 조심스러우나 거칠 게 없다는 태도로 자기를 억압하는 각종 기제에 대해 스스럼없이 자폭을 했다. 드문 일이었다. 회사 회식 자리에선 위선적인 모습을, 어린 시절 친구나 동창생들 사이에서는 위악적인 모습을 어필하는 게 보통인데, 독서클럽에서는 둘 다 아니었다. 위선도 없었고 위악도 없었다. 위선과 위악을 제거하고 만나는 낯선 곳에서의 인간관계라니. 나는 이런 일은 보통 일이 아니라는 걸 알아채고 있었다. 속으로 쾌재를 불렀다. 독서 낭독 클럽은 오래 가겠구나, 안도의 한숨을 쉬었다.

나는 1996년부터 인터넷 커뮤니티의 시삽으로 활동하면서 별의별 사람들을 다 만나보았다. 기질적으로나 직업적으로도 숱한 사람들을 만나면서 그들의 인생을 체크해보고 가늠해보고 테스트해본 경험이 많았다. 그 결과 정리된 생각에 의하면, 사람들은 유형이 있고 남들과 관계를 맺는 패턴은 딱 몇 가지로 정해져 있다는 것이다. 디테일을 고려하지 않고 크게 분류하면 자기와 남에게 솔직한 부류와 그렇지 못한 부류로 나뉜다. 솔직한 부류의 위선과 위악이 있고, 솔직하지 못한 부류의 위악과 위선이 있다. 두 부류의 위선과 위악은 큰 차이가 있다. 서로 180도 다른 취지가 숨겨져 있다. 예를 들어, 솔직한 부류의 위선은 남들을 배려하려는 어설픈 시도이고 위악조차 자기 자신을 비하하여 남들을 위로하겠다는 선의에서 비롯되는 경우가 많다. 솔직하지 못한 부류의 위선은 겸손을 가장한 노림수이고, 위악은 자기만 튀어서 남들이 자기에게 함부로 굴지 못하게 하려는 수작이었다. 이해관계를 떠나 사람 대 사람으로 솔직한 관계를 맺고자 하는 사람 또는 이해관계의 프레임으로 사람을 분석하여 자기가 무언가 상대에게 얻어먹을 만한 영양가가 있는가를 따지는 사람. 이를테면 그런 식으로 분류할 수 있었다.

하지만 솔직한 부류건 그렇지 않은 부류건 공통점은 있다. 대다수는 아날로그에서 디지털 세상으로 급격히 변하는 시대 조류 속에 허우적대면서 앞날을 걱정하고 있는 판이었다. 앞날이 걱정되는 사람들의 남 앞에서의 행동 패턴은 위선 아니면 위악이기 마련이다. 앞날이란 추상적인 게 아니라 구체적인 생계의 방편에 관한 것이다. 직장에서 쫓겨나거나 평판이 형편없는 지경이 될 경우에 어떻게 먹고살 것인가 하는. 어떤 사람이건, 특히 도시에서 청춘을 보내는 사람들은 먹고살 걱정을 매일 달고 살거니와 이에 더해 무언가 번듯한 내실을 만들어보려고 노력하는 사람들은 여러 가지 하지 않아도 될 걱정을 사서 하는 경향이 강하다. 그렇기에 그들은 남은 물론 자기 자신에게 조차 솔직할 수 없다. 자신을 솔직하다고 믿는 부류들조차 남을 배려하려 애쓰는 위선이나 위악이 자기에게 이익으로 돌아오기를 바라는 게 인지상정이다. 이런 인지상정에 대해서마저 솔직하지 않은 게 솔직한 부류들의 속사정이기도 하다. 따라서 절대다수가, 특히 도시생활 한 가운데 있는 사람들은 솔직하게 속내를 털어내거나 남의 선한 낯빛을 그대로 신뢰하지 못한다. 나아가 믿음이라는 덕목 자체를 위안으로 삼지도 못한다. 그래서 위선적으로, 위악적으로 징징대기 일쑤이고 징징대는 행동 안에 진실한 또는 나약한 자기 속내를 감춘다. 동정을 사서 공격을 당하지 않으려는 나름의 생존술이다. 하지만 독서클럽 멤버들은 속내를 자신 있게 드러냄으로써 징징대지 않았다. 남이 공격할까 봐 걱정하지도 않았다. 외려 너에 대한 믿음은 내 몫이다, 라는 태도였다. 처음 몇 개월은 아니었지만 차츰 그렇게 변해갔다. 아마 자신들도 모르리라. 자기는 성격이 원래 그랬노라고 눈을 똥그랗게 뜰지 모른다. 하지만 그들의 삶의 궤적을 쭉 관찰해온 나로서는 그들이 변했다고밖에 말할 수 없다.

나는 그 이유를 곰곰이 생각해보았다. 분명 이유가 있을 것이다. 원래 그런 사람이거나 뭔가 작정을 한 사람이거나. 하지만 원래 그런 사람은 없었다. 작정하고 그러는 사람도 없었다. 나는 마침내 알아냈다. 책 속에서 얻어진 지식과 지혜가 가슴 한쪽을 차지하고 있다는 스스로에 대한 믿음, 그것이 이유였다. 그 믿음이 마법사의 돌이었다. 콤플렉스를 극복해서 큰 성취를 이뤘거나 화려한 무대에서 멋진 노래를 부르고 난 가수들의 경험담을 들어보면 "그때 그 분이 제게 하신 말씀이 있어요. 바로 너 자신을 믿어라, 그 한마디였어요. 거기서 용기를 얻었어요." 하는 식의 이야기가 섞여 있다. 그런 것이다. 자기 자신의 내공을 믿는 것. 자기 안에 쌓인 지식의 크기와 지혜의 깊이를 믿는 것. 그것은 어마어마한 에너지이다. '생각이 에너지다.'라는 광고 카피가 있듯이 책을 낭독하면서 그 부산물로 얻어 생긴, 읽은 자로서의 자부심이 에너지로 변했다. 기가 통하듯 텍스트와 조응하고 텍스트를 소리 내어 읽으며 씹어 삼켰던 힘이 '자기 믿음'이라는 에너지로 화한 것이다. 조금 더 솔직히 말한다면 이런 말도 되겠다. '두껍거나 어려운 책을 혹시 읽어보셨나요? 부장님, 사장님, 상사님, 어르신, 선생님, 교수님, 엘리트님, 전문가님, 정치인님, 경제인님, 지도자님 들?' 하고 물었을 때 자신 있게 "네, 읽어봤는데 이러이러했습니다. 우리는 저러저러한 교훈을 얻어야겠네요."라고 할 수 있는 사람들이 주변에 거의 없다는 것, 우리 멤버들은 어느 순간 이런 비밀 아닌 비밀을 알아챈 것이다. 두껍거나 어려운 책들을 잘 읽지 않고도, 그 내용을 씹어 삼키지 않고서도 높은 곳에서 굽어보며 '나는 다 알고 있어.' 거짓말하는 사람들이 세상을 조물딱거리고 있다는 사실을. 당장 주변에도 빈 머리로 입만 나불거리는 무늬만 엘리트인 선배나 상사들이 즐비하다는 사실을. 그래서 은근슬쩍 자신감이 생긴 것이다.

더욱이 낭독을 하다 보니 전두엽에 텍스트의 인이 박혀서 어려운 내용들이 어떨 때 자신 있게 술술술 튀어나오다 보니 자신도 깜짝 놀란 것이리라. 시시한 입담이나 신변잡기를 떠벌여대는 다른 모임들은 이제 성에 차지 않게 된 것이다. 그 효과는 결국 행동으로 이어졌다. 낭독 클럽 3년차쯤이 되자 우리는 세 번의 단체 여행을 다녀왔으며, 몇 차례의 강연회를 열게 되었고, 전혀 다른 취미의 클럽들과 교류를 트게 되었다. 그중 몇 명은 마침내 벼르고 벼르다가 노예 같은 직장생활을 걷어치웠다. 20여 년 넘게 다닌 안정적인 직장도 제 길이 아니었고, 남들이 선망하던 전문가 팀장이라는 직위도 번거로울 뿐이었다는 사실을 마침내 솔직히 인정하게 된 것이다. 그리고 행동에 옮긴 것이다. 아주 자연스레 큰 고민

없이, 독서 낭독의 내공으로 예상보다 훨씬 빨리 결단을 내려 버린 것이다. 그는 그런 과정을 멤버들에게 털어놓고 이야기했다. 멤버들은 이해하고 격려해주었다. "어떻게 먹고 살게?" 따위의 시시한 질문은 하지 않았다. "세상 돌아가는 꼴을 보아 하니, 직장이란 미래가 아니야." 하고 선선히 수긍했다. 책에 다 쓰여 있는 대로. 우리는 울적해하는 대신 밤샘 술 파티를 열어주며 웃고 떠들었다. 아직도 회사에 다니는 애들을 비웃지는 않았지만 빠른 결단이 위대한 결단이라며 추켜세워 주었고 각자 서약처럼 나는 앞으로 딱 1년만, 나는 조만간, 하는 말들을 스스럼없이 뱉어냈다. 20여 년 여행 전문가의 직업도 한 줄 글로 남기지 못한다면 아무 의미가 없다는 깨달음을 얻은 여행사 사장은 내로라하는 대가에게 소설 공부를 시작했고, 나도 신생 로펌의 이사 자리를 박차고 나와 글 공부를 하게 되었다.

그 자리는 참으로 아까운 자리였다. 대한민국 서울 서초구 서초동, 가장 번화하고 목 좋은 자리에서 상당히 유명한 변호사를 대표로 둔 로펌이었다. 앉아서 이 돈 저 돈, 눈먼 돈, 눈뜬 돈을 갈고리로 긁어모을 수 있는 알짜배기 회사였다. 하지만 나는 때려치운 것이다. 서머셋 모옴이나 프란츠 카프카도 법률 회사에 다닌 바가 있다지만, 감히 그들을 흉

내 내 때려치운 것은 아니었다. 하지만 이런저런 인간 군상들의 비밀을 접하고보니 범접하기 어려운 장벽이라고 여겨지는 사람들의 실상과 허상에 대해 떠벌리고 싶은 욕구를 참을 수 없게 된 것은 맞다. 나는 소설을 쓰기로 했다. 19살 때부터 품어오던 오랜 꿈이 장롱 속 외투에 갇혀 있다가 드디어 30년 만에 빛을 보게 된 것이다. 기쁘기 한량없었다. 내 인생의 주인이 나라는 놀랍고 평범한 이야기가 막 시작된 것이다. 그것이 우리의 앞날이 되었고 인생 전부를 건 모험이 되고 있다. 이 이야기는 계속 진행될 것이다.

# 세컨드 네이처

제럴드 에델만
이음
2009년 07월 출간

《세컨드 네이처》는 제2의 천성이라는 말이다. 뇌 속에 담긴 어떤 패턴적인 사고 유형이나 무의식적 행동들은 자연에 도전과 응전하면서 얻어진 것으로, 곧 제2의 천성이라는 게 저자의 주장이다. 나머지는 그것을 입증하는 각종 과학적 논거와 언술이다. 나는 이 책을 다시는 읽고 싶지 않다. 함께 낭독했던 다른 회원들도 고개를 절레절레 흔들었다. 이 와중에 도서출판 시간여행의 김경배 대표는 이 책에 형광펜으로 밑줄까지 그어가면서 아주 열심히, 무슨 대학원 시험공부라도 하듯 공부했다. 그 앞에서 우리는 거의 주눅이 들었다. 유일하게 주눅들지 않은 분은 이 책을 추천한 공학박사 이준정 미래탐험연구 소장님이다. 미래연구자로 페이스북에서도 유명하고, 이미 전공분야에서 내로라는 석학인 이 분은 북코러스의 초창기 회원이시다. 너무 어려운 논문 글로 쓰여진 책을 한 단원 읽고 나면, 다들 난감한 표정으로 이준정 박사를 바라보다가 다시 김경배 대표를 쳐다보았다. 덕분에 그 뭐더라, 기억이란 뇌의 신경세포가 강물처럼 흐르는 데 랜덤으로 흩뿌려지는 신호들이 엉겨서 뭔가 자기 나름대로 패턴을 만드는 과정에서 생겨나는 것이다, 뭐 이런 강의 비슷한 이야기를 얻어 들을 수 있었다. 퀄리, 라는 용어가 그 대목에서 나온다. 우리는 나의 뇌 작용에 대해 뭔가 정확히는 아니라도 어렴풋이 이해할 때가 된 것 같다. 과학이 우리 몸을, 뇌를 지배하는 데 그 작용원리를 몰라서야 어쩔 것인가. 모르는 대목은 슬렁슬렁 넘어가고 아는 대목만 밑줄 몇 번 쳐가면서 읽어보기 바란다. 어려우면? 포기하고 다른 책을 읽으시라.

# 껍데기를
# 벗고

## 껍데기는 가라

신동엽

껍데기는 가라

사월도 알맹이만 남고

껍데기는 가라


껍데기는 가라

동학년 곰나루의, 그 아우성만 살고

껍데기는 가라

그리하여, 다시

껍데기는 가라

이곳에선, 두 가슴과 그곳까지 내논

아사달과 아사녀가

중립의 초례청 앞에 서서

부끄럼 빛내며

맞절할지니


껍데기는 가라

한라에서 백두까지

향그러운 흙가슴만 남고

그, 모오든 쇠붙이는 가라


　　1960년대 단 10년, 시인으로 활약한 신동엽의 대표적인
시 '껍데기는 가라'이다. 1960년 4.19 혁명(의거)을 찬양하
는 시이다. 고뇌하는 지식인으로서, 호된 전쟁 난리 통에도
기어코 살아남은 사람으로서 새로운 시대를 향한 환골탈태
의 혁명은 무척 반가웠을 것이다. 1789년 프랑스 혁명이나
1919년의 러시아 혁명의 역사를 꿰뚫고 있는 지식인으로서
2차대전 이후에 진행되는 식민지 독립 투쟁, 독립 국가 건설

의 흐름이 마침내 내 조국에서도 시작되었구나, 신이 났을 것이다. 동학의 순수 민족주의 투쟁의 전통을 이어 '향그러운 흙가슴'으로 저항하는 민중들은 제국주의적 '쇠붙이'의 억압을 '껍데기'로 여기나니 '모오든 껍데기는 가라'고 기염을 토한 시인의 가슴에 일렁이는 불꽃의 열기가 그대로 느껴진다. 어쩌면 좌파와 우파 모두를 껍데기로 친 이데올로기적인 시로 이해할 수도 있을 것이다. 좌우파가 치열한 시대에 동학의 정신을 이어받자고 부르짖었으니 그럴 만도 하다. 아무튼 이 시가 시로써 널리 읽히고 감동을 주는 이유는 시대를 꾸짖는 통렬한 메시지가 고작 '껍데기는 가라'라는 단순하고 순진무구한 문장에 담겼기 때문일 것이다. 단순하고 지순하며 아무렇지도 않은 문장이 우주를 품은 모래알처럼 빛나는 순간, 그것을 우리는 문학이라고, 시라고 부른다. '아사달, 아사녀, 중립의 초례청, 동학년 곰나루, 한라에서 백두' 같은 낱말들은 스스로 빛을 내지 못하는 행성의 역할에 머문다. '향그러운 흙가슴' 같은 멋진 수사는 외려 작위적으로 여겨져 시의 질을 떨어뜨린다고 여겨질 가능성도 있다. 1960년대는 문학이라고 할 만한 게 거의 없었고 '향그러운 흙가슴' 같은 유치한 조어도 멋지다고 여기던 시절이었다. 아무튼 신동엽의 시 '껍데기는 가라'는 제목만 있어도 시가 되는 바로 그런 시이다.

독서 낭독을 하는 궁극적인 이유는 무엇일까? 아차, '궁극적'이라는 낱말은 어불성설이다. 인간은 궁극을 논할 만한 자격이 없다는 의견도 많다. 인간은 흔히 사리사욕에 눈멀고 배고프면 짜증내고 배부르면 배설하는 별 볼 일 없는 동물이다. 무슨 궁극을 논할 자격이 있겠는가. 하지만 누군가 글을 쓸 때, 어떤 주장을 펼 때 인상을 강하게 주려는 의도에서, 마치 자기는 궁극을 안다는 듯이 궁극이란 말을 쉽게 쓴다. 나는 '궁극'이란 말을 여기서 이렇게 바꾸겠다. '진짜'로. 즉 '독서 낭독을 하는 진짜 이유는 무엇일까?'처럼. 그렇다. 정작 내가 자문자답하려는 진짜 화두는 '독서 낭독을 하는 궁극의 이유는 무엇일까?'가 아니고 '독서 낭독을 하는 진짜 이유는 무엇인가?'이다.

함께 독서 낭독을 해왔던 멤버들은 아마도 각기 다른 이유를 댈 것이다. "실력 늘고 사람 사귀고."라거나 "혼자서는 못 읽는데 여럿이 읽으면 쉽게 읽을 수 있으니까."라거나 "묵독을 하면 금방 잊어버리는데 낭독을 하니까 기억이 잘 나는 것 같고." 등. 시작한 지 4년 정도 지났으니 요즘은 "뭘 물어? 이젠 안 나오기가 귀찮아."라고 할지도 모르겠다. 무심히 "친해질 만큼 친해졌는데 다른 모임 나가서 새로 사람 사귀기도 그렇고 해서." 이런 따위로 대답할 수도 있을 것이다. 나도 그 이유를 이모저모 생각해본다. 쉽지 않은 일이고 귀찮은 일거리인데 왜 사서 고생들을 할까?

한동안 몰랐고 별로 관심도 없었지만 이제 그 이유를 알 것 같다. 세월이 흐른 만큼 그들이 말하지 않아도 그깟 속내쯤 충분히 어림짐작할 수 있다. 아니, 멤버들이 속임수를 써서 진실한 이유를 감춘다 하더라도 내 매의 눈을 피해 가지는 못할 것이다. 회장이란 다 할 만한 그릇이 되니까 하는 것이다. 또 오래 하다 보면 자연스레 눈치코치가 발달하고 육감이라는 게 생기는 법이다. 나는 그 육감으로, 직관으로 말하겠다. 단언컨대, 그 이유는 '껍데기를 벗고자 함'이다. 굴종과 억압, 굴레에서 해방되어 스스로 인간다운 삶의 경지를 이해하고 나아가 후련한 자기 통찰력을 얻어 득도하기 위함이다. 보다 알기 쉽게 표현해보겠다. 자기를 둘러싼 껍데기를 깨고 나와 다른 세상의 맛도 좀 보고 싶어서 독서를 하는 것이고, 독서 낭독도 하는 것이다. 시인 신동엽은 절절한 이데올로기적 욕구가 넘쳐서 '껍데기는 가라'고 외치듯이 썼는데, 우리는 조용히 자기 내면에 대고 '껍데기를 좀 벗어보자.'고 속삭이는 것이다. 껍데기가 가면 신동엽은 마침내 좋은 세상을 보게 될 것으로 여겼고, 우리는 껍데기를 벗고 보면 내가 더 좋아하는 세상을 맛볼 것으로 여긴다. 전쟁과 멀어져 절박함이 사라진 시대라서 우리는 신동엽 시인과 달리 삶에 대해 미약한 집착과 빈약한 욕구만을 가지고 있다. 그래도 우리는 읽고 쓰는 것이고 신동엽 시인도 읽고 썼다. 어찌됐건 읽고 쓴다는 공통점은 여전히 남아 있는 것이다. 문제는 껍데기이다. 신동엽이 말한 껍데기가 알맹이의 반대말로 껍데기인 것이 분명하다면, 우리도 우리 속에 있는 알맹이를 꺼내려 껍데기를 벗어던지겠다는 것이니 깊은 공통점이 있는 셈이다. 신동엽은 외쳤고, 우리는 조용히 읊조린다는 차이만 있을 뿐일지 모른다.

자세히 들여다보면 '껍데기를 벗자.'는 자기 내부의 고요한 속삭임이 요즘 시대에는 신동엽 시인의 시절처럼 매우 과감한 일이 되고 있다고도 여겨진다. 60년대 1,000환이 요즘 돈으로 1억 원의 가치 운운하듯이 말이다. 우리를 둘러싼 껍데기는 매우 단단하고 튼튼해서 좀처럼 벗겨지지 않고 또 벗기 싫은 껍데기이다. 신동엽 시인의 시절에는 껍데기마저 부실하고 허술해서 벗고 말고 할 것도 없었을 것이다. '껍데기'가 '타락하고 폭력적인 시대정신'을 의미한다는 걸 몰라서가 아니다. 시인의 메시지를 폄하해서도 아니다. 모든 문학은 후세의 평가에 의해 재탄생되고 위대하다 미천하다 여겨지는 것이다. 신동엽 시인의 시도 당대에는 한낱 종이 쪼

가리에 쓰인 낱말 조각에 불과했을 것이다. 신동엽 시인이 "껍데기는 가라." 했던들 "너나 가라." 했을 것이고 "네가 뭔데 마음대로 껍데기니 뭐니 가르느냐." 나무라는 사람들도 많았을 것이다. 신동엽 시인은 자괴감에 빠져 길거리를 방황했을 것이고, 우리처럼 방황하는 영혼으로서 술을 들이켜고 그마저 지친 날에는 독서를 했을 것이다. 독서를 하면서는 필연코 낭독도 했을 것이다. 낭독이란, 들끓는 피와 더운 가슴으로 "껍데기는 가라."고 외친 시인으로서는 당연한 습관이라고 보는 게 옳을 것이다. 그렇게 당대에 별 볼 일 없던 시인의 시어는 시인이 죽어서야 후대 시인들에 의해 재탄생되었고 화려하게 부활했다. 생생한 당대의 현실이 부활한 게 아니라 의미만이 부활하여 시대를 향한 죽비소리가 되고 있는 것이다. 그렇다면 결국 신 시인과 우리는 태어난 연도만 다르지 별 차이 없이 껍데기에 대해 논하고 있는 것이라고 생각해도 좋을 것 같다.

"껍데기는 가라."는 외침이건, "껍데기를 벗자."는 다짐이건 결국 한가지이다. 그래서 결국 우리는 신 시인의 외침에서 묻어나는 떨림을 느끼면서, 목울대의 선연한 자국을 떠올리면서 내 마음의 귀에 대고 "껍데기를 벗자."고 속삭여야 할 것이다. 독서 낭독 클럽 회원들의 껍데기를 벗는 노력은 아마도 신 시인의 절절함 못지않은 고뇌와 번민의 과정을 거쳤으리라고 생각한다. 난리도 없고, 길거리도 깨끗하고, 굶지 않고, 차를 마음대로 타고 다니며 여행을 다니고, 일거리도 있고, 가정불화도 없으므로 마음은 간편하다 할 수 있을 것이다. 하지만 갖춘 게 많고 한눈팔 일이 많을수록 껍데기를 벗는 일은 더 어렵고 고뇌 차고 괴롭고 엄한 일 같고, 그런 것이 아니겠는가.

멤버들의 두 번째 변한 점은 경청의 습관이다. 경청의 습관이라니까 무슨 자기계발서나 성공학의 용어 같아 꺼려진다. 이 용어도 과감히 버리겠다. 멤버들은 처음에 말수가 적고 뭔가를 물어볼 때도 웅얼웅얼 거릴 뿐이었다. 하지만 차츰 말수가 늘었고 시끄럽게 떠들었다. 자신감이 붙어서 그런지 술과 안주를 주문할 때도 당당하고 분명하게 또박또박 큰소리로 말했다. 이제 좀 친해지다보니 무람없어져서가 아니라 한 사람 한 사람의 독립된 개인이 더욱 당당해졌고 정신도 또렷해져서인 것 같다. 그런데 시간이 더 지나가자 그들은 조용조용 말하면서 눈빛이 똘망똘망해졌다. 그리고 무엇보다 주의 깊게 남의 이야기를 들었다. 낭독은 말하는 훈련만이 아니라 불가피하게 듣는 훈련이기도 한 것이니까, 이론상 당연할 터이다. 하지만 그런 변화를 직접 눈으로 목격하면 참으로 신통방통하기 짝이 없다. 내 기분이 그랬다. 콘텐츠를 씹어 삼키기 위해 와구와구 시끄러운 소리를 내던 사람들이 차츰 시간이 지나서 배도 부르고 어지간히 신진대사가 돌아가자 차분해지고 듣는 귀가 열리게 된 것이다. 그래서인지 술자리도 줄었다. 할 말이 많아야 술자리를 즐기는데 할 말을 굵고 짧게 하는 실력들이 늘다 보니 더 길게 이야기해봐야 했던 얘기 또 하는 셈이 돼 시시해진 것이다. 사람 말하는 태도나 눈빛만 봐도 척척 알아채는 그런 단계가 되었다고나 할까? 하여간 그들은 말을 많이 하기보다 주로 듣게 되었다. 들을 때는 주의 깊게 들었고 상대방을 응시했다. 그리고 우리 모임에서 얻은 지혜와 지식을 다른 사람들에게 퍼뜨리는 바이러스가 되었다. 다른 모임은 시시해졌다면서 발을 끊었던 사람들이 차츰 다른 모임을 향해 발걸음을 옮겼다. 라틴 댄스 동호회 활동을 하다가 독서 낭독으로 향했던 몇몇 춤꾼들이 탱고 동아리에 가서 길고 오래 남는 멤버들이 되었다. 급기야 40대 중반 몇몇 멤버들이 탱고 동아리에서 신고식을 하는 사태까지 이어졌고, 그 뒤에는 탱고 동아리 회원들 몇몇이 독서 낭독 클럽으로 오는 이상한 교류가 이루어졌다. 하긴 탱고 역시 몸으로 하는 독서 아닌가?

그리고 각각의 심중에 무언가 모종의 내밀한 움직임이 시작되었다. 각자 인문학적 교양인으로서 무언가 활약할 때가 되었다는 자각이 싹튼 것이다. 회사에 독서 낭독 클럽을 만들어보자던 혁신팀장은 결국 초등학교 전인 두 아이를 혁신하는 게 인생의 가치라고 결론을 내렸다. 백화점 바이어로 활동하던 시인 지망생은 세상과 생짜로 부딪혀보겠노라며 무역업자로 독립했고, 회사 생활에 전전긍긍하던 40대 초반의 싱글남은 차츰 독서 생활을 즐기다가 해금 연주를 배우며 크나큰 여유를 누릴 줄 아는 사람으로 변했다. 회사 생활을 이어가는 다른 멤버들도 안정적인 회사 생활이나 생계보다 더 높은 가치를 향하여 '유체이탈'의 시간을 더 많이 가지려 노력하고 있다. 노예 같은 삶은 이제 초읽기에 들어간 것이다. 가능한 여유를 부리고 정신을 맑게 하기 위하여 각자의 시간들을 할애하고 있다. 이 모두 껍데기를 벗기 위한 노력의 시간들이다. 우리는 외친다. 세상도 독서라는 알맹이만 남고 그 모든 껍데기는 가라. 세상이라는 텍스트 안에서 우리를 평화롭고 자유롭게 해방시킬 알맹이만 남고 모든 껍데기 텍스트는 가라. 후후!

# 거의 모든 것의 역사

빌 브라이슨
까치
2003년 11월 출간

　　《거의 모든 것의 역사》는 이 책을 쓰는 과정에 읽고 있는 책이다. 다 읽지도 않고, 큰 느낌도 없이 소개하기가 민망하지만 그래도 한다. 빌 브라이슨은 박학다식하고 다재다능한 인물로 유명하다. 이 책은 아주 재밌게 쓰기로 작정을 했는지, 속속들이 취재를 해서 역사 속에 묻혀 있던 과학 분야의 각종 스캔들, 미담들을 세세하게 다뤘다. 아이작 뉴턴이 이웃집 아저씨 같을 정도다. 그렇다고 깊이가 없느냐면 그렇지 않다. '사소한 데 깊이가 있다' 내가 늦깎이로 소설 배우면서 윤후명 선생님에게 자주 듣는 말씀이다. 직접 똑같이 표현하신 건 아니지만 의역하자면 그렇다. 빌 브라이슨은 사소한 데서 깊이를, 그리고 넓이까지 추구하는 사람이다. 일단 그의 문장이 매력적이다. 마치 소설같다. 더구나 이 책은 조지프 켐벨의 《신화의 이미지》 다음에 낭독하고 있어서인지 더욱 몰입도가 높다. 대학 졸업반 신입 여자 회원들도 어떤 대목에선 아주 깔깔대고 웃으며 재미나게 낭독한다. 그럼 된 거다. 나는 이 책을 《코스모스》를 읽고 디저트로 읽으면 더욱 효과 만점이라고 생각한다. 빌 브라이슨이 이 책을 읽으면서 참고한 책 중엔 반드시 《코스모스》가 있을 것이라고 생각될 만큼, 닮은 구석이 있다. 일단 통시적인 관점이 비슷하고 등장하는 과학자들의 면면이 중복된다. 중복되는 건 당연할 것이다. 해당 분야에서 그 사람 이야기를 언급하지 않고서야 안 될테니까. 외우지 말고 소설처럼 읽으면 좋을 것이다. 사상 최초 두 번이나 노벨상을 받은 마리 퀴리가 유부녀 신분으로 유부남과 바람이 나서 뭐 어쨌다 이런 이야기들은 과학자도 인간이다, 라는 걸 실감나게 보여준다. 마리 퀴리는 사생활이 어쩌고 저쩌고 간에 위인 중 위인이다. 결혼 중에 연애도 하면서 노벨상도 받다니. 그것도 두 번씩이나. 할 말이 없다.

# 글자를 읽은 게 아니라
# 세상을 이해한 거야

　　독서 낭독 클럽 북코러스의 회원들은 대부분 지인들로 구성되었다. 어린 시절부터 원래 나와 알던 사이는 아니지만 5년에서 10년 정도 된 나의 지인들이 대다수이다. 차츰 신규 회원들이 많아지긴 했지만 지인의 지인, 하는 식으로 알음알음 늘어나게 되었다. 2013년 현재 회원들의 나이는 20대 후반에서 60대 초반까지 다양하다. 회사원이 많고 주부, 정년퇴직한 공학박사, VIP 고객들에게 판매하는 최고급 가구점 이사, 전직 협회 사무총장, 여행사 대표, 사진작가, 인터넷 쇼핑몰 대표, 증권사 대리, 무역회사 창업자, 교사, 출판사 대표, 주유소 대표, 유명 싱어송라이터, 전업주부, 카이스트 대학원생, 자유로운 영혼을 가진 40대 백수도 있다. 앞서 밝혔듯 당초 멤버 모집은 삼성경제연구소의 트렌드연구회 포럼을 통해서 했다. 지금도 대다수 멤버들이 트렌드연구회 회원들이다.

트렌드연구회는 1996년 삼성경제연구소 연구원들이 바깥 세상과의 통로로 이업종 교류 모임을 만든 게 시작이었다. 트렌드연구회뿐 아니라 여러 포럼이 만들어졌는데, 햇수로 십 수 년째 되다 보니 오래 만난 회원들은 전부 지인들이 되었다. 각자 인생의 곡절들을 겪는 와중에도 수시로 만나 술 한 잔이라도 기울이고 한 달에 한 번꼴로 개최하는 강연회 같은 데서 얼굴을 마주한 사이라 어지간한 동창생들보다 더 가까운 사이들이 되었다. 나는 2000년 10월부터 트렌드연구회의 시샵으로 활동했는데 어찌된 일인지 시절을 잘 타서 그때부터 회원 수가 급증했다. 그전까지는 지리멸렬해서 해체하자는 얘기까지 있었는데 내가 시샵을 맡은 후로 이런저런 공작을 해서 활성화시켰다. 누구라도 시간을 쪼개서 열성껏 활동하면 그 정도는 할 만한, 그런 정도의 활성화였으니 자랑할 만한 일은 아니다.

아무튼 트렌드연구회가 시작되어 활성화되는 동안 세상은 '더 아름답게'가 아니라 끔찍하게 변해갔다. 이런 속절없는 변화의 시절에 아무런 대책 없이 살던 사람들이 트렌드연구회를 비롯한 각종 인터넷 포럼, 동호회로 모여들었다. 공식 조직에서는 입 벙긋도 해주지 않는 비상사태에 대해 스스로 알고 이해하고 학습할 수밖에 없다는 사실을 점점 깨닫게 되었기 때문이다. 인터넷에 떠도는 괴소문은 동호회나 포럼이 아니면 그 누구도 확인해줄 수 없었다. 꼰대풍을 버리지 않는 조직의 선배 세대들은 삼겹살과 소주 타령이 전부였다. 노래방에서 여자나 꼬여 놀기 바쁜 회식 자리는 더 이상 젊은 세대의 흥미거리가 아니었다. 그만큼 사회 환경이 급속도로 변했고 인간관계의 프레임도 변해갔다. 굵직한 변천의 목록만 봐도 우리가 얼마나 격랑에 휩쓸린 채 살아왔나 알 수 있다.

1997~1998년의 외환 위기와 2000년 초반의 벤처 열기, 2001년 9.11테러, 2002년 한일 월드컵, 2007년 정치권의 세태와 이념 교체, 자기계발과 재테크 열풍, 2008년 서브프라임 모기지 사태, 전직 대통령의 자살, 2012년 보수 정권의 재출범, 다단계와 보이스피싱, 보험사기, 엽기 범죄 횡행, 위키리크스 사태, 유럽 경제권의 분열과 음모론의 횡행, 반 월가 저항 운동의 확산, 중국의 부상, 에드워드 스노든 사태, 위완화의 국제결제 화폐 등극 등 숱한 일들이 있었다. 쓰촨성 대지진, 인도네시아 쓰나미, 캐나다 산불, 멕시코와 유럽의 폭우, 뉴욕 폭설, 2011년 3월의 일본 동해안 쓰나미에 이은 후쿠시마 원전 붕괴 사태 등 재앙도 잇따랐다. 전 세계

젊은이들의 영웅 스티브 잡스는 죽었고, 빌 게이츠도 일선에서 물러나 비영리 교육 활동가로 변신했다. 특히 9.11 테러 이후 달러화가 급격히 위축되더니 전 세계에 하이퍼인플레이션 우려가 확산되었고, 우리나라는 자산 시장의 붕괴, 특히 부동산 버블의 급격한 꺼짐 현상으로 인한 경기 위축이 지속되었다. 부의 양극화와 일자리 축소, 소비 위축 등은 전 세계적 현상이 되었고 우리나라에서 특히 심각한 골칫거리로 등장했다. 이런 변화 속에서 사람들은 갈피를 잡지 못한 채 블로그나 SNS 같은 사이버 공간에서 아무 말이나 막하면서 자위를 해왔다. 정치적 비판이나 연예인 악플이 사이버 안줏거리가 되어 그나마 견뎌왔달까? 아무튼 압도적인 외부 환경의 압박 속에서 대다수가 정신을 차릴 수 없이 이래저래 시달려온 것이다. 좋은 뉴스란 고작 월드컵 축구가 본선에 진출했다거나 4강이건 16강이건 뭔가 이뤄냈다거나 하는 게 고작이었다. 위로받을 건덕지가 없는 시절에 많은 10~30대들은 텔레비전 예능 프로그램이나 가요 오디션 열풍에 빨려들어가 해롱댔다. 경제적, 정치적 아젠다나 희망의 구호들은 낭설로 판명 났고 더는 관심사도 아니었다. 젊은 사람들의 관심은 온통 디지털 기반 과학기술의 발달에 치중되었으나 획기적인 발견이나 발명에도 불구하고 정작 처음부터 끝까지 알고 사용할 수 있을 만한 오롯이 자기 것은 없어 허탈감이 더 커진 상황이 이어졌다.

나씽! 할 만한 아무것도 없다. 가치 있고 보람된 일은 더는 없는 것 같다. 기대를 걸 만한 빅 이슈도 없다. 경제성장의 희망도, 일자리 창출의 가능성도 없어졌다. 연금에 의존하려던 최후의 기대마저 무참히 봉쇄되고 있다. 이런 상황을 웅변하는 신문기사가 있었다. 2013년 1월, 국민일보 기자가 쓴 재탕기사인데 연애, 결혼, 출산을 포기한 삼포 세대라는 제목의 글이었다.

### 2030 열 명 중 넷 '삼포 세대'…
### 돈 없어 연애도 결혼도 출산도 포기

/ 국민일보 2013.01.07

제약회사 영업직인 신모(33) 씨는 올해로 여자친구와 사귄 지 3년째다. 혼기가 찼지만 그에게 결혼은 먼 이야기다. 신 씨는 "가정형편이 넉넉지 않아 매달 부모님께 100만 원 가까운 생활비를 보태야 하고, 취업 준비하는 동생에게 용돈도 줘야 한다"며 "월세에 생활비를 빼면 한 달에 30만 원도 모으기 힘든 상황에서 결혼 자금을 모을 여력이 없다"고 말했다. (중략)

경제적 상황이 여의치 않아 연애·결혼·출산 세 가지를 포기했다는 20~30대, 이른바 '삼포三抛세대'들의 고통이 가중되고 있다. 지난해 온라인 취업포털 〈사람인〉이 20~30대 성인남녀 2,192명을 대상으로 '경제적인 이유 때문에 연애, 결혼, 출산 중 포기한 게 있느냐?'는 설문에 42.3%가 '그렇다'고 답했다. 포기한 것으로는 '결혼'이 51.5%(복수응답)로 가장 많았고 '연애'(49.1%), '출산'(39.6%)이 뒤이었다. (중략)

서울대 사회학과 김홍중 교수는 "대학 졸업 후 취업난은 심각하고, 가까스로 취직해 뒤늦게 결혼을 하려고 해도 혼수나 집값, 육아 비용에 대한 부담도 크다"며 "이 상황에서 20~30대에게 결혼과 출산을 권하는 것은 무책임한 것"이라고 말했다. 그는 "비자발적인 싱글이 늘수록 출산도 요원해지고, 저출산과 고령화가 맞물리면서 국가 재정에도 심각한 문제가 생길 수 있다"고 덧붙였다.

이사야 기자 Isaiah@kmib.co.kr

이 기사는 평범한 글이었는데, 금세 범상치 않은 글이 되고 말았다. 2~3일 만에 댓글이 7,400개나 달렸기 때문이다.

나는 다음 아고라에서 이틀 만에 수천 건의 댓글이 달린 글을 본 적이 있었는데, 자기 아버지가 전라도 출신 공무원으로 알게 모르게 당한 수모에 관한 글이었다. 과연 지역감정 문제가 심각하구나, 느끼게 된 계기였다. 삼포 세대에 관한 글도 그런 격이었다. 그저 평범한 이야기인데 단기간에 수천 건의 댓글이 달려 우리 사회 초미의 관심사를 반영했다. 댓글은 주로 찬성, 반대, 이렇게 이어지면서 달리게 되어 있다. 이 기사에 달린 댓글도 그런 식이었다. "'형설지공'이라는 격언이 있다. 남폿불을 켜고 공부해서 캄캄한 미래를 개척했던 억척스러운 세대의 실화다. 요즘은 두메산골에도 전깃불이 들어오고, 인터넷이 발달해 무엇이건 할 수 있는 시절인데, 무슨 소리냐? 하고자 하는 의지만 있다면 뭐든지 다 할 수 있는 세상이다. 웃기지 마라." VS "1970년대와 2000년대를 비교하지 마시라. 그때는 경제가 고공행진 중이었고, 지금은 끊임없이 추락 중이다. 컴퓨터가 발달해서 외려 일자리를 빼앗고 있다. 생계비도 훨씬 많이 들고 스펙 쌓는 데 드는 비용도 너무 많다. 시급 5천 원도 안 되는 알바비로 10만 원이 넘는 하루 데이트 비를 어떻게 대나?" 끝도 없이 논쟁이 이어졌다. 비난과 욕설이 난무했고 저주와 원망이 가득했다. 기록적인 세대 간 댓글 전쟁이었다. 나는 이러한 댓글 전쟁의 승리자는 무조건 아랫 세대들이라고 생각한다. 명분이 앞서건 뒤서건 상관없이 무조건 지금 현재를 겪고 있는 청춘들이 승리자다. 나는 꼰대 세대들은 한탄만 할 뿐 답을 낼 의지도 능력도 없다는 걸 안다. 그들은 답을 낼만큼 절박하지도 않다. 답을 내본들 자기 일이 아니므로 실효성도 없기 일쑤다. 대입 제도가 수십 년 표류하는 것도 그런 맥락이다.

아무튼 답답한 놈이 질문한다고 지금 현재를 겪는 세대들이 더욱 그럴듯한 답을 내서 나름대로 자기 길을 가게 되어 있는 것이다. 하지만 대다수는 절망하고 있다. '아프니까 청춘이다'라거나 '악해지고 약아빠져라' 하는 식의 위로도 그때뿐, 앞날에 드리운 먹구름은 좀체 걷히지 않는다. 수많은 청춘들은, 청춘이란 10대에서 40대를 아우른다, 집을 나오기가 두려울 정도로 자존감이 낮아져 있고 자존감을 세우지 못하는 사회 환경에 무력감마저 느낀다. 희미한 존재감의 세대, 존재감을 드러내려 온갖 짓을 다 하나 한 순간의 이벤트로 화할 뿐 아우라를 남기지 못하는 세대들이다. 그늘이 드리워져 있고, 눈동자는 번들번들 욕망에 달떠 있을 뿐 장기적인 대책이라곤 하나도 없다. 더욱이 윗 세대 당시 혁혁했던 무수한 일들에 대해, 성공담과 미담들에 대해, 그들이 이룩했던 각 분야의 금자탑들에 대해 마땅히 아는 정보도 없다. 정보가 없으니 비교 열위나 비교 우위를 느끼지 못하고 비교 의식이 없으니 필요성을 느끼지 못한다. 필요성이 없으니 동기도 안 생기고 동기가 안 생기니 의지박약에 빠지고 의지박약은 행동 축소를 낳으며 행동 축소는 다시 정보 부재를 낳는다. 악순환의 고리에 엮이는 것이다. 추억이나 기억이 없는 뇌는 퇴화한다더니 세대가 갈수록 무언가 퇴화되고 있다는 생각이 든다. 컴퓨터 기기에 저장하는 버릇이 기억력을 감퇴시키는 용불용설이 작동하듯이, 상황은 가히 절망으로 치닫고 있을 뿐이다.

정신을 차릴 수 없는 급격한 변화의 물결. 격랑이라고밖에 말할 수 없는 아찔한 급전직하의 순간들과 급상승의 찰나들. 하루하루가 이른바 멘탈 붕괴의 시간들이다. 알긴 알아도 어찌해 볼 수 없는 통제 불가의 사안들이라서 해가 갈수록 무력감은 더해가고 허탈감은 도를 넘는다. 이런 시간들을 어찌 견딜 것인가. 견딜 재간이 없는 지경까지 몰리고 몰리다 선택한 것이 결국 독서라면 말이 될까? 그래, 말이 된다. 말이 되건 안 되건 가장 원가 낮은 소일거리이자, 즐길 거리가 독서뿐이라 불가피하게 그 길로 몰린 것이다. 유대 속담에 '아이를 곤경에 빠뜨려라'는 말이 있다. 곤경에 빠진 사람들은 결국 해답을 찾기 위한 몸부림으로 독서라는 저렴

한 원가의 노력을 선택한다. 하룻밤 술값도 안 되는 책값. 하지만 인생에서 가장 빛나는 한순간을 만들어줄 가능성이 있는 로또. 그렇게 책이, 독서가 우리에게 다가온 것은 아닐까? 책을 선택하는 이유는 다양할 것이다. 처지와 형편에 따라, 지적 호기심의 정도에 따라, 학력과 관심 분야에 따라, 나이에 따라, 시기에 따라 다를 것이다. 하지만 결국 한 가지 궁금증으로 손에 책을 집어 든다고 봐도 좋을 것이다. 세상이 왜 이런가? 나는 왜 헤매고만 있는가? 앞으로 어떻게 살 것인가?

북코러스에서 함께 낭독한 도서목록에서 보듯, 우리는 글자를 읽기 위하여 책을 읽은 게 아니었다. 자기계발의 역사와 정신을 알기 위해 《내 인생을 바꾼 한 권의 책》을 읽었고, 달러 붕괴의 시대에 화폐의 내력과 쓰임새, 미래를 알기 위해 《화폐전쟁》을 읽었다. 부의 시스템이 미래에 어떻게 변해갈 것인지를 알기 위해 앨빈 토플러의 저서들을 읽었으며, 극단적 미래 예측의 대표적 주장을 이해하기 위하여 《특이점이 온다》를 읽었다. 동양 고전의 가르침을 얻기 위해 《2000년의 강의》를, 생태주의와 온전한 정신의 삶을 알기 위해 《월든》을 읽었다. 더는 큰 돈벌이, 높은 지위를 차지하기 어려워진 청춘들의 정신 풍조는 어떤지, 불안에 이르게 된 역사적 내력이 어떤지 궁금해서 알랭 드 보통의 《불안》을 읽었고, 시대의 예술 풍조에 부응하여 《서양 미술사》를, 인문학 열풍의 근본 바탕을 알기 위해 《돈키호테》와 《신화의 이미지》를 읽었다. 우리는 단순히 글자를 읽은 게 아니라 세상을 읽은 것이고 세상을 이해한 것이었다. 책을 통해 세상은 그렇게 우리에게 다가왔고, 다시 새롭게 강하게 다가들고 있다. 엿 같은 세상인지, 설레는 세상인지 아직도 알 수 없는 채로.

# 잘라라,
# 기도하는
# 그 손을

사사키 아타루
자음과모음
2012년 05월 출간

사사키 아타루. 도대체 뉘신지, 알 수가 없는 인물이다. 야전과 뭐 그런 제목의 책으로 베스트셀러 작가가 된 젊은 박사라고 한다. 그 책은 박사 논문을 단행본으로 만든거라니 아무래도 그는 한바탕 돈오점수와 돈오돈수를 이룬 인물이라는 생각이 단박에 들었다. 이제 젊은이들 가운데 위인이 나오는 시대라는 걸 보여준다. 알랭 드 보통도 그렇고 베르나르 베르베르도 그렇고 뭐 다 그렇다. 하기야 나이가 대수랴, 《코스모스》의 칼 세이건도 20대에 정교수가 됐다나 그렇고 참, 대제학을 역임해서 시골에서 공부중인 퇴계 이황과 편지를 주고 받았던 기대승도 당시 나이가 20대였다. 마이클 주커버그, 래리 페이지, 빌 게이츠, 스티브 잡스 등 열거하기 힘들 정도로 20~30대에 일가를 이룬 사람들이 많다. 《월든》의 저자이자 예이츠, 톨스토이, 마하트마 간디에게 큰 영향을 끼쳤다는 헨리 데이비드 소로우도 약관 30대에 《월든》이라는 놀라운 명저를 냈다. 알고보니 그리 놀랄 일도 아니다. 사사키 아타루는 《잘라라, 기도하는 그 손을》이라는 책에서 아주 단정적으로 확실하게 몇 번이고 강조한다. "독서는 혁명이다. 미친 짓이다. 미친 짓을 하는 것만이 독서다. 미쳐야만 독서다. 인생을 통째로 뒤바꾸는 혁신이 독서다."라고. 그에 의하면 쓰고 읽는 행위인 '문학'은, 사실은 폭력이나 금권 이전에 혁명의 동력이고 소스이다. 사람들은 정치혁명의 뒤에 폭력과 공포가 있는 줄 아는데, 사실은 그건 껍데기라는 것이다. 그 이전에 강력한 독서운동이 있다고 주장한다. 중세를 끝낸 근대 민주주의 혁명은 성서의 독일어 번역과 라틴어나 히브리어 대신 독일어를 사용하는 대중들이 독서생활 안으로 들어와서야 이루어졌다는 것이다. 정말 그럴까, 의심하는 사람들은 과학적 언술 한마디 없이 오직 철학적, 문학적 언술로만 믿게 만드는 그의 놀라운 문장력에 감탄할 것이다. 숨어 있는 책을 발굴한 북코러스 회원 뒷태왕자 김도현에게 아직도 감사하는 마음이다.

# 마침내 도달한
# 하류

독서 낭독을 통하여 마침내 우리가 도달한 하류는 어디쯤일까? 연근해에서 잔챙이 양식 어류들과 고만고만 어울려 살고 있는 것일까, 아니면 원양의 어느 먼 바다에서 고래와 상어, 가물치, 정어리 떼와 견주며 드넓은 대양을 향하여 꿈을 키우고 있는 것일까? 대답은 쉽지 않을 것이다. 더욱이 경계도 기준도 없는 바다에서 제 잘난 체를 어떻게 할 것인가, 자기 특징을 어떻게 드러낼 것인가.

사실 처음부터 무슨 목적 같은 것은 없는 게 인생인지도 모른다. '인생 따위 엿이나 먹어라.'고 일갈한 마루야마 겐지도 있거니와 헨리 데이비드 소로우도 월든 호숫가에 살면서 얻은 통찰력으로 말한다. "늙으면 죽어라. 한 푼도 남기지 말고 사라져라. 오두막집, 소찬과 소식, 헌옷 한 벌이면

족한 게 인생이다." 인생에 무슨 신비감을 가진 아마추어들도 많지만 세상을 이해하기 위하여 정독과 다독, 낭독, 묵독을 반복한 사람들은 대개 씁쓸한 관조의 우물에서 서늘하게 말하곤 한다. 앨빈 토플러나 칼 세이건은 "그래도 뭐 어쩌겠어. 열심히 사는 데까지 살아봐야지."라고. 알고 보면 그 말이 그 말이지만 어딘가 어른의 교훈, 계몽의 의지가 읽혀진다. 반면 43년생 마루야마 겐지는 그런 거 없이 "네 멋대로 살아!"라고 외친다. "영원히 살아남을 수 있는 것도 아니고 어차피 죽을 목숨인데, 왜 그렇게까지 겁을 내고 위축되고 주저해야 하는가. 자신의 인생을 사는데 누가 거기 낄 필요가 있는가. 그렇게 새로운 마음가짐과 태도를 무기로, 애당초 도리에 맞지 않고 모순투성이인 이 세상을 멋대로 사는 참맛을 충분히 느껴라.", "살아볼수록 인생이란 게 재미대가리 없고 기대한 만큼이 아니라고 실망하면서 행복이 멀어짐을 절실히 느낀다. 뭐가 뭔지 뭐가 옳은지 단정하기 어려워지고 강한 자를 우러르며 우습기 짝이 없는 영웅을 은근히 기다리면서 출퇴근 전철 안에서 죽은 사람 같은 얼굴을 하고 있다. 인생의 절정기는 학교 축제 때뿐이었음을 절감하게 되는 이유는 바로 자유를 스스로 내던졌기 때문이다."

후련하나 씁쓸하다. 아무튼 우리는 독서를 통해 마침내

도달한 하류, 그 하류에서 마주친 낯선 환경과 낯선 깨달음
이 카오스건 코스모스건 신기하고 놀라운 게 아닌 걸 알게
된다. 북코러스 사람들이 마침내 도달한 하류가 사실은 독자
들의 기대와 달리 그럴듯한 성공담이 아니라는 것, 인생의
디딤돌이나 도약조차도 아니라는 것. 이런 게 어떤 느낌을
줄지 나는 대충 짐작이 간다. 어린 꼬맹이가 달고 청량한 음
료수인 줄 알고 쪼르르 형이나 언니에게 달려왔으나 몸에
좋다며 칡즙 같은 걸 줄 때, 그걸 멋도 모르고 한 모금 마셨
을 때 그 표정. 그렇지 않겠는가. 황당하고 이상하고 낯설고
밉고 심지어 독선적으로 여겨지는 그런 것. 인간의 뇌는 익
숙하지 않은 걸 좀체 수용하기 싫어한다. 생래적 거부반응일
지 모른다. 기껏 적응해놨는데 그걸 뒤집다니, 관성의 법칙
상 멈추기 싫은 것이다.

 우리 사회를 한동안 조롱한 성공학의 열풍은 비뚤어진 성
공 신화를 미세먼지처럼 공중에 흩뿌려놓았고 누구나 그 세
례를 받았다. 500~600만 명에 이른다는 다단계 종사자들이
대표적으로 그런 부류들이다. 시골에서, 지방도시에서 대도
시 서울로 입성하여 사투리를 숨기고 고향의 습성을 감춘
채 씁쓸한 심정으로 무언가를 이루어야 한다는 강박감에 쫓
겨 사는 사람들이다. 세상에 강박감에 쫓기면서 얻어지는 성

공은 없다. 단물조차 없다. 단물은 쓴물이 되고 성공은 공중
제비가 된다. 공중제비는 반드시 뇌진탕 사고를 불러일으키
게 되어 있다. 호텔 로비를 전전하는 허우대 멀쩡하고 몸매
눈부신 남녀들은 대개 하룻밤을 구걸하는 신세들이다. 제비
가 꽃뱀에게, 꽃뱀이 제비에게 서로 한 수 가르쳐주며 살고
있는 것이다. 돈벌이에 혈안이 될수록 야비한 표정만이 감돌
고, 보톡스로 감추되 영 숨겨지지 않는 뺀뺀한 낯짝의 사람
들만 보인다. 이들은 절대로 책을 읽지 않는다. 책의 몇몇
구절만을 인용해서 장사에 악용할 뿐이다. 올바른 독서의 가
르침은 세속적 성공의 스토리를 들려주지 않는다. 올곧은 삶
의 태도와 선악과 옥석을 가리는 이치만을 가르쳐준다. 마키
아벨리의 《군주론》을 읽고 '나도 독해져서 인정사정없이 약
자 위에 군림하고 강자에게 빌어야지.' 따위의 교훈을 얻었
다면, 그것은 오독이다. 약자의 공포심을 악용하는 군주의
나약함을 간파하여 공포에 굴하지 않는 강한 심장을 가진
자가 되어야지 하고 깨닫는 게 옳다.

북코러스 사람들이 도달한 하류에는 바로 그런 게 있었
다. 두껍고 어려운 책을 힘겹게 읽고 나면 이런저런 장면이
나 문장이 기억나는 대신, '이렇게 깊이 있게 통찰하는 저자
의 노력이란 참으로 위대하구나.' 하는 감동이 둥두렷이 보

름달처럼 차오른다. 인생 함부로 사는 게 아니구나, 하는 깨
달음이 저 먼 달의 그림자처럼 희미하게나마 보인다. 그래서
마침내 자기 인생의 궤적을 돌아보게 하고 드디어는 구체적
으로 성찰하게 만든다. 그 성찰의 결과는 공교롭게도 세속적
인 성공담에 해당될 만한 것이 아니었다. 외려 그런 길에서
영영 멀어질 것만 같은 인생의 전환점을 만났다. 앞서 말했
듯 대다수가 "지금 있는 회사에서, 조직에서 최선을 다해야
한다는 걸 알게 되었어요."가 아니다. 무언가 궁극적인 실체
가 무엇인지 더 궁금해서 자유와 해방을 갈급하게 되는 그
런 선택의 길로 나아갔다. 독립의 에너지를 채워 나가는 독
서 낭독의 코스, 우리가 선택한 독서의 방법이 하필이면 그
런 험난한 코스였다. 알게 모르게 우리는 흐르다 보니 같은
하류에 도달해 있었다. 서로에게서 비슷한 분위기도 흐르는
게 느껴진다. 마루야마 겐지의 일갈을 이해하는 듯한 야성적
인 분위기, 절대자유를 갈망하는 뉘앙스, 뭔가 그런 것이다.
맞다 틀리다는 없다. 다만 그렇다는 것이다.

# 동경대 강의록

사카이야 다이치
동양문고
2004년 06월 출간

사사키 아타루나 오마에 겐이치 같은 사람들은 바로 이 사람에게 빚졌다고 생각된다. 바로 사카이야 다이치다. 일본 대장성에서 재무 공무원으로 근무하다 때려치고 작가의 길을 걸은 사람. '단괴의 세대'라는 용어를 처음 만들어 낸 사람. 일본 사회에서 세대의 변천, 세대간 의식의 변화를 가장 제대로 읽어낸 석학. 그는 이제 원로가 되었지만 한중일 12인회의 단골 멤버였고 몽골제국 800년 기념 축제의 총괄 위원장이기도 했다. 동아시아에서 이만한 석학은 드물다 할 정도로 독창적인 사상의 일가를 이뤘다. 나는 이 사람을 일본의 앨빈 토플러, 나아가서 동아시아의 앨빈 토플러라고 부르고 싶다. 그가 어떻게 생각하거나 말거나. 그가 쓴 저서들은 꽤 많은 데, 나는 사다놓고 다 읽지 못하고《동경대 강의록》만 겨우 읽었다.《동경대 강의록》은 제목 그대로 동경대에서 강의한 기록이다. 있습니다, 이랬습니다 같은 말투를 그대로 살렸다. 강의 주제는 그저 문명에 대한 통찰, 일본사회, 일본 사람이란 무엇인가, 뭐 그쯤 되는 것 같은데, 특이한 점은 일본의 역사와 내력을 설명하면서 연대기적으로 하지 않고 자기 나름의 독특한 해석 방법으로 재구성한다는 점이다. 그는 우익이라는 데, 아마도 고대사에서 힘이 달리고 근거가 없는 일본사의 약점을 커버하기 위해서 그런 게 아닌가 싶기도 하다. 그러거나 말거나 그는 역사라는 건 결국 '인식의 틀'에 불과하다는 점을 내게 가르쳐 주었다. 세상이란 그저 무연하게 흘러가는 것이고 인식이라는 것도 흩뿌려지는 전기 신호가 우연히 뭉쳐진 데 불과한 것이라는 게 과학의 변함없는 증거이고 입장이다. 역사나 정치, 경제, 사회학 같은 것들은 그저 재해석이고 편집인 것이다. 종교도 마찬가지다. 문학은 아니 그런가. 철학, 신학이야 말로다. 세상에 정해진 건 없다. 자기가 통찰력이 세다면 과감히 바꾸어서 생각해보는 것이다. 틀을 깨고 나대보는 것이다. 내공도 없이 아무렇게나 나대면 평판에 심각한 스크레치가 갈 테지만 아무튼 결국 인생이란 자기가 책임지고 자기가 살아내는 것이다. 이미 사카이야 다이치 시절부터 그런 사람들은 있어 왔다. 열심히 읽고 따라하고 그러는 수밖에 없다.

# 나는 **변했을까**?
# 남편과 **결혼**하고
# **책**과 **이혼**했던
# **여자**의 이야기

— 이희복(가정주부)

## 낭독은 정성과 배려

　많은 사람들이 그렇듯 내 독서의 시작은 어린 시절의 옛날이야기 듣기였다. 학교도 들어가기 전, 어머니는 내가 잠들기 전에 이야기를 잘 해주셨다. 누구나 다 아는 호랑이와 곶감 이야기, 선비가 잣이요(자시오), 갓이요(가시오) 하는 말장난을 했다는 이야기 같은 것이었다. 이런 이야기들이 아직도 기억에 남아 있다. 책을 읽기 시작한 건 한글을 겨우 떼고 나서였다. 책이래봤자 만화책이었지만 당시 어린 나에겐 명작 소설보다 더 흥미진진했다. 만화가게라는 공간이 있었다. 만화를 보기도 하고 빌려주기도 하며 아이들이 좋아하는 주전부리도 파는 곳이었다. 요즘은 북 카페가 흔하지만 내 어린 시절에는 만화가게가 흔했다. 언젠가부터 시나브로 사라진 만화대본소가 그것이다. 기억은 흐릿하지만 아직도 흔적이 남아 있는 손때 묻은 만화책들과 정겨운 그림들. 나는 그 그림들이 지금의 화려한 인터넷 화면보다 더 요지경 같고 황홀했다고 단언할 수 있다. 아, 그리운 만화책. 돌이켜 생각해보면 그때는 왜 만화책 말고는 어린이가 읽을 만한 책들이 발간되지 않았을까? 하는 의문이 든다. 경제가 어려웠고 출판계가 힘겨웠겠지. 만화책 말고 그닥 독서 경험이 없다는 사실은 조금 서글프다.

내가 책 선물을 처음 받은 건 초등학교를 졸업해서였다. 졸업 기념 선물로 한 권의 책을 선물로 받은 것이다. 동화책이었는데, 나는 그 책을 닳고 닳도록 반복해서 읽었다. 하지만 잠깐 동안 독서와의 행복한 시간은 중학교에 입학하면서 끝났다. 고교 입시 공부에 올인해야 했기 때문이다. 고교 시절, 나는 얌전히, 얼뜨게, 바보같이 학교와 집만을 오갔다. 다만 교과서에 나오는 시를 읽고 외우면서 자연스레 문학소녀가 되어갔다. 나로 하여금 문학의 꿈을 꾸게 한 건 그때 그 시절의 독서 낭독 경험이라는 생각을 해본다. 지금 생각해도 좋은 그 학교의 장점은 독서 교육이었다. 국어 시간에는 교과서에 나오는 모든 시를 다 외우게 했다. 선생님도 당시로서는 드물게 낭만적인 영혼의 소유자였지만 당시 학교 교육에서는 무언가 문학이라는 장르를 우러르는 분위기도

있었다. 선생님이 먼저 낭독을 하고 나서 그 다음 아무나 호
명해서 낭독하도록 시켰다. 그리고 선생님은 눈을 꼭 감고
제자들의 낭독 소리를 들으셨다. 나는, 아니 우리는 선생님
에게 잘 들리게 하기 위해, 또 아름답게 들리도록 하기 위해
기를 쓰고 이쁘고 곱게, 낭랑하게 시와 소설을 낭독했다. 지
금도 그 시절 그 장면이 훤히 떠오른다. 세상에는 시를 읽는
사람과 시인, 이렇게 두 부류의 사람만 있지 않을까 몽상하
던 시절이었다. 아름답고 감동적이었다.

　당시만 해도 학교뿐 아니라 세간에서도 시를 읽고 외우는
일이 멋진 것이었고 시인이나 소설가는 대단한 인물로 여겨
졌다. 고등교육이 본격화된 지 얼마 안 된 시대이고, 외국
문학이 많이 소개되기 시작한 시절이라 그런 바람을 타고
문학에 감동을 느낀 엘리트층들이 소설가와 시인이 되어서
일 것이다. 글이 귀한 시절, 나는 그때가 그립다. 그 시절 학
생이면 누구나 그렇듯 나도 작가가 되고 싶었다. 글 한 줄로
사람들에게 감동을 주는 시인, 소설가. 얼마나 멋진 인생인
가. 김소월의 〈진달래꽃〉, 한용운의 〈님의 침묵〉, 신석정의
〈그 먼 나라를 알으십니까〉 같은 시들. 교과서에 실릴 정도
로 국민적인 애송시였던 그 시들이 지금 얼마나 읽히고 낭
송되고 있을지….

　나는 사랑한다, 그 시절을. 우리가 외우다시피 낭독한 것은

시만이 아니었다. 소설도 낭독했고 하다못해 기미독립선언서도 외울 수 있을 때까지 낭독했다. 그토록 아름다운 독서 낭독의 장면들은 고3이 되자 여기가 같은 교실이 맞나 싶을 정도로 빠르게 잊혀졌다. 시집을 잘 가기 위해, 생존을 위해, 경쟁에서 이기기 위해 대학에, 그것도 좋은 대학에 들어가야 했다. 문학소녀인 나도 어찌어찌 대학에 진학했다. 대학은 또 다른 세계였고 나름의 즐길 거리가 있었다. 거의 매일 즐거움이 넘쳤다. 수십 년이 지나서도 지금 생각나는 대학은 수업, 연애, 미팅, 서클, 시장통의 막걸리 집, 축제, 통기타, MT, 시위 등의 모습이다. 독서가, 더구나 독서 낭독이 낄 자리는 없었다. 중고등학교에서 입시에 시달리던 어린 영혼들은 잠시 잠깐 맛봤던 문학의 낭만을 깡그리 잊어버리고 다채로운 대학 문화에 너나없이 젖어 들어갔다. 나도 별 수 없는 일인이었다. 오랜만에 맛보는 청춘의 자유, 먼지바람마저 달콤했던 캠퍼스에서의 수다, 그리고 다방과 술집에서 우리들을 뚫어져라 응시하던 남학생들의 시선들. 요즘은 동아리라고 불리는 서클은 대학 생활의 꽃이었다. 서클을 중심으로 친구를 사귀고 숙제를 하고 미팅을 했다. 그렇게 대학 생활 내내 독서는 빠르게 잊혀갔다. 더욱이 대학을 졸업하고 결혼을 하면서부터 책은 '영영 이별 영이별'(김별아 작가의 소설 제목)이었다. 남편과 결혼하고 책과 이혼한 셈이었다. 변명하자면 책

살 돈으로 아기 분유를 샀다. 분유 값이 없어서 책 살 돈마저 없었다는 말이 아니다. 책을 사려던 생각은 어느새 분유라도 한 통 더 사야지, 하는 속된 생각으로 변하더라는 말이다.

그러던 어느 날 문득, 이게 내 삶이 아닌데, 하는 자각이 들었다. 한번 자각이 들자 급격히 우울해지기도 하고 갑자기 흥분되는 시간이 찾아왔다. 이래선 안 되었다. 나는 어린 시절의 기억을 되살려 종교에 기댔다. 종교 서적을 찾아 읽고 교리 공부도 했다. 그렇게 나는 다시 책을 집어 들었다. 경제생활은 나아졌지만 마음의 공허가 채워지지 않았었는데, 차츰 자족감이 차오르기 시작했다. 자신감이 생기자 여행이 가고 싶어졌다. 처음엔 관광으로 시작했는데 차츰 의미를 찾는 여행이 가고 싶어졌다. 신문기사를 뒤적이고 관련 서적을 뒤졌다. '길 위의 인문학'이나 '제주 올레 녹색 문학 기행' 같은 테마 여행이 마음을 사로잡았다. 안 보이던 인문학이, 소설이, 시와 예술이 그리고 그림이 귀에 걸리고 눈에 보이기 시작했다. 부족한 지식, 역부족의 감성이 창피하게 여겨졌다. 한때 문학을 꿈꾸던 소녀 시절이 뇌리에 떠올랐다. 소설가와 시인, 화가들의 한마디 한마디, 그들의 행동 하나하나가 다시 마음에 자국을 남기기 시작했다. 그들은 왜, 어째서 저런 감성과 저런 표현들로 사람의 마음을 홀리는가. 당초의 혼란이 공감으로 다가오기 시작했다. 드디어 독서를, 독서 낭독을 할 수 있는 마음의 바탕, 어떤 부드러운 늪지대가 재형성되기 시작한 것이다. 남편은 바쁘고 애들은 제 갈 길로 가서 내가 느낄 수밖에 없었던 '빈둥지 증후군'이 점점 치유되어 갔다. 다시 한 번 독서에 빠지면서 낭독하는 독서 클럽을 소개받게 되었고 결국 나는 제 길을 찾게 되었다.

어려운 책, 두꺼운 책을 낭독하는 모임이었다. 나이가 많은 아줌마를 환영할까? 의심이 들었으나 뻔뻔하게 무턱대고 나갔다. 멤버들은 진심으로 반겨주었고 나는 신이 나서 낭독했다. 나이 들었다는 소리 듣지 않으려고 눈이 침침한 걸 들키지 않으려고 더 열심히 낭독했다. 그랬더니 칭찬이 쏟아졌다. 봐주어서 하는 칭찬이 아니었다. 실력 있음을 인정해주는 칭찬이었다. 남편과 아들의 시선도 달라졌다. 칼 세이건의 1979년도 저서 《코스모스》를 낭독할 때는 경탄의 눈으로 나를 쳐다보았다. 남편은 먼저 읽었으나 내용은 가물가물했고 아들은 대학 다닐 때 필독서로 읽어놔서 이런저런 조언을 해주었다. 집에서는 나이 마흔도 안 되는 유럽 청년 알랭 드 보통의 산문소설집을 읽었다. 글로벌한 30~40대의 감성이 낯설게 느껴지지 않았다. 《백년 동안의 고독》은 서울대학생 필독서로 매년 지정되는 소설책인데 노벨문학상 수상자인 남미 출신 가브리엘 가르시아 마르케스가 지었다. 남미의 원초적인 생명력과 마술적 상상력은 오직 《백년 동안의 고독》만이 풍기는 묘미였다. 곰브리치의 《서양 미술사》는 그림 수집을 하던 나에겐 복음이었다. 낭독 모임에서 함께 읽었는데, 온갖 그림에 대한 풍부한 해설이 그림 보는 눈을 한 단계, 두 단계 높여주었다. 이렇게 시를 읽고 소설을 다시 읽고 인문학과 과학책을 두루 읽으면서 나는 다시 학창 시절의 감성을 되찾았다. 남편과 아들들이 그런 나를 낯설어할 줄로만 여겼는데 순전히 나의 지레짐작일 뿐이었다. 아이들이 독후감을 물어오면 나는 거침없이 대답한다. 아이들은 놀란다. 나는 기쁘다. 삶의 희열이란 이런 것이구나, 새삼 느낀다. 웃음도 많아지고 남편도 감히 깔보지 않으니 자부심도 넘친다.

나는 점점 독서 낭독에 몰입했는데, 처음에는 몰랐으나 알고 보니 자연스러운 현상이었다. 묵독과 다른 낭독만의 묘미이기도 했다. 낭독의 묘미는 일단, 내 목소리로 소리 내어 읽는다는 점이다. 사람들은 자기를 아끼고 사랑하게 되어 있다. 자기 목소리 역시 애정어리다. 자기 목소리로 전달하는 어떤 소리와 신호는 애틋하다. 어쩐지 사랑하고 싶다. 그에 더해 남들이 내 목소리에 귀를 기울여준다는 사실, 경청의 묘미도 남다르다. 경청을 해주는 사람들을 위해 내가 성의 있게 소리를 내는 데서 정성이 넘치고, 더듬더듬 서툴게 낭독하는 이의 목소리에 귀 기울이는 데서 배려심이 커진다. 나중에는 내가 읽는 걸 들어주는 사람들이 너무 고맙게 느껴진다. 세상에 내 목소리를 집중해서 들어주는 사람이 몇이나 있을까? 때로는 가족들도 흘려 넘기는 내 목소리를. 내 목소리를 들어주는 사람이 고마우므로 내가 들어준다면 상대방은 또 얼마나 고마워할 것인가? 생각하면 눈물겨운 일이다. 나는 진심으로 내가 대견했다. 이렇게 좋은 마음으로 낭독을 하다 보니 자연스레 연기가 나왔다. 특히 소설책을 낭독할 때 그랬다. 독서 낭독회의 인연으로 서울중앙도서관에서 대하소설 《객주》(김주영 작가의 1980년대 연재소설)를 낭독할 때 나는 조소사와 월이, 매월이의 역할에 몰입되어 나도 모르게 연기하는 목소리가 나왔다. 내 안에 월이가, 최가에게 암상을 떨던 그런 모습이 있었나 싶어 나도 깜짝 놀랄 정도였다. 야멸치게 때로는 간드러지게 때로는 수더분하게, 내 목소리가 변주되기 시작했다. 함께 읽는 사람들이 즐거워 어쩔 줄 몰랐다. 소리 죽여 키득키득, 까르르 넘어가는 이도 있었다. 그러거나 말거나 나는 더 인상을 쓰며 연기에 몰입했다. 내 마음속에는 희열이 넘치지만 나는 웃지 않았다. 더욱 기를 쓰고 더 간드러지게 더 간릉스럽게, 더 애교 넘치게 낭독했다. 속으로는 웃음을 참을 수 없으면서도 짐짓 참는 것이다. 아주 미치도록 참는 것이다. 희열감이 온 몸에 번지 도록. 다 읽고 나서는 아주 고혹적으로 씨익, 한번 웃어준다. 그런 모습에 다음 차례 낭독자가 웃음을 빵 터트린다. 너도 나도 와르르 웃음의 둑이 무너진다. 나도 슬며시 웃는다. 소 설 낭독의 묘미를 온 몸과 맘으로 느낀다. 생생한 삶의 느낌 이 이것인가 싶다. 이번 기회에 연극배우로 나가볼까? 불뚝 춘심이 동한다. 삶은 아름답다. 나는 이러한 변화에 놀라고 있다.

낭독을 통해서 나는 소통의 즐거움을 알게 됐고, 급기야 인생을 주도하는 느낌을 이해하게 됐다. 어수룩한 남의 낭독 에 몰입하는 자세와 개떡같이 낭독해도 찰떡같이 알아듣는 귀, 틀리게 낭독해도 바르게 이해하는 마음은 결국 내가 허 락하고 결정한 것이다. 나는 낭독을 통해 얻은 기쁨을 이렇 게 말하고 싶다. 내 인생을 내가 사는 느낌. 내가 주인의 느 낌으로 살게 되니 남에 대한 모든 것이 포용되었다. 함께 낭 독하는 동료들은 보이지 않는 따스한 인간애와 서로에 대한 믿음, 프라이버시의 존중, 비난과 비판의 자제 등 많은 장점 을 서로 나누고 있다. 그러면서 서로 인문학적 배려심이 풍 부한 사람으로 발전하고 성숙하는 게 눈에 보인다. 그래서 더 힘이 되고 신뢰도 생긴다. 아마 다른 사람들도 낭독을 한다면 그럴 것이다. 낭독하는 데 특출난 재능이 필요하지 않다. 다만 글을 읽을 줄 알고 뜻을 알며 입으로 소리를 낼 수 있으면 된다. 이 일은 얼마나 놀라운 일인가. 대한민국의 일개 주부로서 단언컨대, 낭독하면 우리나라 국민들의 지적 수준은 한 단계 더 높아질 것이다.

# 함께 **낭독**하는 **소모임**이 전국에 많이 생겼으면 하는 것이 **나의 바람**이다.

— 박일호(고전칼럼니스트)

## 낭독은 힘이 세다

책이 인생을 바꾼다는 말을 흔히 한다. 책은 사람에 의해 만들어지고 사람에 의해 선택돼 읽히지만, 읽히는 순간부터 다른 사람을 만들기 때문일 것이다. 무언가를 읽는다는 행위, 그리고 그 뒤에 이어지는 사색과 사유야말로 인간만이 할 수 있는 가장 자유스러운 행위이며 우리가 달성할 수 있는 유일한 세속적 초월이다. 그러나 홀로 읽는다는 것처럼 고독한 행위도 없다. 대부분의 사람들이 독서를 회피하거나 힘겨워하는 이유도 여기에 있다. 그러나 방법을 조금만 달리하면 얼마든지 새롭게 책을 읽을 수가 있다. 혼자 또는 여럿이 책을 낭독하거나 남에게 이야기를 들려주는 방법이 그것이다.

성인이 되어 직장 생활을 하면서도 마음 한 구석을 차지하고 있던 '책 읽기'와 '글쓰기'에 대한 갈망은 자연스럽게 독서 모임을 찾거나 글쓰기 과정을 기웃거리게 했다. 마침 2009년 무렵에 한겨레 교육문화센터에서 '서평 쓰기' 과정을 수강하던 중 한 일간지에서 주최한 서평 쓰기 대회가 눈에 띄었다. 여기에 조경란 소설 《혀》를 읽고 응모한 글이 뽑혀 이틀 동안 신문에 인터뷰 기사와 당선 글이 연달아 나갔다. 얼떨떨하긴 나도 마찬가지였지만 주위 사람들로부터 축하 인사가 이어지는 등 반응이 엄청났다. 그때부터 서평 위주의 블로그를 운영하며 본격적으로 글쓰기를 시작했고, 본업 외에 자연스럽게 '북 칼럼니스트'라는 과분한 타이틀을 얻게 되었다. 책 소개를 하는 라디오 방송에 출연하거나 북 콘서트 등에 게스트로 초대받는 행운도 누렸고, 문광부의 우수교양도서 심사위원을 맡기도 했다. 〈기획회의〉라는 출판전문잡지에는 지금까지도 4년 넘게 매달 경제경영 서평을 쓰고 있다.

1주일에 한 번씩 모여 책을 읽는 '북코러스'라는 독서 모임을 시작한 것도 4년 전 그 무렵이다. 지금까지 《특이점이 온다》, 《코스모스》, 《서양 미술사》, 《총, 균, 쇠》 같은 고전들을 스무 권 남짓 읽었는데, 대개는 600쪽이 넘어가는 두꺼운 책들이라 혼자서 묵독으로 읽기에는 버거운 책들을 돌아가며 낭독한다. 그러다 보니 사전에 책을 읽고 와서 토론 위주로 진행하는 여느 독서 모임과는 분위기가 사뭇 다르다.

자신의 목소리로 남에게 읽어줄 때야 말할 것도 없지만 다른 사람들이 읽을 때에도 귀를 쫑긋하게 된다. 낭독을 하게 되면 건너뛸 수도 없고, 대충 훑어볼 수도 없고, 읽는 속도를 높일 수도 없다. 대신 하나의 텍스트에 참석자들의 눈과 귀가 온전히 모아지는 속에서 모두가 이 시간과 공간을 함께 나누는 기쁨이 거기에 있다.

특히 작년에 이 모임에서 읽은 헨리 데이비드 소로우의 《월든》은 내 인생을 바꾸어 놓았다. 《월든》은 대자연의 예찬과 문명사회에 대한 통렬한 비판이 담긴 고전으로, 소로우가 28세이던 1845년부터 1847년까지 2년간에 걸쳐 매사추세츠 주의 콩코드 마을 근처에 있는 월든 호숫가에서 '야생 생활'을 한 경험을 기록한 책이다. 그는 그곳에서 통나무집을 짓고 밭을 일구고 물고기를 잡으며 인간과 자연, 인간과 사회에 대해 깊이 성찰했다. 19세기에 21세기를 내다보는 혜안을 발휘한 이 책은 '자발적인 가난'을 설파한 최초의 책으로 기억된다. "자발적인 빈곤이라는 이름의 유리한 고지에 오르지 않고서는 인간 생활의 공정하고도 현명한 관찰자가 될 수 없다. 농업, 상업, 문학, 예술을 막론하고 불필요한 삶의 열매는 사치일 뿐이다."(32쪽) 그런데 하버드를 졸업한 소로우가 뭐가 아쉬워서 문명사회에 등을 돌리고 숲 속에서의 삶을 자청하게 되었을까? 저자는 그 까닭을 다음과 같이 밝히고 있다. "내가 숲 속으로 들어간 것은 인생을 의도적으로 살아보기 위해서였으며, 인생의 본질적인 사실들만을 직면해보려는 것이었으며, 인생이 가르치는 바를 내가 배울 수 있는지 알아보고자 했던 것이며, 그리하여 마침내 죽음을 맞이했을 때 내가 헛된 삶을 살았구나, 하고 깨닫는 일이 없도록 하기 위해서였다. 나는 삶이 아닌 것은 살지 않으려고 했으니, 삶은 그처럼 소중한 것이다."(138~139쪽) "왜 우리는 성공하려고 그처럼 필사적으로 서두르며, 그처럼 무모하게 일을 추진하는 것일까? 어떤 사람이 자기 또래들과 보조를 맞추지 않는다면, 그것은 아마 그가 그들과는 다른 고수鼓手의 북소리를 듣고 있기 때문일 것이다. 그 사람으로 하여금 자신이 듣는 음악에 맞추어 걸어가도록 내버려두라. 그 북소리의 박자가 어떻든, 또 그 소리가 얼마나 먼 곳에서 들리든 말이다. 그가 꼭 사과나무나 떡갈나무와 같은 속도로 성숙해야 한다는 법칙은 없다. 그가 남과 보조를 맞추기 위해 자신의 봄을 여름으로 바꾸어야 한다는 말인가?"(482쪽) 《월든》을 낭독하는 내내 몸이 먼저 전율했다. 자연의 일부인 인간이 자연을 인정하고 제한적 욕망의 범주에 사는 것이 진정한 공존의 수단이라는 것이 월든 숲과 호수의 바닥까지 내려간 소로우가 길어 올렸던 깨달음의 정수다.

인터넷에는 《월든》을 읽으려고 시도했으나 중간에 포기했다거나, 또는 시도도 못하고 실패했다는 얘기도 심심찮게 나온다. 그러나 《월든》은 결코 어려운 책이 아니다. 첫 장 '숲 생활의 경제학'(약 110쪽)이 가장 읽기 어려운 부분이나 그 후부터는 쉬워지니 계속 읽으면 소위 월든 완독자의 반열에 무난히 들 수 있다. 4개월에 걸쳐 이 책을 완독한 우리 낭독 모임 회원들이 그 증거다. 처음에는 만연체의 문장 때문인지 읽기가 쉽지 않았지만, 중반 이후로 접어들자 사람들의 눈빛과 목소리가 달라지기 시작했다. 저마다 《월든》의 유려한 문장과 반짝반짝 빛나는 아름다운 표현을 읽는 재미에 빠져들었다. 기개 높은 이 책을 읽는 내내 말로는 설명이 안 될 신명과 몸살을 앓아야 했다. 1등만을 위해 달리는 삶에 회의가 들었다. '인생은 1등 위에 특등도 있으며, 1등은 한 개지만 특등은 여러 개'라는 말도 떠올랐다. 퓰리처상을 수상한 미국 여성 작가 애너 퀸들런은 이렇게 표현했다. "네가 쥐들의 달리기에서 1등을 한다면, 네가 여전히 쥐라는 뜻이다. 죽어가면서 '회사에서 더 많은 시간을 보낼 걸.' 하며 후회하는 사람은 없다." 결국 불안하고 무력했던 현실의 남루한 습관을 뒤로 하고, 지난 4월 인도와 네팔로 한 달 동안 배낭여행을 다녀왔다. 길 위에서 틈틈이 다시 꺼내 읽은 《월든》은 49살 먹은 남자가 21년 동안 다니던 직장을 그만두고 인도로 떠나야 했던 이유를 설명해줬다. 그건 눈을 안으로 돌려 마음속에 여태껏 발견 못 하던 천 개의 지역을 찾아내, 내부에 있는 위도가 보다 높은 지역을 맘껏 탐험하라는 것이다. 더는 타인의 삶을 살지 말고 자신만의 참다운 인생의 길을 가라는 내면의 목소리였다. 직장에서는 은퇴하는 것이지만 인생에서는 데뷔하는 것이다. 나는 지금 여행에서 돌아와 읽고 쓰고 걸으며 새로운 인생의 후반전을 꿈꾸고 있다. 지금까지는 살다가 남는 시간에 읽고 썼지만, 지금부터는 읽고 쓰다가 남는 시간에 살기로 했다.

2013년 11월부터 조선 후기 보부상들의 애환을 담은 김주영 대하소설 《객주》를 읽는 모임을 시작했다. 《객주》가 어떤 책인가. 방대한 분량은 차치하고라도 지금은 쓰지 않는 마모되거나 퇴화해버린 토속어나 고어들이 시도 때도 없이 나오는 통에 본문의 각주 외에도 140여 쪽에 달하는 별도의 낱말 사전에 의지해야 독해가 겨우 가능한 난감한 소설이다. 10권을 다 읽으려면 1년이 걸릴지 2년이 걸릴지 모를 일이다. 그러니 초등학교 이후로는 국어책을 단 한 번도 소리 내서 읽어본 경험이 없는 사람들이, 그것도 일면식도 없는 10여 명의 사람들 앞에서 읽느라 진땀 빼는 모습을 보고 있으려니 4년 전 낭독 모임을 처음 시작하던 때가 기억나 저절로

미소를 짓게 된다. 처음에는 낯선 사람들 앞에서 책 읽는 것
이 수줍고 어색했던 사람들이 두어 달이 지나자 이젠 제법
추임새도 넣고, 등장인물 캐릭터에 맞게 목소리도 바꿔가며
신명나게 읽는다. 또 에로티시즘이 농밀하게 묘사된 대목 앞
에서 얼굴이 붉어지며 제대로 입을 못 떼던 여성 낭독자들
이 지금은 새어나오는 웃음을 참으며 오히려 남자들보다 더
능청스럽게 읽곤 한다. 참가자 중에는 벌써 동네 아이들을
모아 별도의 낭독 모임을 만든 열성적인 학부모도 있고, 어
떤 사람은 그새 낭독에 감염(?)되었는지 가계부와 세금고지
서 빼고는 전부 낭독하려는 버릇이 들었다며 환하게 웃는다.
한쪽 근육만 쓰던 사람들이 낭독이라는 즐거운 경험을 만끽
하며 삶의 활력소로 활용하고 있는 셈이다. 미국 작가 앤 패
디먼이 《서재 결혼시키기》에서 "낭독은 이따금씩 탈진하는
경주자들의 힘을 북돋워주기 위해 조제된 낭만적인 '게토레
이'다."라고 한 말이 어쩌면 이렇게 딱 들어맞는지 신기할
따름이다.

　2013년 12월 말 어느 저녁, 밖에는 경인선 기차가 지나가
고 안에는 햇커피콩이 고요히 숨이 들어가는 낭독 아지트인
이대 부근의 '문학다방 봄봄'에 송년회를 겸해 북코러스 회
원들이 하나둘씩 모여들었다. 촛불 하나를 켜놓고 빙 둘러

앉아 유난히 마음을 울렸던 사사키 아타루의 《잘라라, 기도하는 그 손을》 중 일부를 다시 읽었다. "최후 심판의 날 아침에 신은 위대한 정복자, 법률가, 정치가들에게 보석으로 꾸민 관이나 월계관 또는 불멸의 대리석에 영원히 새겨진 이름 등을 보답으로 줍니다. 그런데 우리가 옆구리에 책을 끼고 오는 것을 보시고 신은 선망의 마음을 담아 이렇게 말합니다. 자, 이 사람들은 보답이 필요 없다. 그들에게 줄 것은 아무것도 없다. 이 사람들은 이미 책 읽는 걸 좋아하니까."(52쪽) 그렇다. 독서의 즐거움은 신도 선망하게 한다. 발터 벤야민은 "밤중에 계속 걸을 때 도움이 되는 것은 다리도 날개도 아닌 친구의 발소리다."라고 말했다. 낭독은 친구의 발소리에다 친구의 목소리를 보탠 것이다. 낭독은 힘이 세다.

품질 높은 독서를 보장하는 것은 생의 어떤 의지나 결심이라는 
각을 해본다. 나는 아이콘이 되려는가, 생계를 잘 챙기는 요령부득한 사
되려는가 하는 의지나 결심 말이다. 이러한 의지나 결심에 따라 도서의 
이 달라지고 읽는 방법이나 열심의 정도도 달라질 것이라는 생각도 든다
록 낭독 독서가 뇌에 강한 인상을 받게 해서 또 다른 차원의 열심을 촉발하
더 높은 몰입의 경지로 우리를 내몬다 하더라도, 도대체 어째서 내가 이 채
읽어야 하고 새겨야 하는지 모르겠다면 말짱 헛일이 아닐까? 뭘 하려고, 
되려고, 뭘 이루려고 나는 이런 독서의 결심을 하고 의지를 북돋워야 하는

PART 03

교양의
발견

2012년 11월, 북코러스 제주여행
북코러스가 낭독한 책들

# 독서의
# 품격

　　사람들은 고품질 독서에 관심이 많다. 고품격 독서보다 고품질을 더 좋아한다는 것이다. 고품격 독서가 마치 아우렐리우스의 묵독처럼 한 자 한 자, 한 문장 한 문장 뚫어져라 읽으며 텍스트를 씹어 먹듯 감상하는 것이라면 고품질은 영양가 높은 독서, 그러니까 한 번 쓱 읽어도 머릿속에 쏙쏙 박혀 언제 시험을 쳐도 척척 답안지에 옮겨지는 것이다. 사람들에겐 독서를 하는 이유가 하나 이상씩 다 있다. 나는 만나는 사람들에게 "요즘 어떤 책을 읽느냐?"라고 묻고 싶은 걸 꾹 참고 "요즘 책 읽을 시간이 좀 있나요?"라고 묻곤 한다. 인상적인 대답 몇 가지를 옮기면 이런 것이다. "그동안 책을 너무 안 읽었어요. 집에 먼지만 쓰고 있는 책들한테 더는 미안해서 얼굴을 들 수가 없네요." 푸하핫, 웃음이 터졌다. 그녀도 따라 웃었다. 그 계면쩍은 웃음을 마주 대하고 나는 "저는 책을 베고 잡니다. 두꺼운 책을 베면 그 내용이 머릿속에 착착 입력되는데, 그래서인지 아침이면 머리가 묵지근하답니다. 좋은 구절 몇 가지는 그날 점심 이후에 만나는 사람들에게 꼭 써먹곤 하지요. 정말 즐거워요." 그러면 상대방은 나를 철저히 깔보는 눈빛으로 까르르 웃어댄다. 나는 독서에 대해 이런 농담을 주고받는 것 자체가 너무 재밌다. 이런 대답을 하는 사람도 있다. "책을 읽어야 맛인가요? 그저 장식으로 놔둬도 그 책의 향기가 널리 퍼져서 내가 좋은 인간이 되는 것 같아요. 술 처먹을 시간도 없는데 책을 언제 읽어요. 그냥 인생의 장식, 액세서리 오브 라이프. 더 라이픈가? 암튼⋯." 술 마시는 시간이 좋은 건 나도 안다. 사실 독서하는 시간보다 술 마시는 시간이 더 많고 즐겁고 재밌는 건 사실이다. 그래도 읽어야 한다고 생각한다. 그래서 이렇게 말해준다. "독서는 안주죠. 콘텐츠를 안주 삼아 떠들면서 술을 마시면 그게 문자향이고 취향이죠." 그러면 상대방은 "아, 알았어요. 술이나 마십시다." 그런다. 책과 술. 참 안 풀리는 화두이다. 하나를 포기하면 하나가 울고, 둘 다 하자니 하나가 괴로워하고.

이런 문제는 나중에 풀도록 하고 이야기를 계속해보자면, 이런 대답을 하는 사람을 나는 자근자근 씹어주고 싶다. "책을 다 읽을 시간이 어디 있어. 이렇게 바쁜 세상에. 내가 경영학 박산데, 나는 독서법이 독특해. 쓱쓱쓱 읽다가 눈에 탁 걸리는 좋은 구절에 밑줄을 한 번 쳐. 그리고 넘겨. 다시 쓱쓱 읽다가 인상적인 구절이다, 어디 써먹겠다 싶은 곳에 줄을 쭉 그어놔. 그런 식으로 한 권을 다 통독하지. 그 다음에 다시 한 번 밑줄 친 대목만 한 번 봐. 입으로 읊조려도 보고 낭독도 하지. 그런 다음 까먹어버려. 일단 잊어버리고 있다가 무슨 일이 있다, 어디 강의라도 간다 하면 그걸 꺼내서 베껴 적어. 그렇게 써먹는다고. 써먹을 데 없는 책이 어디 책인가?" 나는 이 분을 흘겨보고픈 충동을 애써 억눌렀다. 이럴 때 아이언맨이라도 있다면 속닥속닥, 이 분 가시는 골목길에 숨어 있다가 갑자기 나타나 뒷다리 걸어 자빠뜨리기라도 한번 해달라고 부탁이라도 했을 것이다. 다만 뇌진탕까지는 유발하지 말게…. 왜 이토록 과격한 말을 동원하면서까지 흥분하는가 하면 이런 독서 태도가 그 한 사람만의 문제가 아니라는 생각 때문이다. 아니, 거의 전 국민에게 퍼진, 특히 입시 어쩌구 하는 모든 공부 방식과 교육 시스템 안에 녹아 있는 독서 방식의 고질병이라는 판단 때문이다. 더구나 20~40대까지 자기계발과 재테크 서적들을 꾸준히 읽어온 세대들이 이런 방식을 너무 당연시한다는 점이 매우 암울하게 다가온다.

조선일보 독서 캠페인에서 출판사측이 주최한 《코스모스》

강연회에서 보았던 장면이 다시 떠오른다. 맨 앞줄에 앉은 중학생쯤 돼 보이는 아이의 뒷줄에 엄마 같은 여자가 떡 하니 앉아 있었다. 강사가 그 자리에 앉은 사람의 99% 이상은 못 알아들을 법한 이야기를 했는데, 그 여자는 앞에 앉은 아이의 뒤통수를 툭툭 치면서 열심히 듣기를 강요하고 있었다. 강연에 몰두해도 이해가 안 되니 나는 그 모습을 맨 뒷줄에서 유심히 지켜보고 있었다. 아이는 연신 꼼지락거리고 여자는 연신 아이의 자세를 바로 세워주며 눈 똑바로 뜨고 귀 바로 세우고 들으라며 보챘다. 이야기는 점점 강사만 아는 점입가경으로 치닫고 청중들은 고개를 갸웃거리며 엉덩이와 어깨를 들썩였다. 시계를 보고 스마트폰을 만지작거리던 나도 드디어 신경질이 났다. 그런 와중에 중학생짜리한테 열중하라고 강요하는 엄마라니. 가슴이 답답해서 견딜 수 없었다. 나는 결국 조용히 일어나 밖으로 나갔고, 일행들이 나오기를 기다리며 투덜댔다.

요즘 몇몇 대안학교에서는 아이들이 교과과정과 내용을 결정하는가 하면, 어떤 의사결정이건 스스로 하는 방법을 찾을 때까지 선생님들은 가이드만 해준다고 한다. 반면 입시 성공이 인생 성공이라고 착각하는 대다수 선생님이나 학부모는 아이들에게 이래라 저래라 간섭한다. 간섭하면 책임도

져야 하는데 책임은 간 곳 없고, 그저 열심히만 하라고 강요한다. 암담한 미래, 부실한 콘텐츠 아래서 아이들은 지쳐간다. 빌 게이츠, 스티브 잡스, 마크 주커버그가 대학교를 중퇴해서 더 잘됐다는 얘기를 귀에 못이 박히게 들어도 "우리 시대 때는 안 그랬어, 지금도 마찬가지야."라는 고정관념을 깨지 못하고 아이들을 다그친다. "책 읽을 시간이 어디 있어? 공부해야지. 독서 숙제는 논술 참고서 보고 요약해. 인터넷에 요약본 떠돌아다니잖아. 아, 그거 참 아빠한테 시킬게. 넌 공부나 해." 이런 말도 아무렇지 않게 한다. 내가 만난 경영학 박사라는 사람이 자랑처럼 말한 출세나 성공에 중요한 내용은 어떻게든 실용적이고 요령부득하게 외워버려서 시험에 통과하고 그 나머지 그때그때 써먹을 콘텐츠는 쓱쓱 베껴서 대충 아무렇게나 버무려서 내뱉는다는 독서 태도. 오늘날 학부모들은 아이들에게 그런 걸 강요하고 있는 것이다.

책은 사색의 미디어이다. 아줌마, 할머니들이 드라마를 보면서 인생사를 깨닫고 동일시하며 심리적 위안을 얻듯이 아이들이 책을 읽으면 두뇌의 공명이 일어나 창의적인 생각이 줄을 잇는다. 텍스트 전체가 인상 깊게 뇌리에 남기도 하지만 언뜻 스쳐간 한 줄이 가슴에 아로새겨져 인생 항로에 등댓불이 되기도 한다. 그 한 줄에 기대어 훌륭한 인재도 되고 위대한 대가도 되는 것이다. 《어린 왕자》의 작가 생텍쥐페리는 자전적 소설 《야간 비행》에서 비행기가 마침내 이륙했을 때 지상에 보이는 무수한 불빛을 보며 한 노부부가 밝힌 식탁의 등잔불이 지상에서 가장 소중한 불빛이라고 했다. 노부부는 잘 모르겠지만 5평도 안 되는 경비행기를 몰아 칠흑 같은 어둠, 구름 위의 새하얀 빛, 안데스 산맥의 소용돌이치는 태풍 속을 지나갈 때 조종사에게 그 식탁의 불빛이 얼마나 사무치도록 소중하게 여겨질 것인가. 평생 야간 우편 비행기를 몰며 소설을 썼던 생텍쥐페리는 앙드레 지드가 사정사정해서 《인간의 대지》를 연작소설로 묶게 만들었던 천재다. 또한 사막에 불시착해서 무어인들에게 잡혀 있던 와중에 하늘에 무수한 별빛에 기대어 《어린 왕자》를 구상한 상상력의 대가였다. 그는 우편 비행기를 몰고 하늘 길을 개척하다 전설이 되어 사라졌다. 사라짐으로써 별이, 바람이, 모래가 되어 세계인들의 심금을 울리는 아이콘이 되었다.

우리가 바라는 인생이 생텍쥐페리와 같은 '아이콘'은 아닐 것이다. 그래서 사람들은 술을 퍼마시며 책을 멀리하고 요령부득한 태도로 진정한 독서의 힘을 외면하는 게 틀림없다. 학부모들이 독서 대신 공부를 하라고 아이를 다그치고, 독서란 먼 나라 한가한 사람들의 전유물로 여기도록 아이들을 어린 시절부터 훈육하는 이유도 위대하거나 훌륭한 사람

대신 생계나 잘 챙기는 사람이 되라는 의지일 게 분명하다. 그러려면 독서는커녕 공부는 또 왜 필요한 것일까? 공부하며 스며든 합리적이고 계산적인 사고방식이 중구난방 정글의 음모가 판치는 돈의 세계에선 가장 큰 방해물일 텐데.

품질 높은 독서를 보장하는 것은 생의 어떤 의지나 결심이라는 생각을 해본다. 나는 아이콘이 되려는가, 생계를 잘 챙기는 요령부득한 사람이 되려는가 하는 의지나 결심 말이다. 이러한 의지나 결심에 따라 도서의 목록이 달라지고 읽는 방법이나 열심의 정도도 달라질 것이라는 생각도 든다. 비록 낭독 독서가 뇌에 강한 인상을 받게 해서 또 다른 차원의 열심을 촉발하고 더 높은 몰입의 경지로 우리를 내몬다 하더라도, 도대체 어째서 내가 이 책을 읽어야 하고 새겨야 하는지 모르겠다면 말짱 헛일이 아닐까? 뭘 하려고, 뭐가 되려고, 뭘 이루려고 나는 이런 독서의 결심을 하고 의지를 북돋워야 하는가. 독서는 도처에서 방해받고 있고, 더구나 품질 높은 독서는 의지나 결심의 무지막지한 장벽 앞에 가로막혀 한 발도 나아가지 못하고 있는 경우가 많다. 이 노릇을 어찌할 것인가?

## 지식의
## 쇠퇴

오마에 겐이치
말글빛냄
2009년 08월 출간

사카이야 다이치를 알기 전에 나는 오마에 겐이치를 일본의, 동아시아의 앨빈 토플러라고 떠들고 다녔다. 하지만 사카이야 다이치가 있었다. 오마에 겐이치는 매킨지의 부회장이라는 직함으로 전 세계에서 세계 경제의 흐름에 대해 강의도 하고 컨설팅도 하는 전문가로 유명하다. 그런 그가 일본에서 소박하게 독서클럽을 운영하고 있다고 들었다. 그는 《지식의 쇠퇴》에서 일본을 한심하고 답답한 나라라고 토로한다. 그에 따르면 일본의 엘리트들은 미국의 시스템을, 서구 유럽의 정신을 본받지 않고 그 껍데기만 차용해서 기득권 유지에 이용하고 있다. 속으로는 사무라이 정신에 푹 빠져서 시대착오적인 극우 구호를 외치고 그 정신을 강조하면서 겉으로는 합리적인 경영 마인드와 지식의 합리성을 외친다. 지독한 것은, 서구 유럽의 것은 뭐든지 샅샅이 번역해서 자료집으로 갖춰놓았으면서도 정작 그 정신에 대해서는 공심을 갖고 배우지 않는다는 것이다. 그런 풍토이다 보니 《국가의 품격》이라는 책이 무려 200만 부 이상이나 팔렸다고 오마에 겐이치는 개탄한다. '~품격'이라는 드라마 제목도 이 책에서 나왔다는 데, 정작 이 책은 잘 알려져 있지 않지만 인터넷을 검색해보니 2008년에 번역 출간되어 나와 있다. 나는 이 책을 꼭 출판해야 한다며 출판사 관계자들에게 이야기 하곤 했는데, 아무튼 번역되어 나온 게 그 전인지 후인지는 나도 기억에 없다. 《지식의 쇠퇴》에 의하면 《국가의 품격》은 '일본인이여 사무라이 정신으로 돌아가자, 서구 민주주의는 엉터리 기독교 사상에서 나왔으니 믿을 게 못 되고 금권에 의한 자유주의 경제도 일본에겐 맞지 않다. 자본주의와 화폐는 없어도 그만이다, 일본의 사무라이 정신을 되찾자'는 내용이다. 나는 기가 찼다. 오마에 겐이치는 더 기가 찼나 보다. 그 책이 유행하는 걸 보고 그 책이 팔리는 현상 자체가 '지식의 쇠퇴'라고 짚어서 이 책을 썼으니. 《지식의 쇠퇴》가 《국가의 품격》과 이란성 쌍둥이일지, 전혀 다른 정신사적 맥락인지는 알지 못하겠다. 두 책 모두 일독을 권한다.

# 교양이란
무엇인가

　　요즘 시대는 알아도 아는 것이 아니라는 생
각이 든다. 대학교수들은 서슴없이 교육의 붕괴를 말한다.
한 교육학자는 국내 명문 대학의 교수로 보직을 맡고 있으
면서도 대안 대학이 필요하다고 강조한다. 교수직은 연봉 때
문에 어쩔 수 없이 하지만 진짜 하고 싶은 공부를 하는 공부
도반들끼리의 만남이 더 의미 있고 보람되다고 한다. 아닌
게 아니라 실상 대학교육은 거의 아무런 의미가 없어진 것
같다. 낡은 강의 노트에 귀 기울이는 학생이 몇이나 있을까?
인터넷에 그 교수의 강의보다 훨씬 좋은 강의들이 널렸는데.
미국에서는 하버드, 예일, 스탠포드, 매사추세츠 공대 등 수
많은 아이비리그 대학들이 강의를 공개하고 있다. 어떤 강의
는 수강생이 1억 명이 넘는다. 대학 강의실에 앉아 있어야
강의를 들을 수 있는 시대는 지나갔다. 대학이 대학인 이유

는 전문 지식을 독점하고 있기 때문이었다. 전문 지식을 독점한 자들끼리의 네트워크가 사회에서도 유지되고, 알음알음 끌어주고 밀어주니 이권이나 권력도 독점할 수 있었다. 하지만 그 독점권이 깨지고 있다. 지식의 독점이 깨지니 사회에서의 역할이나 신분 독점권도 부서지고 있다.

미국에서는 노벨상 수상자가 강좌를 흔쾌히 공개해버린다. 동물학자로 통섭을 주장하는 최재천 교수는 "이젠 동네 강의 다 죽었다는 말이죠, 뭐." 하며 헛헛해 한다. 맞다. 동네 강의 다 죽었다. 국내 대학교수들의 공개강좌 수준은 음풍농월, 고담준론 수준이다. 에 또, 그러니까, 그래서 말이지, 어쩌고 하는 데 3분에서 5분은 족히 걸린다. 자기 지식이 아닌 모양인지 헤매고 안절부절 하고 헛기침이나 한다. 이들이 학생들에게 가르치는 건 대체 어떤 내용일까? 언젠가 TV 다큐멘터리에서 연세대학교 교수 한 분이 그랬다. "제 강의는 안 가르치는 게 가르치는 거예요." 강의 노트도 없다고 한다. 그날그날 신문기사나 임의로 수집된 콘텐츠를 활용해 자유롭게 토론하고 수다를 떠는 게 강의라고 한다. 이른바 창의력 개발 수업이라는 것이다. 하지만 이런 교수는 극소수다. 지식을 기득권이자 독점권으로 여겨 점수를 무기로 수업을 강요하는 교수가 많다고 한다.

독서클럽 회원인 고등학교 3학년 담임 여교사가 언젠가 이런 말을 했다. "애들한테 너무 미안해요." 다들 뜨악한 표정이 되어서 되물었다. "아니 왜?" 고개를 푹 숙인 채 잠시 말이 없던 여교사는 "애들한테 해줄 수 있는 게 없어요."라고 했다. 그러더니 눈물까지 글썽였다. 너무 놀랐다. 다른 회원들도 눈이 동그래져서 할 말을 잃고 있었다. 입을 다물고 있었더니 여교사가 차분히 털어놓았다. 자기 반 학생들이 절반은 졸고, 절반은 잔다고 한다. 선생이 싫어서가 아니라고 한다. 자는 애들은 학원에서 이미 선행 학습을 했기 때문에 학교 공부가 시시하고, 조는 애들은 게임하느라 공부에 흥미를 잃어서라고 한다. 선행 학습을 한 아이들은 교실에 앉아 있는 시간이 아깝고, 게임에 빠진 아이들도 게임 레벨 높여야 할 시간에 교실에 앉아 있으니 답답하긴 마찬가지다. 그런 아이들이 순진하기는 해서 선생님 생일날 교실 문에서 교탁까지 빨간 카펫을 깔아주기도 했단다. 아이들은 사랑스러운데 그런 아이들에게 선생으로서 해줄 수 있는 게 없다는 자괴감이 그녀를 우울하게 한 것이다. 나는 더 할 말을 잃었다. 콧날이 시큰하고 가슴이 메어왔다. 도대체 이게 무슨 일인지, 왜 이렇게 된 건지 머릿속이 뒤죽박죽되는 것 같았다. 나는 그날 이후 더 집요하게 초등학생 아들에게, 아내에게 "중학교는 아무래도 안 가는 게 나을 것 같다. 시간 낭비가 너무 심할 것 같다."고 말하게 되었다. 고등학생이 이 지경이면 대학이라고 나을까?

사실 내가 대학을 다니던 1980년대 초반에는 더 심했다. 고등학교 때는 그나마 공부를 했는데, 대학에 가서는 만판 놀았다. 그 놀이에는 시위 참가도 포함되어 있었다. 시위 참가도 놀이라면 놀이였다. 공부는 뒷전이고 어용 교수 물러나라며 총장실 점거까지 하는 사태를 즐겼다. 그때로부터 30여 년이 지난 시점에서는 좀 나아졌을까? 그렇지도 않은 것 같다. 그때 함께 공부하고 놀던 친구, 선배들 중에 그저 그렇고 그런 사람들이 교수 일을 하고 있기 때문이다. 이래저래 그들의 과거사를 알고 있던 터에 현재의 모습에 대해서도 얻어 듣게 되면 '볼 장 다 봤다.'는 말이 절로 나온다.

"지식의 다른 말은 용기."라고 소크라테스는 말했다고 전해진다. 무지하다는 것을 인정하는 용기, 새로운 지식을 받아들일 줄 아는 용기. 그런데 내가 아는 친구, 선배인 교수들은 그 옛날부터 그런 용기는 없었다. 사실은 그런 용기가 없어서 세상에 나오지 못한 채 있다가 줄을 잡아 교수가 된 것이다. 세상은 그렇게 돌아갔다. 다들 아는 내용이다. 지금은 진보건 보수건 자기 말을 마음껏 떠드는 세상이지만 30

년 전만 해도 그러긴 힘들었다. 그렇기 때문에 용기라는 덕목이 더 중요했다. 용기가 중요할 때 용기를 내지 못한 사람들은 용기가 덜 중요한 시절에 더 용기 있는 척하기 십상이다. 남들이 조용하니 큰소리를 더 쳐서 큰소리를 독점한다. 그렇게 출세를 한다. 그들이 학문에 대한 용기, 지식에 대한 용기는 있을까? 있어도 매우 미약할 것이다. 오늘날 우리나라 대학이 볼테이지가 미약한 배터리가 파릇파릇한 미충전 배터리들을 채워주겠다는 격이라면 대학은 콘크리트 덩어리에 지나지 않을 것이다. 건물의 냉난방 시스템을 돌리느라, 교수들과 직원들 월급을 주어야 하니까, 교육 관료들 일자리 유지를 위해서 대학은 필요하다. 신입생도 계속 받아야 하고 졸업생도 배출해야 한다. 하지만 무슨 그럴듯한 내용이 있는 것도 아닌데 그런 일을 계속해야만 할까? 배울 만한 지식이 별 게 없다면 인성이나 품성 교육만이라도 제대로 받아야 하는데 말했다시피 이미 용기라는 덕목이 사라져버린 심장에서 비겁한 변명 말고 무엇이 더 흘러나올 수 있겠는가.

19세기 초 유럽에서 처음 근대 대학이 생길 때는 교양 시민의 양성이 목적이었다고 한다. 부르주아 계층이 정치권력에 진출하기 위한 수단으로 자녀들을 대학에 진학시켰고, 대학은 교회 시스템과 신학을 베이스로 세속 학문을 가르쳤다.

12세기 성聖과 속俗의 타협과 갈등의 산물로 생긴 대학. 이 것이 현재까지 이어진 것이다. 당시 유럽의 대학은 중세를 지배하던 세계관에 고대 인본주의 전통이 혼합되어 가르칠 게 많았고, 성과 속, 두 세계관의 충돌이 두뇌를 곤경에 빠 뜨려 열심히 고민하게 만들었을 것이다. 데카르트의 《방법 서설》이나 칸트의 《순수이성비판》을 읽어보면 그런 분위기 가 고스란히 느껴진다. 데카르트는 신학, 철학, 신화학, 물리 학, 수학, 화학, 수사학 등 각각의 학문이 자체로 발전 경로 가 있고 재미있다는 말을 했는데 자기 인생은 신에 대한 복 종의지에서 헤어나지 못했다고 한다. 칸트는 신의 간섭을 받 지 않는 순수한 인간의 오성과 이성, 정념이라는 아이디어를 고안해서 논리적으로 풀어냈는데 매우 강박적으로 경건하게 논리를 추구하다 못해 산책 시간까지 정확히 맞추는 자폐증 끼까지 보여주었다고 한다. 기독교 경건주의 가풍에서 자라 난 습관을 어쩌지 못한 것이다. 니체가 '신' 관념이 순수한 인간의 창작이고 스토리텔링일 뿐이라는 걸 선언하기 전까 지 대개 사람들은 헷갈렸고 성경이 역사책인 줄 알고 있었 다. 물론 지금도 그런 사람들은 부지기수다. 하지만 니체가 테이프를 끊자 '신은 '신'이라는 말뿐'이라는 생각을 누구나 하게 되었고 도시화가 진행되고 세속적 가치가 널리 퍼지면 서 차츰 정교분리의 생활화를 받아들이게 되었다.

어찌 보면 근대적 교양이란 누군가에게, 그 대상이 신일 지라도 의존하지 않는 태도를 함양하는 여러 가지 지식이라고 정의할 수도 있겠다. 알기 쉽게 말하자면 삼라만상과 인간사의 변화를 인정하고 현대의 트렌드를 이해하는 태도, 지식, 지혜가 바로 교양이다. 매뉴얼을 외우고 수학 공식이나 연대기, 문장을 암기하는 것은 교양이 아니다. 세상을 살아가는 지혜에 도달하기 위해서 지식을 이리 섞고 저리 섞어서 자기 것으로 만드는 과정, 그 자체가 교양이고 그 결과물도 교양이다.

마인드
트렌드
보고서

재닌 로피아노 미즈덤
세종서적
1999년 09월 출간

나는 본문에서 언급했듯 삼성경제연구소 사이버포럼 트렌드연구회의 운영자다. 벌써 15년 째다. 트렌드아카데미라는 블로그는 수십만 회의 조회수가 기록되어 있고, 세리 삼성경제연구소 페이지에는 1만 몇 천 명의 회원들이 메일을 받아 보고 있다. 그런 인연으로 나는 고래 고적부터 마케팅 부서에 근무하거나 브랜드 마케팅 컨설팅을 한다는 후배들에게 《마인드 트렌드 보고서》라는 책을 읽어 봤냐고 물어봤다. 대부분은 그런 책이 있는지조차 모른다고 했다. 페이스 팝콘의 책은 유명한데 마인드 트렌드 보고서는 모르는 것이었다. 이 책의 저자들은 대학을 갓졸업하고 백수 상태로 놀던 두 20대 처녀들이다. 그녀들이 별 뜻 없이 동네 10대 꼬맹이들에게 비디오 카메라를 건네주고 "니들 노는 거 한 번 찍어 와봐" 그런 것이다. 이 아이디어가 대박이었다. 한 편 두 편 보면서 낄낄거리던 처녀들은 재미가 들려서 수십, 수백 편의 비디오를 찍게 만들어 가져오게 했다고 한다. 이 비디오를 호호깔깔 보던 처녀들은 재밌는 현상을 발견한다. 애들이 노는 꼴을 자세히 보니 일정한 패턴이 발견된 것이다. 동네 후미진 골목에서, 클럽에서, 몰에서, 야외 공원에서, 시내에서 아이들은 그 전 세대의 모든 문화를 거부하고 있었다. 자기들만의 특별한 의식으로 무장해서 제 마음대로 세상을 바라보며 멋대로 살고 있었던 것이다. 미국식 기독교 정신이나 전통이 무너진 것이다. 그녀들이 이런 이야기꺼리들을 가지고 전통을 되살려야 한다느니, 애들이 큰일났다느니 따위의 책을 썼더라면 그녀들은 빈털터리 신세로 여전히 살았을 것이다. 그녀들은 《마인드 트렌드 보고서》라는 마케팅 보고서로 그 패턴을 분석한 자료를 만들어냈다. 이 보고서를 찾는 기업 마케팅 부서가 줄을 늘어 서게 되고 결국 기업 경영의 판단 자료로 귀한 취급을 받게 되었다. 그녀들은 스푸트니크라는 컨설팅 회사를 차리고 미국 제일의 10대 전문 마케팅 컨설턴트가 되었다. 이 책을 읽노라면 사실 누구나 할 수 있는 일이었다는 생각이 절로 든다. 이 책은 절판되었을 것이다. 그래도 중고책이라도 찾아서 읽어보는 사람이 마케팅 분야에서 한몫 할 것 같다.

# 교양의
# 재정의

　　교양의 시작은 무엇이었을까? 여러 설이
많겠지만 내 생각에 교양이라는 콘셉트가 태동될 당시의 교
양이란 지배 그룹이 그들의 명령을 고분고분 잘 듣는 계층을
양성하기 위해 생긴 표준화되고 규격화된 지식이다. 지배 그
룹은 강짜만 부린다고 생겨나진 않는다. 공동체 생존을 위해
가장 앞장서 일하고, 제일 힘세고, 희생정신이 투철한 가문
에서 생긴 것인데 세월이 지나 권력화 되면 필연적으로 부패
하게 된다. (그 어딘들 안 그러겠냐만 청렴의 대명사로 국제적인
유명인사가 되어 방콕 시장에서 최고 지도자까지 된 태국의 탁신
총리를 봐도 딱 그렇다.) 세월이 지나면 지배 그룹의 약점과 단
점을 잘 아는 측근들이 배신하게 되는데, 지배 그룹은 권력
에서 밀려나지 않기 위해 부패를 감추고 모든 이상과 명분을
속빈 강정으로 만든다. 속빈 강정을 만들 때 필요한 게 바로

물엿인데, 교양은 바로 이 물엿 같은 것으로써 지배 그룹의
속임수를 그럴듯하게 포장하는 수단이 된다. 교양은 흔히 걸
맞은 격식이나 형식, 의례, 제의와 더불어 발달한다. 교양의
소스가 되는 문자라거나 문서, 인쇄술 같은 건  기술적인 이
슈이다. 문자, 문서, 인쇄술은 장인정신을 가진 자들에 의해
만들어지고 전수되지만 그것을 이용해서 잘 써먹는 건 언제
나 지배 그룹이다. 결국 큐레이션과 편집기술이 정치적 파워
를 형성하는 결정적인 무기이다. 지배 그룹은 교양머리 하나
없고 얌통머리만 있어도 부귀영화를 누리게 된다.

  고대 그리스로마 시대에는 혈연이나 알음알음 권력세습
이 아니라 실력, 철학적 능력 같은 것으로 지배 그룹의 정신
을 계승하기도 한 것으로 알려져 있다. 하지만 결국 권력의
단맛은 악마의 유혹이라서 진시황의 십상시 같은 자들이 더
효과적으로 누리면서 장벽을 만들게 되어 있다. 진시황은 지
난 시대 권력의 흔적을 없애려 분서갱유를 단행하고 지식인
들을 죽였으나 문자와 도량형을 통일하는 등 새로운 교양의
기준을 세워 통일 중국의 기틀을 만들었다. 성경도 교황과
세속 권력의 고래 등 싸움에 지식인과 군중들을 동원하기
위한 교양의 도구로 활용됐다. 교황 등 교회 권력은 라틴어
성경을 독점 보관하며 돌려 읽었고, 마틴 루터와 그를 옹위

한 세속 권력은 독일어 성경을 번역하여 퍼뜨림으로써 근대 교양 시민의 시대를 열어 젖혔다.

  교양이란 정해진 건 없다. 시골 사람도 자기식의 매력으로 텍스트를 해석해서 흩뿌려 인기를 얻으면 그것이 곧 교양이 되기도 한다. 인문학이 트렌드가 되면서 우리나라에서도 흔히 목도되는 현상이다. 수많은 교양 강좌의 강사들은 자기가 소화했건 하지 못했건 나름대로 해석한 텍스트를 유려한 말솜씨로 퍼뜨리면서 교양의 기준을 제시하고 있다. 그런 가지각색 교양에 많은 군중들이 좋아라 몰리는 현상이 여기저기 목격되고 있다. 인터넷과 스마트폰 때문에 수세에 몰린 전통 미디어들은 아예 교양 강좌를 광고 장사의 도구로 사용하고 있다.

  조금 옆으로 새는 이야기를 하자면, 《파이 이야기》를 쓴 얀 마텔이라는 작가의 《각하, 문학을 읽으십시오》라는 책이 있다. 제목 그대로 자기 나라인 캐나다의 총리에게 '책 좀 읽어라.' 충고하는 내용이다. 우리나라 판으로 출간하면서 얀 마텔은 '박근혜 대통령에게'라고 서문에 씀으로써 정치 지도자 모두에게 같은 충고를 하고 있다는 뜻을 확실히 밝혔다. 아무튼 그 책 속에서 얀 마텔은 총리에게 이런저런 좋은 책들을 소개하면서 읽어야 하는 이유를 소상히 설명해준다. 한 번도 자기 글로 진정성 있게 답장을 하지 않은 총리에게 '뭐, 뻔히 그럴 줄 알았다.'는 태도로 천연덕스럽게 이 책 저 책을 강권하는 것이다. 이 책을 읽는 독자들은 "'각하'라는 게 참 교양머리도 없나 보다."며 한심해하고, "책 한 줄 안 읽으면서 지가 무슨 지도자냐?" 엉겨들고픈 심정에 빠진다. 지배 그룹은 흔히 책 한 줄 안 읽고 단지 "백성들이 무식해서 내 의도를 오해하나 본데 좀 가르쳐서 고분고분 말 좀 듣게 해." 하고 몇몇 열등감에 찌든 지식인들에게 명령한다. 지식인들은 돈 몇 푼 받고 장래에 고위 공무원 자리라도 하나 건질 양으로 그럴듯한 교양 상품을 만들어 내놓는다. 지배 그룹은 그 교양 상품을 칭찬하면서 널리 퍼뜨린다. 오늘날에는 미디어와 신문, 첩보 기관의 여론 조작 등을 통한다. 옛날에는 측근들을 통해 의중으로 전달하거나 벼슬아치들을 겁주어서 나발수로 부려 먹었다. 권력의 뜻이 곧 교양이고 여론이며 시대정신이었다. 이러한 전통은 우리나라의 고시 제도에도 있다. 살아남아 있는 과거제도이다. 과거제도의 전통은 연세대 설립자 언더우드 박사의 손자인 인요한 박사가 지적한 바처럼 낡은 정신이라서 사라져야만 한다. 2015년부터 사법고시가 폐지되고 서구식 로스쿨 졸업생으로만 법조인을 뽑는다는 것도 과거제도의 습속에서 벗어

나려는 몸부림이다. 결국 교양이란, 시대가 요구해서, 공동체의 생존 번영을 위해 꼭 필요해서 생겨나 지배 그룹의 이익에 복무하는 지지층 형성의 도구로 재탄생한 것이다. 고대로부터 현대에 이르기까지 제도권에서 칭찬하고 퍼뜨리는 교양이란 결국 지배 그룹의 이익에 부합하는 것이다.

하지만 미래에도 그럴까? 결론부터 말하면 그렇지 않다. 이미 그런 조짐이 확연히 만방에 폭로되었다. 위키리크스의 줄리안 어센지의 폭로, 전 CIA 직원 에드워드 스노든의 폭로 사태 등이 그것이다. 지배 그룹의 여러 가지 지배 프로토콜이 컴퓨터에 저장되고 그것이 통신망으로 유통되기 시작한 순간부터 예고된 일이었다. 교양의 기초가 되고 소스가 되는 지배 프로토콜이 세계 만방에 공개되는 일이 일어난 것이다. 화폐전쟁으로 기축통화의 허구성이 널리 알려져 달러가 권위를 잃더니 지배 프로토콜마저 공개되어 순식간에 질서와 기준이 없는 세상이 된 것이다. 다시 말해 세상만사를 해석하고 해설하는 삶의 지침으로써, 그 기준이 되는 교양이 흐물흐물 녹아내린 것이다. 교양이란 지배 그룹의 지배 정당성, 그들이 시대를 이끌고 가는 당위성 같은 것들을 기반으로 생겨난 것인데 지배 그룹이 어중이떠중이, 시정잡배에 불과하다는 게 폭로되자 결국 교양이라는 게 쓸데없는 군더더기 사념으로 전락해버린 것이다. 48년 독재자 리비아의 카다피가 시시한 시민군에 의해 청소 대상이 된 것이나 미국의 숨어 있던 정보 첩보 권력이 얼굴을 내밀어 '도청을 하긴 했는데… 의도는 순수했고….' 따위의 변명을 늘어놓는 것이나 모두 그런 흐름의 산물이다.

아직도 서울대, 연고대를 교양의 기준처럼, 대기업이나 공기업, 공무원, 의사, 판사, 검사, 변호사를 출세의 기준처럼 여기는 사람들이 있다. 이들은 낡았다. 이들이 하는 말과 행동은 고리짝 교양머리로 자기들이 살았던 시대와는 전혀 달라진 세상의 실상을 외면하는 비과학적 헛짓이다. 신문 사회면에도 늘 나오는 얘기지만 의사는 의료보험 도둑질을 하지 않으면 세금 때문에 망하고, 초임 변호사도 중소기업 대리 직급으로 채용되는 시대이다. 대기업은 3공화국 때 나라에서 거의 다 만들어준 것이고 사실상 은행 돈으로 부양하고 있는 것인데 마치 특정인들 소유의 대단한 아성처럼 여겨지고 있다. 월급쟁이들과 그의 가족들은 연봉 많이 받아봐야 쓸 데도 없고 살 물건도 마땅치 않은 시절이고 돈 많다고 누가 쳐다봐주지도 않는 세태인데 아직도 그런 삶의 모양을 그림자 뒤쫓듯 좇고 있다. 아무 부질없는 생각과 행동을 하며 삶을 허비하고 있는 것이다.

그렇다면 그나마 쓸모 있는 생각과 행동은 무엇일까. 그게 바로 우리가 새로 찾아 헤매야 하는 신식 교양이다. 제로 베이스에서 시작하는 전혀 다른 새로운 교양. 그 시작이 독서이고, 효과적인 방법이 독서 낭독이라고 말할 수밖에 없겠다. 거칠고 단순하고 뻔한 결론이어도 할 수 없다. 이 대목에서 이 책을 덮거나 내던진대도 할 수 없다. 어느 개그맨이 말했다. "잉글리시는 마음속에 있는 거죠?" 그가 뭘 알고 이 말을 했다면 그는 대단한 통찰력의 소유자이다. "마음먹기 나름이에요."라는 흔한 표현도 있는데, 알고 보면 세상사 위대한 통찰은 이처럼 간단한 것이다. 이 말을 그럴 듯이 멋지게 표현하면 '일체유심조'이다. 신라시대 원효대사가 잠결에 해골바가지에 담긴 물을 달게 마시고 잘 잤다는 이야기에서 유래된 얘기다. 교양은 '일체유심조', 마음속에 있는 것이다. 마음 바깥에, 권력에, 남에게 있는 것이 아니라 자기 마음속에 있는 것이다. 마음이란 '뇌'의 특정 작용을 말하는 것이니까 마음을 단련한다는 것은 곧 뇌를 단련한다는 것인데, 뇌를 피트니스해서 단련하는 게 바로 독서다. 특히 분석과 종합을 통한 종합적 판단을 담당하는 뇌의 전두엽을 단련시키는 게 독서 낭독이라 하니 교양의 새로운 모습은 결국 독서 낭독이라는 말이 된다. 참 쉽고 편리한 결론이기는 하다. 중요한 것은 '단련' 그 자체가 교양이라는 걸 이해하는 일이다. 어떤 특정한 내용을 외우고 담고 재해석하는 게 교양이 아니라 아사무사하고 안개 속 같은 길을 걸으면서 끊임없이 마음을, 뇌를 단련해 나가는 과정이 바로 교양이라는 걸 알고 교양, 교양, 해야 한다는 말이다.

다시 말하지만 수만 년인지 수천 년인지 모르지만 이제까지 내려오는 전통적 교양은 대부분 쓸모가 없어졌다. 현대의 여러 종교적 지식과 지혜까지 포함하여 모든 교양은 그 턱이 그 턱이라는 사실이 다 알려졌고 결국 별것 아니었다는 게 폭로됐다. 그 교양을 우리가 신봉할 '교양'이라고 밀어붙이는 지배 그룹이 어중이떠중이인 사실이 드러나서다. 니체가 말했듯 신(이라는 관념)도 죽었고(죽은 것이고), 레이 커즈와일이 썼듯 인간은 공장 제조가 가능한 제품일 수 있고, 현대의 과학기술이 증명하듯 인간의 기억도 조작이 가능하다. 지배 그룹이라는 것도 죄다 속물들뿐이고, 그들은 남의 말을 엿듣고 그것을 모른 체하고 있다가 이익이 날 때 써먹음으로써 권력을 유지하고 있다. 그런 식의 내부 정보 이용과 내부자 거래로 도박판에서 돈을 따듯 부를 따고 있다. 이제 교양은 없다. 교양의 시대는 갔다. 누구도 빅토리아 왕정과 표트르 대제의 권력을, 나폴레옹 황제의 권위를 수호하지 못했듯이 과거 교양 권력의 붕괴를 막지 못한다. 아마도 현대의 교양은 후쿠시마 원전과 함께 엄청난 독기를 남긴 채 기억에서 잊힐 것이다. 아마도 기형아, 기형 작물, 기형 동물을 남긴 후쿠시마의 방사능처럼 지난 시절의 교양도 그런 모양의 기형적 교양의 결과물들을 많이 남길 것이다. 하지만 잊힐 것이다. 없어지지는 않지만 잊힌다면 그것은 사라진 것이다. 그렇다면 그런 따위의 교양물은 읽어도 읽은 것이 아니고 알아도 안 것이 아니라고 볼 수 있다. 그런 내용들을 마음에 담아 두고 기억해두어서 뭐가 좋고 도움이 되는지 알 수 없는 시절이 재빠르게 흐르고 있기 때문이다. 새로운 교양을 익히려면 과거의 교양은 가능한 잊어야 한다. 빨리 잊을수록 좋다. 교양은 결국 자기 스스로 재정의해야 한다. 과거에 남이 해놓았던 말과 글을 그대로 따라하면 그것은 이미 교양이 아니다. 망령과의 대화이고 망령이 살았던 시대의 지적 감수성을 되살리려는 시도이다. 고전을 읽는다는 것은 배우고 익히기 위해서가 아니라 그것을 짓밟고 저자의 의도를 간파하여 빨리 시시하게 여김으로써 그 정도 교양은 가벼이 넘어서기 위해서 하는 짓이다. 고전의 저자들은 아무리 특출난들 지금 우리가 겪고 있는 이 시대의 현장성을 전혀 알 수 없다. 그들이 타임머신을 타고 지금 시대로 온다면 어린아이를 붙잡고 제발 좀 한 가지라도 사는 요령을 가르쳐달라고 사정할 것이다. 깡통 통조림 따는 법부터 가르쳐달라고 사정하지 않을까 싶다. 공자나 루소, 니체, 케플러, 뉴튼, 라이프니츠도 마찬가지일 것이다. 고대의 위인들은 완전 바보취급 받다가 길거리에서 얼어 죽을지 모른다.

과거의 교양은 죽은 교양이다. 지금 이 순간, 나의 뇌리를 휘젓는 영감 한 가지가 바로 교양이다. 바로 이런 것을 얻기 위한 독서, 독서 낭독이 교양을 재정의하는 효과적인 활동이다. 일신우일신하기보다 초신초일신, 분신분일신하는 교양. 우리에겐 이런 교양이 필요한 시절이다.

# 강신주의
# 맨얼굴의 철학
# 당당한 인문학

강신주
시대의창
2013년 05월 출간

낭독하면서 논란이 많은 책들이 있지만 이 책 만큼 논란거리가 된 책은 없었다. 세대차이가 확 났다. 젊은 세대는 "참신한 주장인데요? 맞고 안 맞고를 떠나서 자기 나름대로 세상을 재구성해서 해석하고 이해한다는 데 그걸 누가 뭐라고 할 건가요?" 하고 말했고 나이 든 세대는 "사회비평을 하는데 자기 멋대로 입에서 나오는 대로 지껄인다. 철학이나 사유도 빈곤해 보인다"고 말했다. 낭독할 때마다 팽팽한 긴장감이 조성됐다. 2013년 9월 어느 날, SBS 다큐멘터리 외주 프로덕션 팀이 이 장면을 취재했다. 9월 22일, 추석 당일날 오전 7시에 '함께 읽는 독서의 맛'이라는 교양 프로그램을 론칭한다는 것이었다. 우리는 독서 낭독을 알린다는 취지에서 적극 응했다. 평소보다 많은 회원들이 깔끔한 정장차림으로 나와서 거창하게 독서 낭독이 진행되었다. 아무튼 방송 분량은 넘치게 잘 확보됐고 NG 없이 잘 녹화가 됐다. 이 날 하필이면 강신주의 이 책을 읽었다. 특히 이 책은 대담집이어서 논란될만한 꺼리가 더 많았다. 다른 책들은 질 들뢰즈니 비트겐슈타인이니 난해한 사람들이 언급되고 논리정연해서 덜한데, 하필이면 이 책은 대담집이었다. 강신주는 나름 철학자인데, 고차원의 메타포를 낮은 차원의 사회현상에 대입하다보니 무리한 말을 많이 한 것 같다. 아마 편집 잘 하겠지 생각한 모양인지 여과없이 걸러지지 않은 말들이 많았다. 방송 분량은 이런 원인 때문에 뽑아졌다. 전부 한 사람씩 돌아가면서 제가끔 한마디씩 했다. 나는 호혜평등하게, 아주 정치적인 말로 마무리를 했다. 사회문제에서는 좀 헤매는데 나름 인문학적 통찰이 있어서 지켜보자, 뭐 이런 식으로. 강신주 열풍인데, 이유가 있는 것 같다. 그 누구도 이런 주제로 강신주처럼 말해주지 않았다. 강단에서 고답적인 한자말이나 써가며 자기도 모르는 이야기를 강의하는 교수들에게 지친 사람들이 몰린 것이다.

# 교양이
# 강물처럼 흘러

　　중세를 넘어 르네상스 시대를 거쳐 부르주아 산업 문명이 탄생하고, 혁명과 전쟁의 시기를 지나 디지털과 통신의 세상이 되었다. 이 과정은 전반적으로 교양의 민주화와 궤를 같이한다. 교양의 민주화는 정치의 민주화를 가져왔고 많은 교양인 중에는 혈기방장한 줄리안 어센지, 에드워드 스노든 같은 젊은이들도 있게 마련이다. 위키리크스는 교양의 극을 보여준다. 교양의 민주화는 세계사를 단번에 바꾼다. 정보를 찾고 정보를 활용할 줄 아는 교양머리가 세계를 바꾸는 것이다. 전파와 전자, 소리, 빛을 자유자재로 제어하게 된 문명에서 개인이 슈퍼 인디비주얼 교양인으로 거듭나고 있다. 한 개인의 교양이 세상을 바꾸는 시대이고 교양이 곧 무기인 시대가 되었다.

디지털 시대는 교양이 강물처럼 흐르는 시대이다. 모든 교양은 인터넷 서버 안에 저장되고 축적된다. 컴퓨터가 빅데이터를 마음대로 섞고 비벼서 인간이 쓴 논문보다 훨씬 훌륭한 논문을 써낼 수 있다. 3D 프린터는 놀랍다. 입력해놓은 설계도만 선택해서 프린트 버튼을 누르면 인공장기나 틀니 같은 것도 만들고 각종 생활용품이나 장난감도 만든다. 프린팅이 가능한 소재에 따라 다르겠지만 이론상으로는 차의 주요 부품, 항공기 부품 같은 것도 만들어낼 수 있다. 그렇다면 인간은 무엇에 쓸 것인가? 인간의 교양이란 컴퓨터를 능가할 수 있을 것인가? 의문이 든다. 움베르토 에코의 어느 대담집에서 대담자 중 한 사람이 이런 말을 한다. 아마도 인류의 먼 미래, 휴머노이드들이 본래 인간을 다 죽이는 전쟁을 치르고 나서 마지막 남은 한 사람이 단 한 명의 천재가 될지 모르겠다."

인간은 전기로 돌아가는 게 아니라 탄수화물과 단백질, 산소와 질소 같은 것으로 돌아가니까, 정전 시에는 요긴한 유기체 컴퓨터가 되기 때문이라는 것이다. 나는 이 말에 공감한다. 결국 교양의 질이 문제다. 물이 많아도 마실 수 있는 물, 깨끗한 물이 중요한 것처럼 교양이 강물처럼 흘러도 교양의 품질이 중요하다. 교양의 품질을 보증하는 1등급 독서의 방법으로 난 낭독을 갈구한다. 낭독은 마음속에 깊고 넓은 흔적을 남기고 그 흔적은 또 다른 흔적과의 연관성을 찾아 헤매다가 사고력을 배가시킨다. 이렇게 증진된 사고력은 맑은 물이 더러운 물을 씻어내듯 찌꺼기 교양의 더러움을 씻어줄 것이다.

디지털 시대를 맞아 많은 사람들이 진짜 교양과 가짜 교양을 구별할 줄 알게 되었다. 클릭 몇 번으로 비교 검색이 가능해졌기 때문이다. 교양은 이제 문화가 되었다고 해도 과언이 아니다. 인터넷과 스마트폰이 교양을 문화로 퍼뜨리는 데 중요한 소품이 되고 있다. 인간의 교양만이 평화를 보장한다는 컨센서스도 점점 널리 퍼지고 있다. 핵 억제는 알고 보면 핵이 터지면 공멸할 거라는 위기의식의 공감, 역사 공부를 통해서 알게 된 교양적 지식에 의해 지탱되는 것이다. 따지고 보면 교양이 핵무장을 다스리는 핵심적인 역할을 하고 있다. 인간의 본질은 교양인이며 교양은 시대사조가 되었다고 하지 않을 수 없다. 교양 문명의 탄생과 재탄생, 거듭남으로 인류는 진화한다. 교양적 진화의 시대가 비로소 활짝 열린 것이다. 디지털이 그것을 가속화하고 있다. 어쩌면 지금 이 시간 어느 디지털 괴짜가 지구촌 어느 도시 한 구석에선가 뇌의 시냅스와 연결된 생체 교양 칩을 발명하고 있을지도 모르겠다. 아, 위대한 교양이여! 하면서….

# 인생을 건너는 6가지 방법

스티브 도나휴
김영사
2011년 08월 출간

이 책을 누구한테 선물받았더라, 기억이 아련하다. 그리고 안타깝다. 기억이 나면 좋으련만. 나는 이 책을 읽고 너무나 후련해서 해방감을 맛보았었다. 이 책의 메시지는 간명하다. 등산하듯이, 목표지점이 향해서 사는 삶도 있겠지만 평지인 사막을 슬슬 걷다가 헤매고 돌고 되돌아 오고 하면서 목표지점도 무색하게 사는 인생도 있다는 것이다. 이 책의 저자는 대학을 졸업한 고학력 백수다. 수염도 기르고 차림새도 꺼벙한 채 동네 건달처럼 하루 하루 살아가는 자였다. 그런데 우연히 만난 어떤 날건달고 이야기를 하다가 알제리 가봤냐는 질문을 받는다. 당연히 안 가봤지, 가볼 돈도 없고. 그런데 터덜터덜 집으로 가다가 불현 듯, 한번 가볼까? 하는 생각을 하게 된다. 무모한 생각이었다. 하지만 그는 그 길로 짐을 싸서 알제리로 향한다. 며칠 후인지 그는 알제리의 어느 사막길을 아무 작정도 없이 그저 걷고 있다. 그리고 죽을 똥을 싸면서 그 사막을 건넌다. 이 책은 그가 죽을 똥을싸며 얻은 통찰을 쓴 책이다. 경험자가 아니면 할 수 없는 이야기가 가득하다. 지도도 없고 길도 잃고 모래 폭풍에 갇혀 한치 앞도 안 보이고, 심지어 강도를 만나고 오아시스는 나타나지 않고 밤은 춥고 낮은 뜨겁고. 상상만으로도 미치고 팔짝 뛰는 상황에서 그는 어떻게 헤어 나왔을까? 이 책이 그저 고생 끝에 성공한 이야기이기만 하면 작가가 세계적인 성공학 강사로 입신하지 못했을 거다. 하지만 작가는 6가지 함축적인 잃어버린 사막길 되찾기 요령을 인생의 고통을 견뎌내는 방법과 믹스시켰다. 지도를 잃었을 땐 낙담하지 말고 나침반이라도 보고 가는 법을 배워라, 막막할 때 하늘의 별을 보고 아름다움을 느껴라, 길을 잃어도 포기하지 말고 끝까지 걷다 보면 도우미가 나타난다. 오아시스 만나면 조바심내지 말고 쉬면서 건강을 회복하고 정보를 얻어라 같은 현명한 통찰들을 써낸 것이다. 인생, 별거 없다. 사막 길 걷듯 천천히 쉬엄쉬엄 가라. 그래도 된다. 이런 위안을 주는 자기계발서이다. 쉬운 책이니 외워서 그대로 삶에 적용하면 될 것 같다.

# 교양의
# 진정성

교양의 생명은 진정성이다. 겉멋 들린 교양은 화려한 언변에도 알맹이가 없기 일쑤다. 알맹이가 있더라도 뻔한 논리, 상식적 표현에서 한 치도 벗어나지 못한다. 하지만 뼛속까지 교양인인 작가들은 보통 사람들이 선호하는 뻔한 논리, 당연한 생각을 뛰어넘는다.

"전쟁 통에 사랑 이야기를 쓸밖에, 달리 무엇을 쓰겠나?"라고 말했다던 알베르 까뮈의 스승 장 그르니에는 핵전쟁의 위기 시대에 지상의 삶에서 도망이라도 치듯 《섬》을 썼다. 생텍쥐페리는 《남방 우편기》, 《야간비행》, 《어린왕자》, 《인간의 대지》 같은 작품에서 세상과 섞이기를 거부하는 자폐적 천재의 삶을 그려내 역설적으로 세상을 계몽했다. 빅토르 위고는 정치적 혁명마저 한낱 낭만일 뿐이라고 갈파하며

《레미제라블》을 썼다. 군의관이 군 간호사를 성희롱했는지 사랑했는지 모를 이야기인 《무기여 잘 있거라》의 헤밍웨이는 두 개의 큰 전쟁에 참전했던 경력을 무색하게 한다. 무라카미 하루키는 《1Q84》 등 무수한 소설에서 잃어버린 20년, 30년의 시절을 사는 일본 사회 젊은이들의 절망을 현대적인 감각으로 빚어 천일야화 같은 이야기들을 엮어낸다. 우리나라 현대문학에서 가장 빛나는 별이라는 김동리는 《등신불》, 《무녀도》에서 얕고 일천하게만 여겨졌던 우리 풍속과 토속 종교에 깃든 깊은 사유의 세계를 보여주었다. 김승옥은 서울 살이에 방황하는 영혼의 고뇌를, 윤후명은 번뇌를 겨우 겨우 견뎌내는 인간의 본색과 본질, 남루하고 통속적이나 끊임없이 구원을 갈구하는 원초적 욕구를 통해 자기 스스로 정화를 하며 살아가는 각양각색 인생들의 모습을 제대로 보여주었다. 김주영은 모진 삶도 끈질기게 이어진다는 원색적인 리얼리즘을, 인생은 결코 만만한 것이 아니어서 함부로 비난할 수 없는 무궁한 세계이며 우주적 자원이라는 사실을 알려주었다. 헤르만 헤세의 소설 《크눌프》의 주인공 크눌프처럼 신에게 눈 똑바로 뜨고 묻지 않아도 인생이란, 세상이란 기어이 사랑할 수밖에 없는 눈앞의 실체임을 모든 문학은 주장한다. "어떡하겠어. 사랑이라도 해야지. 그러면서 견뎌내야지. 자멸할 수는 없지 않겠어?"

《섬》의 작가 장 그르니에는 단순하고 세련된 문장들로 일상의 풍경을 스케치한다. 아침에 일어나 밥 먹고 신문이나 읽다가, 때로 글을 쓰다 조금 졸다가 길거리를 배회하는 고양이 한 마리가 집으로 들어오자 별 다른 생각 없이 그저 맡아 기르게 되는 이야기. 그 고양이를 어르고 으르면서 즐거워하다가 장거리 여행을 떠나게 되자 고양이 밥 줄 일이 막막한 사정. 이래저래 도리 없이 안락사를 시키게 된 씁쓸한 결말. 인간의 생보다 나은지 아닌지 잘 모르겠지만 모종의 판단에 의해 고양이는 결국 원치 않는 죽음의 세계로 들어간다. 고양이에게 영혼이 있건 없건 별론으로 하고, 고양이에 깃든 주인의 어떤 정성 같은 것은 손때처럼 묻어 있는 법이다. 굶겨 죽이는 게 나은지 안락사가 그나마 좋은 해결책인지 고양이 주인은 이모저모 고민했을 것이다. 장고 끝에 장 그르니에는 결국 안락사가 합리적이라고 판단했고 고양이의 운명은 '합리적'으로 정해진다. 말 없는 고양이는 합리적인 판단에 따라 살해되고 주인의 심란한 한숨만이 남아 고양이의 혼령처럼 떠돈다. 장 그르니에는 대량살상이 아무렇지도 않게 벌어지는 세상에서, 전쟁을 반대하는 장문의 선언문을 쓰는 대신 안락사 시키고야만 고양이 룰루 이야기를 썼다. 그토록 아끼고 애면글면 정을 주던 룰루를 살해하는 자기 자신과 총알과 포탄으로, 지하 벙커에서의 노련한 전략으로써 같은 인간을 살해하는 인간들을 견주었다. 룰루가 살해당하는 거나 전쟁터에서 무고한 인간이 살해 당하는 거나 무엇이 다른지 묻는 것이다. 고양이를, 인간을 살해하는 인간은 어떻게 생겨먹은 인간일까? 괴물처럼 생겼을까? 그것은 아니었다. 괴물이 아닌 너와 나, 우리가 괴물 짓을 했던 것이다. 하지만 우리는 묻지 않는다. 내가, 우리가 어쩌다 보니 괴물 짓을 하게 되었다고 인정해야만 하는 현실을 부인하려 도리질을 할 뿐이다. 우리는 아무리 궁금해도 그것만은 인정하지 않고 답을 내지 않은 채 생을 마감하고 만다. 괴물이 아닌 우리는 평생 몇 마리, 혹은 몇 명의 목숨을 앗으면서 살아가는 걸까? 나도 그것이 궁금하지 않다. 오직 이렇게 말할 뿐이다. 삶이란, 죽음이란 왜 있는 것일까? 아, 골치 아프구나!

이렇게 고개를 돌리고 회피하고 모른 체하는 게 우리 인생의 목표인지도 모르겠다. 어렴풋이 짐작컨대 헤밍웨이가 나이 60에 성질을 못 이겨 엽총 자살한 것이나 생텍쥐페리가 고향 상공을 날다 독일군의 포격에 폭사당한 것이나 또는 그 어떤 자멸이건 자살이건, 이런 죽음들이 고양이 룰루를 안락사 시킨 장 그르니에의 생각과 그리 다르지 않을 것이다. 글쓰기에서 반어법을 시도한 작가들은 인생에서 마저 반어법을 실천해 독자들을 아연실색하게 만든다. 그들의 생각이란 도대체 어떤 경지일까? 독자들에게 죽이나 밥을 떠먹이는 게 아니라 모래와 철가루라도 씹어 먹이려는 것일까? 하여간 그들의 '생각'이란 범상치 않다. 쉬엄쉬엄 산책하면서 곰곰이 하는 생각이 아니다. 바삐 뛰어가면서 섬광처럼 번쩍번쩍 튀어나오는 생각일 게다.

알고 보면 생각이란 걸어가지 않고 흔히 뛰어가는 것이다. 독서 습관이 몸에 밴 인간들은 뛰어가는 생각들을 잘 잡아챈다. 생각의 틈새에서 또 다른 생각의 틈새가 열린다. 돌연변이 생각도 있고 유전적인 생각도 있다. 오래된 창의도 있고 새로운 낡음도 있다. 낡은 것이 늘 오래된 것은 아니다. 오래되면서 더욱 벼려지는 칼의 날카로움, 우리는 독서에서 이런 생각의 칼날을 원한다. 그 칼날로 질기디 질긴 낡은 생각의 힘줄을 끊어내고 싶어 한다. 마침내 쓱 베고 나서 끝까지는 다 자르지 않고 그 틈에 쉼터를 만들고 싶어 한다. 틈새에 모여든 무수히 걸쳐진 생각들, 눈치코치들을 모아 공감의 배 한 척을 만들고 싶어 한다. 그리고 우두머리가 되고 싶어 한다. 공감은 위장이며 사랑은 사기다. 인간이 이야기에 얼마나 약한 존재인지를 아는 이들은 세상살이에 유리하다. 높은 지위를 차지하고 소리 소문 없이 자산을 강탈해도 안전한 생활을 누린다. 그들은 남의 인생을 좌지우지하면서 수많은 부하들을 거느린다. 부하들에게 자발적 착취를 강요하고 악의적 착취의 세계로 마침내 순진한 사람들을 안내한다. 이야기에 취한 인간들은 속는 줄도 모르고 속절없이 당해놓고도 좋아라 한다. 속았다는 걸 인정하는 순간의 괴로움을 겪고 싶지 않아서이리라.

장 그르니에의 고양이가 자기의 안락사를 눈치 채지 못하고 끝내 죽임을 당하듯 비극은 모르면 아무것도 아니다. 고양이는 다만 몇 페이지의 글로써 남고 장 그르니에의 추억 어린 글감이 되고 말았다. 추억은 전파되어 타인들의 기억이 되고 그 기억은 다시 여러 사람들의 궁금증이 되었다. 궁금함을 못 참은 자들은 고양이 한 마리를 사서 안락사 시키는 기분을 느끼고 싶을까? 알 길이 없다. 생명은 무어 그리 소중한 것일까? 소중해서 어쩌자는 것일까? 소중하다, 소중하다 강조하다 결국 '생명은 하늘이 준 것이다.' 따위 이데올로기로만 남아서 뭘 어쩌자는 것일까? 생명이 이데올로기라면 사랑도 이데올로기일까? 사랑을 이데올로기의 계량컵으로 달아 얼마씩 팔 수 있을까? 무게나 부피는 무슨 저울로 잴 수 있을까? 고양이 룰루는 인간의 신세를 지다가 손때 자국 묻힌 주인의 판단 아래 씁쓸한 죽음을 맞이했다. 애걸복

걸 살려 달라 빌지 않았다. 담담히 갔다.

우리도 담담할 필요가 있다. 호들갑스레 수선 피우지 않아도 살 때는 살고 갈 때는 간다. 우연이 지배할 때도 있다. 우연이 필연을 좌우할 때도 있는 것이다. 생각은 한없이 유연해야 한다. 고양이 룰루가 가치 있게 죽었는가, 누구도 묻지 않는 이런 질문을 우리는 늘 주저하지 말아야 한다. 질문할 때만 고양이 룰루는 살아 있는 것이다. 고양이 룰루의 죽음을 통속적인 댓글로 정리하고 마는 것은 너무한 것이다. 세상 끝까지 가서도 풀지 못할 문제를 우리는 늘 낸다. 미디어는 질문들에 화려한 옷을 입혀 일회용 소재로 써먹고 게트림을 한다. 장 그르니에가 고양이를 사랑하다 못해 안락사시키는 걸 보면 그가 자기 자신을 무척 사랑했을 거라는 걸 알 수 있다. 그는 자기애를 투영하여 고양이 룰루의 기분을 체크했을 것이다. 동물 사랑에 왕도가 없겠지만 장 그르니에의 고양이 사랑도 극성스러웠던 것 같다. 사랑의 결정판은 안락사다. 일거수일투족을 전부 살피고 나서 죽이지 않기 위한 여러 방도를 찾아본 뒤 분명한 판단과 결심으로 일을 추진했을 것이다. 결국 고양이 룰루는 그의 분신이었다. 그러니까 분신의 안락사와 함께 주인으로서도 반쯤 죽었다고 봐야 한다. 반쯤 죽은 상태에서도 기운을 내어 담담하게, 절제

하면서 고양이 룰루를 추모하는 일. 사소한 일상을 기려 의미를 부여하는 일. 우리는 그런 일들을 해야 한다. 독서 낭독이라는 행위, 그것은 행위다. 일상에서 반복되는 입놀림의 연장이다. 또박또박 읽어주는 매너와 단순한 반복적 입놀림 사이에는 차이가 있겠지만 결국 입을 놀리는 행위와 듣는 행위, 기운을 북돋는 호흡 행위, 눈으로 훑어가는 행위 등 수많은 행위들의 연속이다. 연속된 행위가 시간을 메워 삶이 된다. 삶은 그 자체로서 실체이다. 모호한 듯 보이지만, 설령 모호해도 실체다. 독서 낭독은 실체적인 독서이다.

거창한 담론의 설파는 자기에게보다 남들에게 설파하고 과시하며 군림하는 태도다. 하지만 낭독은 자기가 자기에게 호소하고 설득하며 계몽하는 원리다. 자연스레 스며든다. 자기를 사랑하는 마음으로 자기가 자기를 도닥거리기 때문이다. 이런 태도야말로 교양의 높은 경지인 고양이 룰루를 사랑하는 마음이다. 《노인과 바다》에서 낚시에 실패한 노인을 우상으로 여기게 하는 힘이다. 사소한 일상이 사실은 인생의 진실이자 진리임을 조용히 속삭여주는 마음인 것이다.

# 객주

김주영
문학동네
2013년 09월 출간

《객주》는 2013년 말 10권으로 재탄생되어 세상에 다시 나온 대하소설이다. 1980년부터 1985년 무렵까지 5년 몇 개월간 서울신문에 연재됐었다. 연재가 끝나고 9권의 책으로 묶여 나왔는데, 공전의 히트를 치면서 드라마로 제작됐다. 만화가 이두호 씨가 만화로 전 작품을 그려내기도 했다. 이 작품은 조선 후기 상인들의 희로애락을 그렸다. 오늘날의 경영자, 비즈니스맨, 마케팅 전문가인 보부상들의 역사를 복원해 낸 것이다. 작가 스스로 "이 작품에는 뚜렷한 주인공이 없다. 누구나 다 자기 나름의 이야기가 있는 주조연들이다"라고 밝히듯이 등장인물 한 사람 한 사람에게 애정이 듬뿍 담긴 살아 있는 묘사가 일품이다. 당시로서는 신문의 판매 부수를 쥐락펴락하던 게 연재 소설이다 보니 욕망을 꿈틀거리게 하는 애정신이나 활극, 배신의 드라마와 복수극, 반전신들이 군데군데 등장한다. 이런 드라마틱한 구성이 캐릭터보다 더 도드라진다. 한마디로 흥미진진하다. 그런데 조선 후기가 시대배경이다 보니 옛말들이 수다히 등장해서 한글세대들은 잘 못읽는다는 단점이 있다. 하지만 페이지 하단에 낱말 풀이가 되어 있어 조금만 노력하면 다 읽을 수 있다. 한글세대들이 이 책을 읽을 때 산을 오르듯이 후딱후딱 읽어 치우는 게 아니라 사막을 건너듯 낱말풀이 하나 하나를 즐긴다면, 지적 성취감을 한껏 만끽할 수 있을 것이다. 저자 김주영 작가는 자타공히 스토리텔링 소설의 대가이다. '관촌수필의 작가' 이문구 선생은 김주영 작가가 자기는 소설을 쉽게, 금방 쓴다고 입버릇처럼 말했지만 취재 노트 등을 몰래 보니 타고 남은 나무의 재를 짓이겨 쓰듯이 죽을똥 살똥 썼다는 걸 알겠다고 평한 바 있다. 지성이면 감천인지, 현대 그룹을 이끌던 고 정주영 회장과 LG그룹을 이끌던 고 구자경 회장이 객주를 애독했다고 한다. 김주영 작가의 고향 청송에는 '객주문학관'이 지어졌다. 2014년 1년 내내 객주문학관을 탐방하는 문학여행이 한달 걸러 있을 예정이라고 한다. 이둔한 듯 노련하고 초라한 듯 위대한 김주영 작가와 막걸리 한 잔 걸칠 독자들은 이 책을 읽고 문학여행에도 참가하기를 바란다.

# 인문학은
# 트렌드인가

　　인문학 장사꾼과 인문학 정치꾼들이 도처
에 있다. 그들은 떠든다. "인간이 글과 말로써 떠들면 그게
인문학이지 뭐 별거예요?", "생존 인문학, 성공 인문학, 자
기계발 인문학, 투자 인문학…. 인문학도 진화하는 거 아니
겠어요? 인문학의 재발견이죠. 제가 발견한 거예요.", "삶의
조건을 나아지게 하는 활동에 기여하는 게 인문학이에요. 정
치, 경제, 경영과 상관없는 인문학은 인문학이 아닙니다. 꿈
만 꾸는 것, 신화의 세계 속에 머물러 있는 인문학은 무늬만
인문학이고 지배계층의 인문학입니다. 엘리트주의 인문학이
에요." 등등. 엉터리 수사학과 속이 뻔히 들여다보이는 이념
적 취향이 톡톡 튀는 언설들이다. 튈수록 돈 벌 확률과 출세
할 가능성이 높은 시대를 관통하며 살다 보니 볶음 콩튀듯
튀어보려는 촌스런 짓들이 횡행하는 것이다. 이렇듯 텔레비

전이나 강연장 같은 데서 서로 뛰어보려는 시골 사람들의 말짓, 몸짓은 그야말로 가관이다. 사생활을 팔고, 사생활을 팔다 못해 거짓 학력, 거짓 사연을 지어내곤 깔깔깔 웃음으로 뭉뚱그려 시간을 떼운다. 시간을 떼운 시청자와 관중들은 "뭐 그래도 웃었으니까 됐어." 하며 넘긴다. 바보 같은 일부는 무언가 심각하고 중요한 내용이라도 건지려고 머리를 쥐어짜서 감동을 우려내본다. 그러고선 "대단하세요. 저라면 못 견뎠을 거예요. 본받아 볼게요." 따위의 영혼 없는 감탄사를 댓글로 매단다. 멍청한 짓처럼 보이지만 사실은 언젠가 이용가치가 있을지도 모른다는 판단 아래 인맥의 어장을 관리하려는 의도이다. 이런 사람들은 대개 겉으로는 진정성 있는 반응인 척하면서 화장실 가서는 '그따위 말은 나도 하겠다.' 속말을 하며 힘을 준다.

이들 사이의 소통은 주로 인문학을 정체 모를 목표 달성의 수단으로 여긴다. 강사와 패널이라는 족속들은 관중앞에서 어디서 주워듣거나 얻어 건진 멋있는 말을 하고 뒤로는 그 멋있는 말이 얼마나 돈으로 환산되는지에 따라 양념을 덜 쳤네, 재료가 상했네, 조미료를 더 쳐야지, 더 웃기게 말해야지, 하는 식의 호박씨를 깐다. 인문학 트렌드의 현주소가 이렇다는 건 방송 종사자들이 잘 안다. 허와 실을 알기에

뒷말이 난무하고 환상이 깨지며 술자리 막말이 난무한다. "돈에 집착하지 말라고 하면서 강사료 얼마 이상 안 주면 안 나간다고 얼마나 그러는데요." 이런 식이다.

방송이나 강연 같은 것은 늘 뒷북이다. 우선 출판 콘텐츠가 한동안 독자들의 의식을 건드린 후에 대개 마케팅적인 바람몰이의 수단으로 미디어 홍보를 진행하기 때문이다. 방송 출연이나 강연 같은 건 일단 비용이 들기 때문에 상업적 이익이 보장되지 않으면 생각조차 할 수 없다. 일단 스폰서를 구한 후에 프로그램이 편성된다. 강연도 마찬가지다. 장소 빌리는 돈이 들고 홍보하는 비용이 든다. 강사료도 계산에 넣는다. 일반 대중이 미디어로 무언가 접할 때는 이미 트렌드의 끝물이라 해도 과언이 아니다. 건더기는 사라지고 희멀건 국물만 남은 상황인 것이다. 청중들은 사정도 모르고 국자를 깊이 넣고 휘젓는다. 그리고는 외려 휘저을 기회가 주어져서 감사하다며 웃는다. 막상 건더기가 없을 때는 인상을 쓰지만 또 그때뿐이다. 돈 주고 산 상품이 아니니까 별로 개의치 않는 것이다. 별 반발도 없이 미디어가 떠드니까 그저 생각없이 받아들이고 만다. 하지만 이미 품질은 사라진 뒤다. 우리 사회 인문학 열풍이 그런 식으로 진행되고 있다. 미디어가 손대면 그 무대에서 깨춤을 추던 장사꾼들은 한동안 품을 팔다가 얼마 후 사라진다. 미디어의 특성상 당초 신선하다고 여겨져 각광받던 면모는 몇 번 우려먹힌 뒤 그 신선함이 사라져버리기 때문이다. 마치 며칠 지난 커피원두처럼 버릴 수도 먹을 수도 없는 상태가 된다.

그러나 사실 인문학은 열풍으로 둥둥 뜨는 열기구도 아니고 일부러 쪼그라뜨릴라 해도 쉽게 쪼그라드는 그런 게 아니다. 며칠 지난 커피원두처럼 풍미가 사라지는 것도 아니다. 세월이 갈수록 농익고 풍성해지는 와인과도 같다. 인문학은 계절을 타지 않으며 유행을 타지도, 트렌드의 대상이 되지도 않는다. 사람들은 대개 착각한다. 인문학은 한 줄의 글귀가 인생을 바꾸는 것인데도 반복 학습과 세뇌 후에 술 한 잔으로 잊히는 매우 관념적인 가치일 뿐이라고 여긴다. 과연 그럴까? 천만에, 그렇지 않다. 우리는 가장 최근에 전개된 인문학 열풍의 시작점을 찾아 나섬으로써 인문학 트렌드가 생생한 사회적 고뇌의 산물이라는 걸 쉽게 알 수 있다.

# 삼국유사 읽는 호텔

윤후명
랜덤하우스코리아
2005년 04월 출간

조선왕조가 버린 것 중 하나가 《삼국유사》라고 한다. 민간에 전해 내려오는 허풍스런 속설과 설화, 전설들을 에피소드 중심으로 엮어 낸 책이라서, 뭔가 허접스런 야사처럼 여겨져 버린 것이다. 게다가 숭유억불 정책상 허황된 불교식 미신 스토리인 《삼국유사》의 설 자리는 없었다. 하지만 《삼국유사》는 《삼국사기》나 《조선왕조실록》보다 더 중요한 사료적 가치가 있다고 생각할 수도 있다. 귀족과 왕족 중심의 역사 서술은 정치적으로 과장되고 사실이 왜곡되기 마련인데, 민중생활사 속에 녹아 들어 있는 구전들은 그렇지 않기 때문이다. 외려 당시 시대상을 더 객관적으로 이해할 수 있다. 그런데 《삼국사기》나 《조선왕조실록》은 뭔가 관점이 내재되어 있어서 일목요연한 감이 있는데, 《삼국유사》는 에피소드 중심이라서 읽고 나면 까먹고 읽고 나면 까먹는다는 단점이 있다. 그래서 우리나라에서 가장 빼어난 예술적 문장을 구사한다는 윤후명 작가가 쓴 책이 《삼국유사 읽는 호텔》이다. 정부에서 문화예술 교류차 주선한 북한방문 프로그램에 참석차 북한을 여행하는 도중에 작가 스스로 심심풀이 삼아 《삼국유사》를 읽으면서 가다듬은 단상을 소설로 엮어냈다. 《삼국유사》의 에피소드와 작가가 북한을 방문 중에 이런 저런 유적과 문화재들을 구경하면서 교차되는 감상을 소설화 시킨 것이다. 이 소설을 읽으면 《삼국유사》가 일목요연하게 꿰어져 읽힌다. 윤후명 작가는 장편소설이 많지 않은데, 이 소설이 그 중 하나다. 윤 작가는 "《삼국유사》좀 읽어 보라는 취지에서 쓴 소설이다"라고 말씀하신다. 윤 작가는 시인이자 소설가이자 에세이스트이자 화가로 거의 모든 작품이 대표작일 정도로 빼어난 문장의 대가이다. 협궤열차, 둔황의 사랑, 약속없는 세대, 무지개를 오르는 발걸음, 가장 멀리 있는 나, 귤, 보랏빛 소묘, 알함브라 궁전의 추억, 새의 말을 듣다, 꽃의 말을 듣다, 꽃을 다오 시간이 흘린 눈물을 다오 등 모든 작품을 추천하고 싶을 정도다. 눈밝은 독자들이라면 윤 작가의 작품을 읽고 나서 '한 문장 한 문장이 소설 한 권'이라는 느낌에 사로잡혀 이마를 칠 수도 있을 것이다. 내 경험상 틀림없다. 윤후명 작가의 작품 전부, 일독을 권한다.

# 정의의 정의란 무엇인가

출판가에서 인문학 트렌드를 인정하게 된 첫 번째 사례는 마이클 샌델의 《정의란 무엇인가》 신드롬이다. 하버드대학교 1학년 교양 과정에서 강의한 내용을 책으로 묶은 것인데, 출판 불황 속에서 단기간에 수십만 부가 팔려 입을 딱 벌어지게 하고 말았다. 2009년 처음 번역본이 국내에 선보인 뒤 3년여에 걸쳐 백만 부 판매고를 훌쩍 넘겼고 스테디셀러의 반열에 올라섰다. 출판업계 종사자들도 전혀 예상 못한 반응이었다. "우리 사회가 언제부터 이렇게 정의에 목말랐을까요?" 같은 칭찬성 논평부터 "마이클 샌델이 말하는 정의란 서구식 기준의 정의 개념일 뿐이에요. 우리의 당면 문제를 호도할 뿐이죠." 같은 비난성 논평까지 신드롬이라 할 만한 현상이 몇 년간 불어닥쳤다. 그중에서 주목할 만한 현상을 포착한다면 '40대 이상 중년들이 대거 이 책을 샀다.'는 것이다. 당시까지 출판계 통설은 '모든 책은 20~30대 미스들의 정서에 맞춰야 팔린다. 중년 남성들과 노인들은 고객이 아니다.'는 것이었다. 제목도 표지도 편집도 문장도 문체도 주제도 소재도 전부 20~30대 여성의 취향에 맞추지 않으면 흥행은 포기해야 한다는 통념이 있었다. 물론 20~30대 여성의 취향이 아닐 것으로 여겨지는 학술 서적이나 고품질의 교양서적이 출판되지 않은 것은 아니지만 어쩐지 묘하게도 그런 책은 '전문서'로 분류되어 천여 부만 넘게 팔려도 '대박' 소리를 듣곤 했다. 그런데 그런 고정관념이 깨진 것이다. 20~30대 여성 취향이 아닐 것으로 여긴 책이 20~30대 여성은 물론이고 중년 아저씨들까지 대거 독자층으로 끌어들이는 기염을 토한 것이다. 출판계의 역전 만루 홈런이었다. 〈해리포터〉 시리즈에 주눅 든 출판계에 아연 새로운 활력이 생겨났고 출판 전략의 새 전기가 마련되었다. "역시 진정성 있는 책은 알아준다니까요." 합정동 출판가 술자리가 흥청망청 댔고 눈을 번쩍 뜬 출판업 지망생들이 늘어났다. 영세한 출판사들이야 때가 되면 어김없이 인쇄소에서 되돌아오는 어음을 막기 위해 시시하건 위대하건 가리지 않고 이 책 저 책 출판할 수밖에 없다. 하지만 조금이라도 자금 여유가 있는 출판사들은 책의 내용성, 중년 남성 독자층, 교양 독자층 등을 염두에 둔 교양서적들을 출판하는 용기를 내게 되었다. 《정의란 무엇인가》가 어쩌다 그런 역할을 하게 되었다.

그렇다면 《정의란 무엇인가》는 무엇인가. 이미 강의 장면까지 인터넷에 떠도는 판이라 많이 알려진 대로 책의 내용은 그야말로 교양철학 그 자체이다. 현대사회에 벌어진 각종 사건 사고들, 생활상의 여러 사례들 속에서 철학적 사고의 제 문제들을 고찰하는 것이다. 단연 사람들의 눈길을 사로잡은 제시 사례 중 하나는 테러 이슈이다. 아프가니스탄 접경 지역에서 이슬람 극단주의 테러범들을 진압하러 특수 작전 중인 소부대가 중무기로 무장한 모습을 들켰을 때, 목격자인 현지 노인과 그 손자를 어떻게 처리할 것인가. 결과는 살려 두었더니 테러범들에게 정보가 들어가 작전도 실패하고 동료도 잃게 되었다는 것이다. 그래서 '살리느냐, 죽이느냐?' 즉석 투표에서 캐스팅보트를 쥐었던 병사는 '무고한 민간인의 목숨을 잃게 할 수 없다.'는 양심의 소리에 귀를 기울인 것을 뼈저리게 후회하고 있다는 것이다. 샌델은 묻는다. 여러분이라면 어떤 선택을 할 것인가? 그리고 요구한다. 어떤 선택을 하건 그 이유를 타당하게 떠들어보라.

한 사람을 죽여 여러 사람을 살리느냐, 무고한 한 사람을 죽이는 것은 잘못이니 사태를 수수방관하다가 여러 사람을 죽게 만드느냐, 이런 문제도 있다. 알게 모르게 우리 머릿속에 박혀온 공리주의는 '최대 다수의 최대 행복이 정의'라고 속삭인다. 하지만 공리주의는 옳은가? 공리주의적 정의가 정의라고 누가 그러던가? 이렇게 따지고 들어가면 할 말이 점점 없어진다. 결국 정의란 선험적이고 본성적인 취향에 따라 갈리는 기호식품 같은 것일까, 아닐까? 마이클 샌델은 정답을 말해주지 않고 내내 질문만을 한다. 어떤 판단을 하는가? 왜 그런 판단을 했는가? 진정한 정의란 무엇인가? 진정한 정의란 있는 것인가, 없는 것인가? 그렇다면 정의에 대한 정의는 무엇인가?

이런 질문에 대답할 시기에 되었다고, 대한민국의 민도가 드디어 정의란 무엇인가를 고민하는 정도까지 올라왔다고 대다수 사람들은 반겼다. 나도 반갑긴 마찬가지였다. 《정의란 무엇인가》신드롬은 금세 입시 교육에까지 번져, 제법 철학적인 문제의식을 유도하는 시험문제로 원용되어 출제되기도 했다. 끓어오르는 냄비. 우리는 매번 그런 식이다. 아무튼 우리는 미국 국민들이 오래 전에 깨달은 정신적 문제에 접근하는 듯 보였다. 바야흐로 교양이 강물처럼 흐르는 인문학 트렌드의 시대가 도래한 것이다. 하지만 몇 년이 흐르자, 분

위기는 다시 흐려졌다. 흐지부지, 작심삼년. 다시 그런 식이
된 것이다. 대선을 둘러싼 이전투구와 머리끄덩이 잡고 늘어
지는 싸움이 시작되자, 모든 교양은 정치판이라는 진흙탕 속
에 나뒹굴게 되었다. "애들은 싸우면서 크는 거예요." 하는
사람도 있지만, 이제 그만 싸울 때도 되었다는 사실을 간과
하는 얌통머리 없는 말본새일 뿐이다. 시인, 소설가, 문필가
라는 사람들마저 정치적 진영 논리에 빠져 급기야 한자리씩
꿰차고 호가호위하게 되었다. 대중적 교양의 선두에 서서 무
수한 팬까지 거느린 사람들도 그렇다. 겉으로는 여성들에게
인기 있는 말투와 글 솜씨를 뽐내면서, 속으로는 나름의 정
치적 의지와 지향성으로 똘똘 무장하고 있었던 건 아닐까,
의아할 정도다. 정치를 못해서, 입신출세에 닿지 못하자 2지
망으로 글을 써왔던 게 아닌가, 의심마저 든다. 한 진영이
인기를 보장해주는 바람막이가 되고 주머니를 여는 장사의
터전이 된 걸 알아차린 작자들은 아예 대놓고 한편을 든다.
"작가도 먹고 살아야죠." 하면서 비굴하게 웃고 그 재주를
사는 측은 "그럼요, 그럼요, 그렇고말고요." 하며 비웃음을
흘린다. 가슴속에 모닥불처럼 간직해온 구닥다리 선비 의식
마저 내다 버리는 것이다. 그들이 내버린 것은 '외롭고 높고
쓸쓸한' 경지를 위하여 '남신의주 유동 박시봉방'에 스며든
시인 백석이 내버린 것과는 전혀 다른 것이다. 백석을 존경

한다고, 백석의 정신을 본받는다면 정치적 진영 논리와 생계 논리 같은 건 버리는 것인데도, 그들은 그러지 않는다. 천연스레 이중 삼중의 가면을 때와 장소에 따라 바꿔 쓰며 점잖은 행세를 한다. 인문학 트렌드의 주요 현상 가운데 하나인 위선과 위악의 모습들이다.

이런 마당에 진실한 인문학의 꼬투리를 찾아 나선 사람들은 어떻게 처신할 것인가? 묘수는 없다. 어떤 때는 섞이고 어떤 때는 "몸이 아파서요." 하며 거절하는 식은 통하지 않을 것이다. 전화 목소리만 뜨뜻미지근해도 "흥, 배신이야." 하고 간파하는 시절이라 그렇다. 어쭙잖은 거절은 대놓고 싫소, 하는 것만 못하다. 가짜들과 뒤섞이지 않는 노력, 그것이 중요하다. 진짜들을 모아서, 진짜들의 진정한 의지와 지향을 뒤섞어서 가짜에 대해 면역력을 키우고 울타리를 세우고 가치를 지키는 노력이 필요하다. 인문학 트렌드라는 개념도 아예 버려야 한다. 비즈니스나 정치에는 트렌드가 있지만 인문학에는 트렌드가 없다는 사상을 받아들여야 한다.

인문학에는 트렌드가 없다. 인문학은 트렌드의 조사 대상도 분석 대상도 아니다. 불멸하는 정신만이 고대로부터 지금 이 순간까지 불길이 되어 짜라투스트라의 신전에서 활활 타고 있는 것, 그런 것이 인문학의 세계이다. 글과 말로써 영원히 전해지는 한, 인문학의 콘텐츠와 정신은 역사를 초월하고 공간을 뛰어넘는다. 생겨났다 사라지는 물질문명과 육신이 인문학 정신의 땔감으로 누대에 걸쳐 제공되므로 원료 걱정도 없다. 종말이 오면 사라질까, 그 전까지는 끄떡없다. 다만 정의의 정의에 대해서는 종말 당일까지 결론을 내지 못한 채 질문만 남아 있을 것이다. 그것은 할 수 없는 노릇일 거다.

# 무기여 잘 있거라

어니스트 헤밍웨이
열린책들
2012년 02월 출간

전쟁 중에 짧게 경험했던 시시한 사랑이야기가 전쟁의 비극을 가장 적나라하게 드러낸 수작이라니, 말 다했다. 주인공 헨리와 캐더린은 군의관과 간호사다. 지루한 전쟁이 이어지면서 그들은 후방을 지키는 예비병력 답게 후줄근한 나날을 보내고 있다. 전선이 아니라 전선 뒤에서 부상병을 돌보는 처지들이라 나름 한갓지다. 그래서인지 헨리는 클럽에서 여자나 꼬시는 재미로 지루한 시간을 때우고 있다. 첫 사랑에 상처받은 캐더린도 비슷한 처지로 어느날 소개팅으로 만난다. 순진하고 반반한 캐더린을 한번 꼬셔보기로 작정한 헨리는 이런 저런 수작 끝에 여자를 꼬셔 일시적인 애인으로 만든다. 하지만 헨리는 잠자리나 한 번 갖자던 게 이상하게 연인처럼 되어버려 난감해 한다. 그러다 헨리가 부상을 입게 되어 시간이 남고 여자생각은 더 간절해지자 헨리가 수작을 부려 캐더린이 있는 간호부대로 억지 후송된다. 헨리는 매일 술을 마시고 캐더린과의 연애 행각에 몰두한다. 그러나 전쟁은 전쟁이므로 헨리가 작전에 투입될 시간이 찾아오고 둘 사이는 이별할 수밖에 없다. 오랜 시간 후 사랑은 비극으로 마무리된다. 전쟁이 지나가고 사랑도 지나간 것이다. 무엇보다 이 시시한 러브 스토리를 전쟁의 비극을 드러낸 위대한 소설로 만든 건 헤밍웨이 특유의 문장이다. 간들간들 길게 이어지는 문장. 작가가 안 쓴 것을 독자가 더욱 조바심치며 상상하게 만드는 절제된 문체. 하드보일드체라고 이름붙여진 특유의 문장이다. 소설은 문장이라는 말처럼 서사나 이야기, 에피소드보다 중요한 건 문장이다. 내용이 무엇이건 독자를 환장하게 만드는 미학, 예술적 감흥을 느끼게 하는 문장이 소설의 모든 것이라 해도 과언이 아니다. 소설가는 논리가 아니라 문장으로 메시지를 전하는 예술가다. 헤밍웨이의 문장은 따라올 자가 없을 정도로 독보적이다. 그 문장의 예술적 감흥에 미치게 되었는지 두 번이나 전쟁에 참가하며 반전을 외친 그는 퓰리처상, 노벨문학상을 다 받은 뒤 60세에 엽총으로 자살을 해버렸다. 《노인과 바다》는 《무기여 잘 있거라》에 비하면 상당히 격정적이다. 헤밍웨이의 작품 전부, 일독을 권한다. 소설이 왜 허구나 꾸며낸 이야기가 아니라 감동과 격정을 불러 일으키는 예술인지 알 수 있을 것이다.

# 독서도 사랑처럼
# 지겨울 때가 온다

　　90년대를 풍미한 가수 이문세의 노래 '옛
사랑'의 가사에는 '사랑이란 게 지겨울 때가 있지.'라는 대목
이 있다. 그 다음은 '내 맘에 고독이 너무 흘러넘쳐, 눈 녹은
봄날 푸르른 잎새 위엔 옛사랑 그대 모습 영원 속에 있네.'
이렇게 이어진다. 옛사랑을 아직도 잊지 못해 흔들리는 여심
이나 남심은 뒤늦은 깨달음, '사랑이란 게 지겨울 때가 있
지.'라는 통찰에 도달한다. 전체 가사에서 이유나 원인을 말
하는 대목은 딱 이 대목 '지겨울 때가 있지.' 뿐이다. 그 대
목의 앞뒤로는 그리움, 못 잊음 그런 따위 가사들이다. 사랑
에 대하여, 사랑의 종말에 관하여, 김추자가 소프트록으로
'거짓말이야!'를 외쳤다면 이문세는 발라드로 '지겨울 때가
있지.' 하고 조용히 일러준다. 너무 직접 화법으로 거짓말,
지겨움을 내뱉으니까 놀란 청춘들도 많다. 사랑은, 눈이 멀

고 심장의 고동이 멈추지 않고 늘 껄떡대고 그러는 것, 헤어질 땐 지랄발광을 하다 이를 갈고 코를 벌렁대며 쌍욕을 해대다 어느 날 무덤덤해지는 것인 줄만 알았던 청춘들은 '사랑이라는 것도 공부처럼 지겨울 때가 있어.'라고 타일러주는 말에 화들짝 놀란다. 바보같이. 사실 그렇고 그런, 묘하게 씁쓸한 감정이란 청춘들 뿐 아니라 누구에게나 익숙하지 않다. 달콤하거나 쓰거나 둘 중 하나의 맛은 그러려니 해도 허무의 감정까지 스멀거리는 달기도 쓰기도 한 요상한 맛은 누구나 좀체 처음 보는 맛이기 때문이다. 알고 보면 청춘들에게 누가 대놓고 가르쳐주지도 귀띔해주지도 않는다. 자기 치부까지 드러내야 하는 가르침이라 누구나 비밀을 들킬까 봐 께름칙해서일 것이다. 영화 《건축학 개론》의 캐릭터 '납득이' 처럼 이별을 많이 해본 경험자라면 다르겠지만 보통 사람들이야 한평생 이별이 몇 번이나 있겠는가.

이래저래 사랑이란 지겨울 때가 오면 광풍에 휘말린 듯 원수로 돌변하는 이상한 본능의 기제라는 생각이 드는 건 나뿐만이 아닐 것이다. 사랑이 이렇다면 독서라고 다르겠는가. 책과의 정신적 사랑, 정신적 교류, 온통 의지하는 마음, 믿음과 감동의 도가니가 사랑과 무엇이 다를까. 한 번도 이 둘을 연결시켜 생각해본 적이 없는 사람이라 할지라도 한번

생각해보기 바란다. 지적인 오르가즘이 본능적 오르가즘과
다르다, 같다는 연구가 있는지는 잘 모르겠지만 독서가 연애
못지않은 희열을 준다는 건 경험으로 아는 사람들도 있다.
사랑은 상대가 바라지 않아도 나에게 넘쳐서 하는 것이고 다
른 시간을 쪼개고 빼내어 열중하는 것이다. 다른 거 할 시간
은 없어도 사랑할 시간은 늘 넘치는 법이다. 알고 보면 독서
도 그렇다. 독서를 일부러, 억지로 하게 되지는 않는다. 즐겁
고 좋아서 행복해서 하는 게 독서다. 숙제라서 어쩔 수 없이
독서를 하는 시절도 있지만 이런 때마저도 콘텐츠에 몰입하
는 순간, 책에서 손을 떼지 못하고 앎의 희열에 빠지게 된다.
독서도 사랑처럼, 연애처럼 열중하게 만드는 이상한 힘이 있
다. 사랑도 경험의 세계요, 독서도 경험의 세계다. 해보면 비
슷한 점이 있다는 걸 얼마든지 알 수 있다. 그렇다면 독서도
연애처럼, 사랑처럼 지겨울 때가 있다고 말할 수 있다. 독서
도 사랑처럼 희망이 접히는 시기가 있고, 연애처럼 신선함이
사라지는 순간이 있다. 해도 해도 끝이 보이지 않아서 실망
만 쌓이는 긴 터널을 통과할 때도 있다. 그러다 포기할까, 그
만둘까 회의에 빠지는 절망의 시간이 있다. "책 읽으면 밥이
나온다던, 돈이 나온다던?", "책 따위나 읽으면서 인생 낭비
하지 말고 네 앞가림이나 해." 영향력 있는 사람에게 이런 말
을 들을 때 사람들은 결정적으로 독서를 정나미 떨어진 옛

애인처럼 걷어차고 급기야 미워하게 된다. 대신 약은 머리를 굴리고 술을 마시고 스포츠를 즐기며 시답잖은 농담을 주고 받게 된다. 나름 변명거리를 만들어 욕망의 모든 단위를 정신적 풍요가 아니라 물질적 단위, 즉 돈으로 계산한다. 돈이 나에게 주는 혜택과 존중, 안락과 쾌감에 빠져든다. 아부와 굴신, 비굴, 뻔뻔함이 아름다운 덕목으로 여겨지고 달빛을 보아도 햇빛을 보아도 감동할 줄 모르고, '저 빛은 팔면 얼마나 받을 수 있을까?' 하고 계산한다. 독서가 지겨워지다 미워지다 마음마저 얼음처럼 차가워지는 것이다.

우리나라의 대다수 성인남녀들이 독서를 하지 않는 이유는, 다름아닌 '지겨움' 때문이라고 나는 생각한다. 학생 시절 입신출세를 위한 벼락치기 공부에 쫓기게 되어 그 버릇이 남아 '독서는 지겨운 것', '출세해서 여유 있을 때 하는 것'이라는 고정관념을 가지게 된 것이다. 부실한 콘텐츠투성이인 교과서와 참고서는 독서와 전혀 상관없는 것인데도 어느새 '그게 그것인 것처럼' 인식되어 고정관념화 되었다. 우리는 독서의 즐거운 동산에서 영영 추방되어버리고 말 것인가? '이별의 상처를 치유하는 것은 또 다른 사랑'이라는 말처럼 열린 독서의 품 안으로 다시 뛰어 들지 말지, 선택의 순간이 다가오고 있다. 다시 상처받을까 두려워 새로 연애를 못하는 풍조는 빠르게 사라지고 있다. 더 성숙해져 헤어진 옛 애인의 그림자를 잊고 새로운 파트너를 찾는 일은 일상다반사가 되었다. 어차피 그렇게 되어 있다. 문화와 문명이 그런 길로 우리를 안내하고 있으니 도리 없이 그 길을 가야 한다. 억지 강요의 공부, 독서의 시대도 가고 있다. 창의성, 독창성, 아무도 안 하는 질문을 하는 사람을 칭찬해야 한다는 말을 누구나 하는 시대이다. 학력으로 남을 이기는 시대도 저물고 있다. 그러므로 지겨웠던 독서의 시절은 잊어야 한다. 디지털 시대를 맞아 상상의 하늘, 창의의 바다가 활짝 열리고 있다. 인터넷에 이미 엄청나게 열려 있지 않은. 백과사전은 물론이고 세계 최고의 첩보 기관이 수십억 달러를 들여 수집했던 정보들도 손쉽게 검색할 수 있다. 글을 몰라도 말만 알아듣는다면 동영상으로 거의 모든 지식을 얻어 가질 수 있다. 책 속의 어떤 단어나 내용을 몰라서 독서가 막히면 인터넷이 재빠른 해결책이다. 한 권을 읽어도 여러 권을 읽은 효과를 보는 대단한 도구를 손에 쥐고 있다. 여러 개의 라디오 채널에서 하루 종일 책을 읽어주고 몇 푼의 월 정액을 내면 유명한 고전 작품을 꾀꼬리 같은 음성으로 읽어주는 서비스도 있다. 애인은 널려 있다. 골라잡아 다양한 사랑을 해도 된다. 적어도 독서의 세계에서는 말이다.

파우스트

요한 볼프강 폰 괴테
민음사
1999년 03월 출간

《파우스트》를 안 읽고 한 시대를 정리할 수 없다. 괴테가 평생동안 썼다는 희곡《파우스트》는 시대의 변천사와 정신사가 멋들어진 문장으로 죄다 들어 있다. 메피스토텔레스와 파우스트라는 캐릭터는 단테의《신곡》에서 영감을 얻은 것 같은데, 나중에 '크리스마스 캐롤'에도 엿보이는 캐릭터다. 19세기까지 인간은 '신'이라는 캐릭터와 '인간'이라는 캐릭터 사이의 운명적인 분란 속에 휩싸여 있었다고 여겨진다. 임마뉴엘 칸트가 본인이 의도한 것과 다르게 인간의 순수한 오성과 이성, 판단력 같은 것을 철학적으로 추출해내어서야 인간은 신에게서 정신적인 분리독립을 할 엄두를 내게 된다. 그전까지 인간은 오직 신의 품 안에서 복락이나 누리며 살아가는 존재였다. 20세기 들어서야 종교의 세속화가 본격화되면서 사람들은 비즈니스 하러 교회에 가고 정치하러 절에도 간다고 말하게 되었다. 그 전에는 오직 신앙 생활만이 인생의 전부이고 모든 불경한 상상력은 용납되지 않았다. 파우스트는 생활 속에, 영혼 속에 깊이 깃들어 있는 당대 민중들과 엘리트들의 신앙심을 전제로 인생이란 어떻게 살아야 하는 것인가를 탐구한 작품이다. 21세기에는 블랙코미디로 여겨질 수도 있는 주제다. 하지만 인간은 고민하고 고뇌하는 존재라는 것, 어떤 상황에 처해서건 머리 굴리고 탐구하는 존재라는 것, 늘 신의 영역에 도전하고 싶고 인생에서 승리하며 향상하고 싶은 꿈심을 갖고 살아가는 존재라는 것, 욕망에 들떠 부들부들 떠는 존재라는 것을 적나라하게 보여주는 작품으로《파우스트》만한 작품이 없다. 역시 주제보다는 화려한 문장과 수사에 감동받는 작품이다. 신이 되고 싶거나 악마와 타협해서라도 온갖 욕망을 맛보고 위대한 인물로 길이 남고 싶은 사람들은 반드시 읽어야 할 책이다. 성경 못지 않은 정신적 지침서가 될 것이다.

# 한 사람을
# 골라라

　　미국의 위스콘신고등학교에 대해 들은 이
야기가 있다. 그 학교는 일반 고등학교가 시행하는 교과과정
을 가르치지 않는다고 한다. 그렇다고 자기 학교의 설립 정
신에 맞는 것만 추려 가르치지도 않는다. 유명한 선생이 있
는 것도 아니고 전문 과목으로 특성화시켰거나 아이들 적성
봐가며 가르치는 것도 아니다. 우리나라에서 유행하는 대안
없는 대안 교육은 더구나 아니라고 한다. 그러면 어떻게 가
르칠까. 어쭙잖지만 실감을 위하여 드라마처럼 재구성을 한
번 해보겠다.

　일단, 이 학교의 신입생이 되어 본격적인 수업이 시작될
즈음이면 선생들은 풋내기들을 양 떼처럼 몰고 학교 중앙
도서관으로 간다. 풋내기들의 눈에는 듣도 보도 못했던 책들

이 한 무더기로 쌓여 있는 것처럼 보일 뿐이다. 갑자기 시야가 흐려지고 앞날이 캄캄해진다. 설마 이 많은 책들을 다 읽고 독후감을 써내라는 걸까, 미리 질려버린다. 어리둥절한 피라미들의 표정을 살핀 선생은 무덤덤한 얼굴로 자유롭게 돌아다니며 구경하라고 이른다. 피라미들은 여전히 영문을 모른다. 수업은 언제 하나, 선생보다 더 걱정하는 놈도 있고, 눈은 먼 데를 보고 콧물을 훔치면서 시간만 죽이는 놈들도 있다. 벌써부터 배가 고파 짜증내는 놈도 있었을 것이다. 이래저래 시간을 떼운 녀석들이 지쳐갈 때쯤, 선생이 한자리에 모아놓고 묻는다. "무엇을 느꼈니? 내가 왜 여기 데리고 온 거 같으냐?" 가벼운 질문에 한 녀석도 입을 열지 못하고 눈동자만 굴리고 있을 때, 선생이 다시 묻는다. "혹시 책들이 어떤 방법으로 진열되어 있는지 눈여겨본 녀석 있냐?" 역시 한 녀석도 입 벙긋 못하고 엉거주춤한다. 선생이 말한다. "여기 도서관의 책들은 분야나 제목별이 아니라 인물별로 분류되어 있다. 아리스토텔레스, 플라톤, 피타고라스, 소크라테스, 토마스 아퀴나스, 단테, 부처, 예수, 마호메트, 칸트, 데카르트, 뉴턴, 아인슈타인, 카프카, 칼 세이건 등 주요 저자나 책의 주인공 격인 인물들을 테마로 해서 나눴다는 말이다." 학생들은 더 모르겠다는 표정으로 선생의 눈치를 살핀다. 익숙한 한숨을 숨긴 선생은 미소를 머금고 다시 말한다. "우리가 살면서 한 사람의 위대한 인물을 본떠 산다면 그것만으로 훌륭한 인생을 산 것이라 여겨도 될 것이다. 오늘부터 여러분은 이 책들의 저자나 주인공 중 한 명을 골라 평생의 스승으로 삼고 그의 책을 집중적으로 파라. 1학년 전 과정은 이 사람들 중 한 명을 고르는 게 수업의 전부이다. 어떤 방법으로던, 누구건 한 명을 골라라. 학기말에 '왜 나는 이 사람을 골랐나?'에 대해 설명할 수 있어야 1학년을 마칠 수 있다." 사위가 고요하고 잠잠해진다. 피라미들은 다시 눈만 끔벅이고 선생은 다시 한숨을 쉰다. 그렇게 1학년 내내 한 사람을 골라 평생의 테마로 삼은 녀석들은 2학년 때, 그 한 사람의 위인에 대해 열심히 읽고, 3학년 때 비로소 논문을 쓴다. 고등학교 전 과정의 수업이 한 사람을 테마로 삼아 그를 읽고 쓰는 것이다. 그 결과 이 학교 졸업생들의 아이비리그 입학률은 거의 100%라는 믿지 못할 이야기가 전해진다고 한다.

위스콘신고등학교의 이야기가 사실인지 아닌지 나는 잘 모른다. 일부가 과장됐는지 이미 고리짝에 시행하다 만 방법인지 확인해보지 않았다. 하지만 그런 학교가 실제로 있다면 위스콘신이건 워싱턴이건 브라질리아건 상해건 싱가포르이건 서울이건 무조건 아들 녀석을 보내고 싶다는 열망에 사로잡힌다. 공부를 해본 사람은 알 것이다. 지식은 한 가지 테마가 다른 테마로 이어지고 꿰어지고 재해석되면서 풍성해지는 끊임없는 과정이다. 지식의 세계에 완성이란 없다. 지식은 또 다른 지식의 꼬투리가 되어 엮이거나 뒤섞여서 차원 높은 통찰을 제공한다. 개가 제 꼬리를 물듯 자승자박하는 지식의 쳇바퀴는 없다. 지식의 함정에 빠지게 되는 경우란 지식 자체의 탓이 아니라 현실적 이해관계의 프레임 안에 지식을 가두어 둔 그 사람의 탓이다. 사기 당하는 자는 사기성이 농후한 자라는 말처럼, 지식의 함정에 빠지는 자는 이미 이런저런 이해관계의 덫에 걸린 자이다. 그는 이해관계에 얽매여 지식을 편집해놓고 길을 가다 우연히 지식의 함정에 빠진 것처럼 연기를 한다. 맹신하거나 광신하거나 이념놀음에 취하거나 모두 사람의 탓이지 지식의 탓은 아니다. "모든 책은 양서야. 악서가 없어. 읽는 사람이 불량하면 악서고, 좋게 읽으면 양서가 되는 거야." 까까머리 중학생 시절 동네 서점 주인아저씨의 이야기가 다시 떠오른다. 정상적으로 지식을 추구하는 사람들은 단 한 사람을 연구하건 백 사람을 연구하건 같은 결론에 도달하게 된다. 돈오점수, 돈오돈수라는 불가의 가르침이 있다. 책을 백 권 읽건, 책 한 권을 백 번 읽건 깨달음의 품질은 비슷하며 책 한 권 읽지 않고 쩡! 하는 순간의 깨달음을 얻을 수도 있고, 열심히 경전을 파고 파서 글자 너머의 큰 뜻을 깨우칠 수도 있다는 뜻이다.

위스콘신고등학교의 사례는 서구식 스토리텔링 공부의 한 전형이다. 아마도 이 고등학교를 졸업한 학생은 이런 설명을 해줄 것이다. "한 사람의 생애를 추적하다 보면 그에게 언제 어떻게 불쑥 영감이 떠올랐는지, 한두 가지 근본적 질문을 어떤 계기로 하게 되었는지, 그 질문의 해답을 찾기 위해 어떤 방법으로 연구를 했는지, 그 결과는 무엇인지 등에 대해 소상히 알게 돼요. 그의 공부 테마와 연구 태도, 생각의 방법을 따라가면 그 자신에 대해서는 물론이고 당대 최고 석학들과의 교류 내용도 알 수 있고, 결국 다른 석학과 위인들의 세계도 자연스레 접하게 돼 점점 연구의 영역이 넓어지게 되죠. 그럼 어떻게 되겠어요? 한번 생각해보세요. 그 시대 석학과 위인들이 한두 가지 근본적인 질문, 시대정신을 판가름하는 질문에 어떻게 반응하고 받아들이고 고민했는지 한꺼번에 알게 되는 것이죠. 그 시대 전체를 이해하게 되는 거예요. 한 시대를 이해하는 건 다시 말해 역사 전반을 이해한다는 이야기가 되죠. 이해하시겠어요? 한번 위스콘신고등학교 방법으로 공부해보세요. 한 사람을 골라서 파 들어가 보세요."

근대 이후는 서구식 스토리텔링 공부법이 대세이긴 하다. 돈오점수, 돈오돈수 차원의 조용하나 크게 깨닫는 공부법은 사라졌다. 다만 그 흔적은 남아서 스토리텔링 공부법과 뒤섞여 한 차원 높은 경지를 어렴풋이 알 수 있게 해준다. 이를 눈치 챈 사람들은 여기저기 숨어서 깊은 숨을 쉬고 있다. 서식하기 좋은 환경이 마련될 때까지 운기조식하고 있는 것이다. 섣불리 나섰다가 자기 자리를 빼앗길까 과민한 자들에 의해 칼 맞는 불상사를 당하지 않으려는 고육책이다. 이런 사람들 중에 학생들이 고를 한 인물이 숨어 있을지 알 수 없다. 나는 앨빈 토플러, 사카이야 다이치, 칼 세이건, 레이 커즈와일, 제레미 다이아몬드, 윤후명, 김주영, 김동리, 이상, 카프카, 마르셀 푸르스트, 제임스 조이스, 헤밍웨이, 생텍쥐페리, 펄 벅, 헤르만 헤세, 가브리엘 가르시아 마르케스, 헤르타 뮐러, 헨리 데이비드 소로우, 장 그르니에, 임마누엘 칸트 등을 골랐다. 이들의 저서를 일단 우리말 번역본으로 전작 읽기를 하고 그들의 모국어로 다시 한 번 전작 독서하는 게 내 평생의 독서 계획 중 일부이다.

유클리드, 토머스 프리드먼, 피타고라스, 파스칼, 찰스 다윈, 리처드 도킨스, 파인만, 무라카미 하루키, 마키아벨리, 플라톤, 프로이트, 사르트르, 니체, 폴 발레리, 라이너 마리아 릴케, 앙드레 지드, 애거서 크리스티, 발자크, 빅토르 위고, 앨리스 먼로, 나쓰메 소세키, 마리오 바르가스 요사, 르 클레지오, 도리스 레싱, 오르한 파묵, 가오싱젠 , 귄터 그라스, 모옌, 스피노자, 데이비드 흄, 존 로크, 아놀드 조셉 토인비, 레비 스트로스, 비트겐슈타인, 페르디낭 드 소쉬르, 오마에 겐이치, 최치원, 박지원, 김정희, 정약용, 장회익, 김열규, 이문구, 박영한, 최인호, 구효서, 박상우, 이승우, 김인숙, 김애란, 하성란, 신경숙, 김숨 등 별이 되었거나 별이 되려는 저자들의 책은 한두 권이라도 읽어 두는 게 또한 내 평생 독서 계획의 일부다. 어린 시절부터 읽어 와 익숙한 이름들, 그 무수한 별, 바람, 모래와 같은 소설가와 시인들의 이름은 생략하기로 한다. 이 책 전 권을 그들의 이름으로 도배하고 그들의 작품 이야기를 한권 한권 쓴대도 더 쓸 게 남을 것이니. 기타 모든 위대한 시인들의 세계는 내 독서 패턴을 송두리째 뒤집을지 몰라 위험하므로 아예 포함시키지 않았거니와, 반드시 내 머릿속 서고에 들어찰 날이 있을 것이다.

# 달과 6펜스

서머싯 몸
민음사
2000년 06월 출간

서머싯 몸은 그 유명한 영국 MI6 첩보원 출신이다. 영국에는 M자로 시작되는 첩보 기관이 많은 모양인데 그런 기관에 두 번이나 발탁된 경력을 갖고 있다. 007 시리즈처럼 화려한 첩보원 생활을 했는지 그저 사무만 보았는지 알길은 없지만 아무튼 남다른 관점과 관심을 가진 작가라는 생각을 하면서 그의 소설을 읽으면 특별한 맛을 느껴볼 수 있을 것이다. 그가 첩보원출신이어서 그런지 그의 소설은 항상 그가 엿보는 자나 관찰자, 나레이터로 등장한다. 작가인 화자가 남의 생활을 인터뷰하면서 이런 저런 감상을 덧붙이고 남의 사생활, 공생활을 추적하는 이야기가 뼈대를 이룬다. 《인간의 굴레》는 자전적인 소설이지만 《달과 6펜스》나 《면도날》, 《인생의 베일》 같은 소설은 다 남의 인생을 관찰한 이야기다. 대표작 《달과 6펜스》는 고흐가 존경해마지 않았다는 고갱의 이야기를 소설화한 것이라고 한다. 지루하고 식상한 증권쟁이에서 어느날 갑자기 미친 예술가로 변하는 그림쟁이 이야기다. 자칭 화가인 찰스 스트릭랜드는 그림에 환장해서 그림을 위해 한 평생을 바치며 오직 그림에만 몰입한다. 붓이나 물감 살 돈이 없으면 포주 노릇도 하고 선원 노릇도 한다. 아무리 궁핍해도 그림을 팔지 않는다. 그를 존경하는 삼류화가(고흐라고 한다)의 부인이 그를 짝사랑하다 못해 자살하는 데도 외눈하나 깜짝하지 않는다. 그 삼류화가의 집에서 기거하며 갖은 신세를 다 지고 부인과 통정까지 한 마당인데도 그렇다. 외려 "그런 어리석은 여편네들은 세상에 널렸다네. 내가 죽인 게 아니라 그녀 스스로 제 무덤을 판 거야"라고 일갈한다. 왜 그랬을까? 보통 사람의 마음가짐으로는 도무지 이해할 수 없다. 그런 이해할 수 없는 미치광이 이야기인데도 이 소설은 월급쟁이들에게 금서로 꼽힌다. 예술적 끼가 있는 월급쟁이들이 자꾸 따라하고 싶은 충동을 느끼게 하기 때문이다. 돈과 출세에 눈 먼 인생을 헛되다 선포하게 하고 오직 예술가로서 자멸하는 길이 성스럽다 여기게 하기 때문이다. 사실 틀린 말은 아니다. 하지만 이 소설을 《면도날》 같은 몸의 장편 소설과 더불어 읽으면 균형감을 찾을 수 있을 것이다.

독서는 문학으로 난 길, 그 길 중에서도 고속도로가 아닐까. 근원으로의 회귀, 사라져버린 가치를 찾아가는 험난한 여정, 그 모든 살아 움직이는 활동이 문학이다. 그렇다면 우리의 독서 행위 자체도 이미 문학 행위이다. 결국 우리는 독서의 연장선에서 이미 쓰고자 하는 욕구 한 가지를 더 보태는 연습을 하고 있는 것이다. 그리하여 쓰고자 하는 욕구에 상상력을 보태고 독창성을 더하고 예술성을, 고고한 품격을 곱하여 마침내 우리만의 문학을 하게 될 것이다.

PART 04

써야
역사다

소설가 윤후명과 함께한 북콘서트
가수 김현성과 함께한 강원도 명파마을 음악회

# 취미는
# 독서

어린 시절 '가정환경 조사서'라는 촌스러운 양식이 있었다. 초등학교에서 나눠주던 것인데, 괜히 주눅들던 기억이 난다. 타지로 돈 벌러 나간 아버지, 아버지도 없이 삼형제를 먹여 살리느라 애면글면하시는 어머니. 어쩌다 불쑥 찾아온 아버지와의 새벽 말다툼으로 우리들의 잠을 설치게 하던 단칸방의 쓸쓸한 추억. '요꼬'(솜털 뭉치 같은 것에서 실을 만들어내는 도구) 아르바이트로 벌었던 5천 원을 잃어버리고 속상해하는 어머니를 보는 게 속상해, 한밤중까지 몇 킬로미터의 거리를 왔다 갔다 하며 5천 원짜리 한 장을 찾아 헤매던 기억. 그 옛날의 일들은 구름 너머 하얗게 부서지는 햇살, 그 너머 미지의 세계인 듯 아득해졌지만 당시의 감정은 아직도 생생하다. 구름 위에서 보듯 어린 내가 개천이 흐르는 시멘트 포장도로 위를 눈물을 훌쩍이며 한없이 서성거린다. 이리 갔다 저리 갔다, 눈에 불을 켜고 그 어두운 거리에서 한 장의 지폐를 찾아 헤맨다. 구멍가게 몇 개를 거쳐 새마을 목욕탕을 지나고 기름 가게, 석유 가게를 지나 삼거리 연탄 가게도 지나 은하 약국까지. 어린 시절 한때 나는 불쌍하고 배고픈 허클베리 핀인 양 행세하던 추억도 있는데, 그 장면을 떠올리면 어쩐지 뭉클해서 아직도 콧날이 시큰하다. 이런 시절인지라 공연히 지레 주눅이 들린 나는 가정환경 조사서를 마치 순경아저씨한테 조사받는 것처럼 불편해 했다. 어쩐지 발가벗는 것 같고 누추한 꼴을 들키는 것 같아 싫었다. 서울살이라고는 하지만 인왕산 등성이 달동네는 꼭대기 중 꼭대기로 부엉이 울음소리가 들리는 산골과 엇비슷했다. 그런 동네에 산다는 게 드러내놓고 자랑할 일은 아니라는 게 당시 개명한 아이들의 상식이었다. 나로선, 아마도 학교 주변 동네의 눈에 익숙한 번화함만 알았다면 그러지 않았을 것이다. 어느 날 무악재 고개를 넘어 서대문을 지나 남대문의 백화점 거리를 구경하고 온 다음부터 공연히 더 주눅이 들었다. 선악과를 따먹은 아담과 이브가 벌거벗은 부끄러움을 비로소 알아챘던가? 그로부터 죄악의 역사가 시작되었다던가? 인지심리학적으로 어떻게 설명될지 모르지만 부끄러움의 세계라는 게 있다는 걸 나는 어린 나이에 알아버렸다. 아무튼 그런 심리적 형편에 가정환경 조사서는 영 못마땅한 과제였다. 특히 아버지 직업, 수입, 어머니 학력, (본인) 취미 칸은 영 메우기가 마땅찮았다.

그중에서 취미 칸은 가장 못마땅했다. 아버지 직업, 수입, 어머니 학력은 엄밀히 말하면 남의 일인데, 취미만은 오롯이 내 일이었다. 나는 취미란에 당치도 않은 '독서'라고 써놓고는 했다. 중학생이 되어서는 '음악 감상'이라 썼고, 어떤 경우 공연히 '종교 활동'이라고 써서 내 반발심을 표하기도 했다. 여리고 약한 심리적 갓난쟁이 시절 취미인 독서는 대학 생활까지 이어져 도무지 독서 말고는 다른 취미가 없고 생각도 나지 않는 지경이 되고 말았다. 그리고 실제로 독서 말고는 다른 취미 활동을 하지도 않았다. 특기 칸에는 더 쓸 말이 없었다. 특기도 취미처럼 독서, 아니면 음악 감상 이런 식이었다. 친구의 핀잔이 생각난다. "음악 감상이 무슨 특기냐?"

어린 시절 가난한 환경은 나의 독서 취미나 음악 감상 특기에 어느 정도 영향을 미친 걸까. 나는 고개를 갸웃거린다. 모종의 관련이 있기는 있을 텐데 그 맥락은 잘 모르겠다. 아니 모른 체하고 싶다. 특기가 바이올린 연주, 피아노 연주, 축구나 수영, 자전거 타기인 애들도 있었는데, 나는 아니었다. 어쩔 수 없이 거짓말로 써넣은 취미, 독서는 이제 평생의 업처럼 되어 나를 설레게 한다. 중학생인 아들 녀석에겐 독서가 취미가 아니라 일상이 되었다. 취미는 미술, 우쿨렐레 연주, 클라리넷 연주, 펜싱이다. 축구와 수영, 태권도, 승마가 취미이던 때도 잠깐 있었다. 특기는 뭐냐고 물으면 '무슨 그런 질문이 있어?'라고 의아해할 것이다. "뭐, 펜싱 정도?"라고 할지도 모른다. 가장 최신에 몰두하고 있는 게 특기이기 마련이니까.

나는 한 달 십여만 원어치 이상의 책을 고정적으로 구매한다. 내 책도 있고 아내 책도 있고 아들 녀석의 책도 있다. 책은 차곡차곡 거실 책장에 쌓인다. 더는 쌓아둘 데가 없어 옛날 책들은 베란다에, 거실 바닥에, 방의 한 귀퉁이에 쌓인다. 이런 식으로 책을 사들이다가는 집안 전체를 다 덮고도 남을 것이다. 대책이 필요해서 전자책을 샀다. 전자책을 읽을 수 있는 도구는 스마트폰 석 대에 전자책 전용 단말기 두대, 노트북 컴퓨터 두 대와 태블릿 PC 한 대, 아이패드와 아이폰 단말기 각각 한 대 등 모두 열 대다. IP TV와 인터넷 전화 단말기까지 치면 전부 열두 대다. 한 달에 1만9천 원씩 내면 270일간 열람할 수 있는 전자책 서비스에 가입하면 매달 5권씩의 전자책이 제공된다. 도대체 책을 얼마나 읽으려고 이렇게 책의 홍수, 아니 쓰나미를 만들고 그 속에서 허우적대는 것일까? 나도 잘 모르겠다. '해롱해롱'이다. 나에게 이제 책은 더는 취미가 아니라 욕구이고 욕망이다. 세상 모든 책을 다 먹어치우겠다는 책 괴물이 있다면 나도 그중 한 사람일 것이다. 더구나 헌 책방 순례라도 하는 날에는 며칠 후 박스 채 수십 권이 배달돼 스스로를 질리게 한다. 나는 책 괴물이 되었다. 확실히 독서는 나의 유일한 취미이다. 나는 나팔도 불 줄 모르고 피아노는 더구나 칠 줄 모른다. 스포츠 관람조차 즐기지 않는다. 축구 한일전보다는 예능 프로그램을 본다. 커피 볶아 드립해 마시기조차 취미도 특기도 아니다. 남이 만들어주면 마시는 정도다. 음악 감상도 취미는 아니다. 나의 유일한 취미는 독서다. 이 독서는 나의 평생의 업이 될 조짐이다. 이 책을 쓰는 것도, 하필이면 독서 낭독 클럽을 만든 것도 취미의 연장인데, 결국 오래하다 보니 그러구러 업처럼 되는 이상한 인연으로 이어졌다. 나는 좋지도 나쁘지도 즐겁지도 슬프지도 않다. 그저 책의 세계 속에 빠지면 괴로운 현실을 잊고 외로운 처지에 슬퍼하지 않는다. 외로우면 쓰면 된다. 읽은 것을 우려내어 색다른 명도와 조도, 채도로 나만의 문장과 문체를 만들어 사용한다. 심심하면 떠든다. 읽어라, 써라, 독서하자, 문학하자 등 이 핑계 저 구실을 둘러대며 남을 홀린다. 제법 성과가 있다. 솔깃해하는 멍청이들이 있기 때문이다. 나는 그런 멍청이들이 좋다. 나도 멍청이가 되어 그들과 평생 더불어 살고 싶다. 깊고 넓고 요상하고 귀 따가운 생각은 하기 싫다. 단순하고 명료하고 솔직하고 담백하게 한마디로 '멍청하게 즐기면서' 살고 싶다. 독서와 문학을 즐기는 또 다른 멍청이들과 함께 말이다.

고백하자면, 독서는 내 취미이자 특기이자 내가 할 줄 아는 유일한 것이다. 독서가 삶의 전부는 아니지만 읽고 쓰는 행위, 즉 문학까지 이어지면 삶이 될 수도 있겠다는 생각이 든다. 이런 행위는 결국 허클베리 핀과 동일시하던 내 불쌍했던 어린 시절의 모든 추억을 불쏘시개 삼아 더 우아하고 고상한 삶의 불길로 나를 던지는, 일종의 제의가 될지도 모른다는 생각이 든다. 세상 모든 종교의 한결같은 이야기에는 인간이 신에게 번제를 드린다는 대목이 나온다. 멕시코 체첸이차 유물에서 확인된 바처럼 마야 문명에선 인간의 심장을 칼로 찌르거나 온 몸을 통째로 호수에 던지기도 했다. 고대판 미식축구를 통해 승리자가 된 팀의 주장을 제단에 놓고 심장을 도려내 제물로 바쳤다니, 참으로 숭고하기도 하다. 패자팀은 전부 산 채로 호수에 던져져 또 다른 의미의 제물이 되었다고 전한다. 하기야 산 처녀를 바닷물에 빠뜨리는 인신공양 스토리가 심청전이니 누가 누굴 탓하겠는가. 진시황의 무덤에서 발굴된 바처럼 동양 문화에는 순장제도가 있었다. 우리나라엔 신라 지증왕 이전(502년)까지 순장제도가 있었다고 한다. 성서에는 믿음의 조상이라는 아브라함이 아들 이삭을 산 제물로 바치는 이야기도 전해온다. 하나님이 이삭이 죽기 직전에 '아브라함아, 그만하면 네 믿음을 알겠다.'는 말과 함께 되돌리지만, 전지전능하다는 하나님마저 인간의 목숨을 제물로 취하려는 욕심이 있었다는 이야기만큼은 분명히 전해 내려오고 있는 것이다. 오마나 글쎄, 하나님도 산목숨을 죽여 충성을 보여줄 것을 요구했다니, 어처구니없어하는 무신론자도 있으리라. 이해한다. 어린 시절 교회깨나 다닌 나로서도 어이없기는 마찬가지다. 아무튼 인간의 목숨을 제물로 바치기까지 하는 번제 의식이 유구한 역사에 비일비재했다면 나는 내 인생의 제단에 무엇을 바칠 것인가, 생각하지 않을 수 없다. 나도 별 수 없는 인간이고, 내 운명을 다스리는 신격에 의지해서 살지 않는다고 장담할 수 없는 처지이기 때문이다. 절박한 순간에 나의 목숨, 그것까지는 아니더라도 모든 것을 바친다는 각오로 번제를 드리는 게 진정성 있는 삶의 태도가 아닐까, 하는 생각도 자연스레 든다.

그렇다면 번제의 제물로는 무엇이 적당할까? 목숨을 내

놓을 수도 없고 얼마 안 되는 제물의 한 뭉텅이를 잘라 바칠 수도 없다. 내가 바칠 제물은 내 어린 시절의 모든 추억과 기억, 그리고 내 앞날의 생, 아무튼 내 모든 것일 수밖에 없다. 하지만 때 타고 약아빠지게 굴며 살아남았던 구차한 어른으로서의 일생이 제물로 바쳐진다면 아마 받으시는 신도 코를 싸쥐고 얼굴을 돌릴 것이다. "냄새 난다, 치워라." 그럴 것이다. 그렇다면 허클베리 핀과 동일시하던 앳되고 순진무구한, 막 첫 장을 넘긴 새 책처럼 순수했던 그 시절의 기억이 제물이 되기 적당할 것이다. 나는 파우스트처럼 순수했던 어린 시절을 제물로 바쳐 영원한 삶을 얻어 남은 생의 추억을 만들어갈 수 있을 것이다. 그 나머지 생에서 독서와 문학에 사로잡힌 영혼의 물질적 몰락은 얼마나 장엄할 것인가. 나는 홀로 환상에 빠져본다. 실로 황당할 것이다. 남들에겐 재미있는 구경거리겠지만 그 구경도 문학이라면 문학이 아니겠는가 자위해본다.

# 구글드

켄 올레타
타임비즈
2010년 02월 출간

저자 켄 올레타는 탁월한 문장가이다. 그 복잡한 실리콘 벨리의 이야기, 수많은 인물들의 인터뷰를 어떻게 그리 잘 엮어내어 유려한 문장으로 흐르게 하는지 알 수 없다.《구글드》는 '구글이시여, 강림하소서' 이런 뜻이라고 해도 무방할 정도의 구글의 지배 현상을 말한다. 젊은 이들은 이미 구글을 교회나 절대신이라 여기며 애용하고 있다. 그들이 신봉하는 일상생활을 '구글드'라고 한다. 켄 올레타는 이 구글드 현상에 대해서 실리콘 벨리를 샅샅이 뒤져서 그 연원과 전개, 미래를 재구성했다. 구글 내부에 잠재한 분란꺼리와 주요 개발자와 경영진 사이의 인간적 유대, 갈등에 대해 치밀하게 파고 들었다. 가히 구글 보고서라 할 만하다.《구글드》에 따르면 구글의 창업자인 래리 페이지와 세르게이 브린의 모토는 '사악한 짓을 하지 말자', '니콜라 테슬라처럼 되지 말자'라고 한다. '사악한 짓'이란 광고효과도 검증해주지 못하면서 자기가 규정한대로 광고비를 책정해 받아 챙기는 방송국처럼 되지 말자는 것이다. '니콜라 테슬라처럼 되지 말자'는 의미는 교류 전기를 발명하고도 에디슨에게 속아 한 푼도 못 받고 쫓겨나고 만 불운을 겪지 말자는 이야기다. 니콜라 테슬라는 전기 무선송신 방법 등을 발명한 천재 중의 천재인데 미국과 소련이 서로 빼앗아 가려다 폭사시켰다는 미스테리한 소문 속에 휩싸인 과학자이기도 하다. 에디슨과 평생 대립하며 노벨상 공동수상도 거절했을 정도라고 한다. 어쨌거나 구글은 이 두 가지 정신으로 똘똘 뭉친 신세대들의 회사이다. 구글이라는 회사는 물론 구글드라는 현상은 분명히 새로운 것이다. 20세기의 눈으로 해석할 수 없다. 그럼에도 불구하고 2008년 기준으로 구글의 광고 매출액이 미국 주요 5개 방송사의 광고 매출액을 넘어섰다. 광고 게시자에게 7을 주고 구글은 3을 갖는 방식인데도 그렇다. 한마디로 방송은 끝났다. 전통 미디어는 구글에 의존하고 구글을 따라해야만 그나마 연명할 수 있게 된 것이다. 그렇게 된 내력과 내부 사정을 자세히 알 수 있는《구글드》는 21세기 엘리트들의 필독서이다.

# 시작도 없고
# 끝도 없다

2013년 10월부터 우리 독서클럽 회원 중 나를 포함한 6명이 소설가 윤후명 선생이 가르치시는 '소설학당'의 습작반에 다니고 있다. 윤후명 선생은 25년여 세월 동안 수많은 소설가들을 양성해왔는데, 그 차례가 우리 독서 클럽 회원들에게도 돌아온 것이다. 인연을 맺게 된 내막은 우연하고 소소해서 말하지 않겠지만, 선생을 만나게 된 건 억겁의 인연이건 우연한 계기이건 삼대가 쌓은 선행의 결실이라 여길 만하다고 나는 생각한다. 처음 뵀을 때 "선생님께 소설을 배우려면 언제부터 시작하면 됩니까?"라고 여쭈었더니 선생은 "시작도 없고 끝도 없지요."라고 눈을 치뜨시며 말씀했다. 나는 깜짝 놀랐다. 선생의 말씀이 다짜고짜 여서만이 아니고 선생이 하도 정색하고 너무 당연하다는 듯 말씀해서도 아니었다. '시작도 없고 끝도 없다.'는 그 메시지에 단숨에 홀려서였다. 나는 "시작도 없고 끝도 없지요." 하는 말씀이 너무 마음에 들었다. 십년 묵은 체증이 한꺼번에 쑥 내려가는 것 같았다. 누구도 나에게 해주지 않았던 말, 어떤 진리나 복음 같은 말씀을 마침내 마주친 느낌이 들었다. 나는 즉시 "그렇지요? 그렇지요? 선생님. 그게 맞는 말씀이지요?" 하고 감탄 겸 되여쭈었다. 선생은 눈빛 하나 흩트리지 않고 "그렇지요." 하시면서 담담히, 이 대답 하나만큼은 세상에서 내가 제일 자신 있노라는 표정을 지으셨다. 너무 후련하고 속이 시원한 순간이었다. 나는 "받아주신다면 모든 일을 제치고 다음 차례부터 무조건 참석하고 싶습니다." 하고 말씀드렸다. 이렇게 모든 일이 순식간에 시작되었다. 독서가 소설 쓰기로 승화된 개인사는 뒤에 쓰기로 하겠다. 아무튼 독서클럽에 소설 쓰기 바이러스가 침투하게 되었고 그 첫 번째 보균자는 내가 되었다.

20여 년간 여행업에 종사하며 숱한 세계 여행지를 돌아보았던 박삼 대표가 나와 함께 첫 번째 감염자로 선택됐다. 이미 윤후명 선생에게 소설을 배우던 전업주부 이희복 씨는 거꾸로 소설을 배우는 도중에 독서클럽 회원이 된 경우이다. 이렇게 독서클럽 멤버 셋이 선생에게 소설을 배우던 중 몇 달 후 백산주유소 문성필 대표가 나의 강권에 못 이겨 합류하였고, 그 몇 달 뒤 20여 년 봉직하던 경영자총협회 팀장

자리를 그만두고 인도 여행을 다녀와 고전 공부를 하던 박
일호 씨가 합류했다. 유명 제지업체에서 마케팅 팀장으로 일
하던 석사 출신 김지훈 씨도 회사를 그만두고 여유를 부리
던 도중 함께하게 되었다. 단편소설을 배운다고 하니까 처음
에 "내가 소설은 무슨… 그건 작가로 타고나는 사람들이나
하는 거 아닌가? 나는 A4 한 장도 다 못 채워. 그 다음 채우
려면 머리가 빠개지는 데 무슨…." 하는 사람이 많았다. 전
업주부 이희복 씨도 사업하는 남편 뒷바라지 하랴, 집안 대
소사 관리하랴 바쁜 와중에 이미 소설가가 되리라 작정한
분이었다. 이러거나 저러거나 합평 작품 한 편 완성하기는
사실 누구에게든 하늘에 별 따기만큼 어려운 일이긴 했다.
문장을 갈고 닦아 예술적 품격마저 갖춘 이야기를 주저리주
저리 원고지 200매짜리 80~90장으로 엮어낸다는 것은 그
자체로 고행이다. 그래서 "합평작 한 편 못 써낼 게 뻔한데
무슨 소설 공부냐?"는 항변이 틀린 말은 아니다. 하지만 나
는 "소설 쓰기를 배우면 문장을 배우면서 사유하는 법도 배
우게 된다. 그러면 에세이를 써도 문장이 좋아진다."고 설득
했다. 백산주유소를 운영하면서 전국의 주유소와 중소기업
에 서비스 마인드 향상 강연 활동을 하는 문성필 대표도 "저
같은 기름쟁이가 무슨 소설이에요?" 하며 겸연쩍어했다. 하
지만 합평 작품 한 편 쓰지 못한 채 1년여를 뜨문뜨문 다니

면서도 문학의 융숭 깊은 세계를 들여다보게 되었다. 차츰 문학의 세계와 기업의 서비스 판매 활동이 깊은 연관성이 있다는 걸 깨닫고 자신의 인생이 문학이라는 진리 탐구 활동에 다가서고 있다고 말한다. 문 대표는 자신이 운영하는 주유소에 독서 낭독 클럽을 만들어서 서비스 마인드에 관한 각종 자기계발서를 윤독하고 있다. 그는 "휘발유도 에너지가 되지만 그야말로 독서 낭독이 에너지가 돼요."라고 말한다. 6명은 각기 다른 희망에 부풀어 소설을 배우고 있다. 작가로 데뷔하건 문학 마니아로 남건 1, 2년 후에 판가름이 나겠지만, 우리는 괘념치 않기로 했다. 글을 읽는 게 좋고, 결국 글을 쓰고 싶다는 열정이 생겨 스스로 선택한 길이니, 결국 뭐가 되도 되긴 할 것이라는 게 속편한 우리들의 생각이다. 이는 25년여 세월 동안 60여 명의 작가를 배출한 윤후명 선생의 말씀이기도 하다. "열심히 하면 뭐가 되도 됩니다."

우리의 여정은 결국 독서 낭독에서 문학의 길로 인도되었다. 우연이라고 보기에는 너무 상관성이 높은 변수의 만남이다. 독서와 문학. 이는 떼려야 뗄 수 없는 동전의 앞뒷면 관계가 아닌가. 한국 근대문학사의 빛나는 천재 김동리 선생도 친형님의 서재에서 뒹굴뒹굴 독서를 하다가 소설가와 시인의 길로 들어섰고, 윤후명 선생도 고등학교 시절 당시 유명한 독서 연합 서클에서 독서깨나 하시다 '문학만이 구원이다.' 라는 진리를 발견하셨다는 일화가 있다. 1980년부터 연재된 《객주》를 2013년에 10권으로 출간해 화제가 되었던 소설가 김주영 선생도 "내가 작가이기도 하지만 대단한 독서가이기도 합니다. 나, 책 많이 읽습니다."라고 말씀했다. 비오는 날 어떤 심부름으로 선생의 사무실에 찾아간 일이 있는데, 내가 겨드랑이에 끼고 있던 할레드 호세이니의 소설 《연을 쫓는 아이》를 보시더니 "어, 그거 좋은 책인데, 그걸 읽네."라고 하시던 기억이 난다. "이 책을 읽으셨어요?" 반문하자 "그럼, 그 작가가 다른 소설도 썼지. 《천 개의 찬란한 태양》인가 뭐라카는 거." 하고 제목을 정확히 말씀하는 걸 들었다. 이렇게 다독하는 에너지가 74세에도 《잘 가요 엄마》와 《객주》 10권을 써내는 저력일 거라는 생각이 절로 들게 하는 노익장이 아닐 수 없다. 이렇듯 독서가 문학에 이르는 길이라는 걸 위대한 작가들이 몸소 보여주고 있는 마당에 우리 독서클럽 멤버들이 작가의 길로 접어드는 게 어찌 보면 당연하다는 생각이 든다. 독서는 문학으로 난 길, 그 길 중에서도 고속도로가 아닐까 생각해본다. 나아가 문학을 학문의 한 장르라고 여기는 좁은 사고방식에서 벗어난다면 어쩌면 모든 창작, 묘사, 재해석 행위와 사물의 연구, 동물 행동에 대한 연구 논문까지도 그 모든 글과 말이 문학이 아닌가 생각해본다. 근원으로의 회귀,

사라져버린 가치를 찾아가는 험난한 여정, 그 모든 살아 움직이는 활동이 문학이 아닐까 하는 것이다. 그렇다면 우리의 독서 행위 자체도 이미 문학 행위이다. 결국 우리는 독서의 연장선에서 이미 쓰고자 하는 욕구 한 가지를 더 '보태 쓰기' 연습을 하고 있는 것이다. 그리하여 쓰고자 하는 욕구에 상상력을 보태고 독창성을 더하고 예술성을, 고고한 품격을 곱하여 마침내 우리만의 문학을 하게 될 것이다. 그것이 자급자족이건 대중적 유명세를 타건 상관없다. 지금은 단지 루비냐 다이아몬드냐, 원석이냐 보석이냐 하는 차이만 있을 뿐 우리는 이미 문학을 하고 있는 것이다.

하지만 그 끝은 알 수 없다. 창대하게 뻗어 나갈지, 사위어들지, 자기만족에 머물지 대중의 사랑을 받을지, 위대하다는 찬사마저 듣게 될지 알 수 없는 것이다. 헨리 데이비드 소로우의 《월든》도 작가 살아생전 200부도 팔리지 않았듯이, 톨스토이가 발굴하여 소개되기 전까지 아무도 몰랐듯이 우리가 쓴 글들이 그 언젠가 빛을 볼지도 알 수 없는 일이다. 정말이지 알 수 없다. 단지 시작이 우연이듯 끝도 우연이지 않을까 싶은 생각만 맴돈다. 진실을 말하자면, 시작도 없고 끝도 없으니까.

# 옵티미스트

로렌스 쇼터
부키
2010년 02월 출간

《낙관주의자》라는 제목처럼 대책없이 신난 사람들을 취재한 기록이 아니다. 영어권의 고학력 백수인 저자가 아버지 잔소리도 듣기 싫고 매일 전쟁 뉴스나 나오는 텔레비전만 끼고 살기도 싫어서 성공, 성공 떠드는 성공학 강사들을 찾아 다니면서 '당신은 이 비극적인 세상에서 왜 낙관론을 펼치고 다니느냐?' 묻고 그 대답을 기록한 이야기다. 기록했다기 보다는 자기 멋대로 그들의 이야기와 하는 짓을 재해석해서 '웃긴다, 지랄한다, 꼴값이다, 제법이다' 하는 투의 점수를 매겼다고 해도 틀리지 않는다. 저자의 문제의식은 하나다. 뉴스에서 세상이 맨날 뒤숭숭하다는데 어째서 사람들에게 낙관적인 미래를 장담하는 인간들이 인기를 얻고 있느냐, 하는 것이다. 그 이유를 알 수도 없고 또한 배 아파서 견딜 수 없다, 그런 속내인 것이다. 비극적인 세상에 희망과 낙관을 팔면서 돈벌이를 하다니, 사실은 자기도 하고 싶은데 그 방법과 요령, 뻔뻔함의 비결이 뭐냐 뭐 그런 것이다. 그런데 이 책은 그의 글재주로 말미암아 그의 속내와 전혀 다른 책이 된 것 같다. 어쩌다 보니 세상에 남아 있는 진정한 낙관주의자를 찾아 헤매는 여정이 되어버렸다. 인터뷰이들의 일정에 따라 또는 그들의 변덕에 따라 순서 없이 뒤죽박죽 인터뷰가 되다보니 마치 돈키호테가 마구 지껄인 것처럼 종잡을 수 없는 얘기가 되어 버렸고 그래서 더 재미나게 읽힌다. 저자 로렌스 쇼터는 솔직하고 적나라하게 썼는데, 나는 그의 삐딱한 시선과 태도가 통쾌하게 다가와서 더 흥미로웠다. 제목과 달리 그는 비관주의자다. 이 책의 내용은 비관주의자가 낙관주의자를 조롱하는 이야기다. 그런데 이상하게 독자들은 낙관주의자가 되는 이야기다. 이상한 책이다. 취재 결과, 성공학 강사들도 백수인 저자와 똑같은 인간이라는 점이 밝혀진다. 잘난 것도 없고, 매일 불안해하며 살고, 생계에 쫓기고, 투자에 실패하고, 결점투성이인 시시한 인간군상이었다. 그렇다면 뻔한 이야기나 듣자고 괜히 인터뷰한다 설치고 다닌 셈이다. 시간낭비였다는 깨달음이 반전이다. 그 반전이 너무 재밌어서 그가 재능있는 작가로 인정받은 것이다. 글쓰기를 배우는 사람들은 꼭 읽어봐야 할 책이다. 글쓰기의 교과서라 할 만하다.

# 소설가가
# 된다는 것

　　내가 소설가의 꿈을 가지게 된 때는 고등학교 2학년 때이다. 파릇파릇 싱싱했던 나이다. 아쉬운 점은 동네 교회에서 전수받은 허약한 기독교 계열의 미신적 이데올로기에 나의 뇌가 점령당했었다는 사실이다. 돌이켜 생각할수록 아쉽고 아깝다. 자유로운 뇌가 네 멋대로 상상하게 놔두어야 할 시기에 얇고 하찮은 이데올로기에 몰입되어 있었다니. 대학 시절에도 부질없고 쓸데없는 좌파 이데올로기에 매몰되어 몇 년을 허비했다. 모두 서구에서 진작 퇴출된 목적론적이고 종말론적인 잡스런 이데올로기의 잔재였다. 타고 남은 재 속에서 진리를 찾았으니 찾아질 리가 없었다. 하지만 중학교 2학년 때 동네 서점을 드나들며 스스로 찾아낸 문학이라는 보석은 여전히 내 안에서 빛나고 있었던 모양이다. 나는 마침내 고등학교 2학년 겨울방학에 소설이라는 걸 한 편 썼다. 내용은 기억나지 않지만 원고 매수는 또 렷이 기억난다. 74매였다. 당시 나는 〈소설문학〉이라는 잡 지의 주요 독자였고 매월 그 잡지를 샀다. 김재원이라는 사 람이 발간하는 잡지였는데 판형이 컸다. 당시로서는 혁신적 인 편집이었다. 그런 획기적인 이미지가 마음에 들어 매월 구독했다. 그 잡지에서 탐독한 여러 단편들이 머릿속에 뒤죽 박죽 섞여서 어느 날 나도 써봐야지, 하는 설레는 가슴으로 후다닥 내 생애 최초의 소설을 써 내려간 것이다. 그날 이상 한 일도 있었는데 소설 구상을 하면서 머릿속이 복잡할 때 목격한 일이었다.

나는 독서실에서 공부를 하다가 소설을 읽다가 하면서 머 리를 굴리고 있었다. 온 몸이 찌뿌듯해서 시계를 보니 밤 11 시가 넘어 있었다. 바람이나 쐬며 한숨 돌리자고 3층의 독서 실 복도로 나가 무심히 창밖을 내다보았다. 사방이 캄캄했고 지나다니는 사람도 없었다. 당시 밤 11시는 서울 변두리로 서는 귀가하기에 꽤 늦은 시간이었다. 그런데 왼편에서 두다 다다닥 하는 다급한 발자국 소리가 들려왔다. 어쩐지 하이힐 신은 여자가 뛰는 소리 같았다. 사위가 조용했으므로 어둠이 증폭기가 되어 요란하게 들리는 소리였다. 뭔가 싶어 눈길을 주었는데 사람의 형체가 조금씩 뚜렷이 나타났다. 예상대로 양장 차림의 여성이었다. 나이가 얼마인지는 모르지만 어린 처녀는 아닌 걸로 보였다. 그런데 하필이면 이 여자가 내가 서 있는 창밖에서 직선으로 보이는 지점까지 와서는 홀러덩 치마를 걷어 올리는 게 아닌가. 나는 한숨을 돌리기는커녕 숨이 멎었다. 목울대로 침 삼키는 소리가 들릴까 한 손으로 입을 막았다. 마침 내 옆에 독서실에서 먹고 자는 총무라는 사람도 있었다. 그 사람은 주책 맞게 '히힉, 좋은 구경거리 생겼다.'며 희희낙락한 표정이었다. 나는 당황하긴 했지만 거의 본능적으로 눈이 알사탕만 해져서 그 장면을 똑바로 쳐다보았다. 치마를 걷어 올린 여자는 속옷을 벗어 내리더니 주저앉아서 볼일을 보았다. 도로 폭이 10미터가 넘는 제법 넓은 골목에서 숨을 데라곤 없었다. 조금 더 가면 개천인데, 그 폭이 20미터는 되었다. 지금 생각하면 개천가 물소리가 들리는 지점까지 이르자 그 물소리 때문에 도저히 참을 수 없어 치마를 걷어 올린 게 아닌가 싶은데, 아무튼 그날 밤의 장면과 오줌발 소리는 꽤나 인상적이었다. 넋을 놓고 쳐다보다가 문득 민망해진 나는 동하는 호기심을 꿀떡 삼키고 돌아섰다. 옷 추스르는 모양이나 그 다음 일 등이 몹시 궁금했으나 사람은 낯짝이라는 게 있었다. 여전히 희희낙락한 독서실 총무는 내 어깨를 붙잡고 조여 왔으나 나는 뿌리치고 돌아섰다. 그 순간, 총무가 "어이, 아줌마! 뭐해요?" 큰소리로 외쳤고, 나는 그 소리를 들으며 심장이 오그라들었다. 그 여자의 마음은 어땠을까? 당시는 1981년, 꽉 막힌 시절이었고, 특히 여자들은 옴짝달싹 못하던 시대였다. 내 자리로 돌아와 잠시 얼굴이 화끈거려 안절부절 못하고 있는데 뭔가 이상한 느낌이 나를 사로잡았다. 문득 상쾌한 바람이 심장을 타고 넘는 듯 가슴이 시원해졌다. 속이 후련하다는 느낌이 있다면 딱 그런 것이었다. 여자가 무지 창피하겠다는 마음에 속이 오그라들 때는 언제고, 그 장면을 되풀이해 떠올리다 보니 그녀가 훌러덩 걷어 올린 치마 속에 드러난 하얀 덩어리가 무언가 금기를 깨버린 상징처럼 여겨진 것이다. 어린 머리로서는 감당할 수 없는 느낌인 게 분명했지만 어둠을 가르고 두다다다닥 들리던 하이힐 소리와 하얗게 빛나던 엉덩이, 뒤이어 들리던 우렁찬 소리가 어울려 무언가 어둠의 장막을 찢어발기는 듯한 후련한 해방감을 선사했던 게 분명했다. 나는 소름이 돋을 지경이었다. 갑자기 가슴이 설레고 몸이 더워졌다. 묘한 느낌에 사로잡힌 나는 불현듯 사물함을 급히 열어 원고지를 꺼냈다. 그리고는 떠오르는 대로 마구 써내려가기 시작했다. 그게 내 생애 첫 창작 소설이었다.

시작은 그렇게 우연히 마구잡이로 찾아왔다. 그 소설을 순식간에 다 쓰고 나서 같은 독서실에서 만난 친구에게 보여주었다. 그날 이후 단 한 번도 만난 일이 없는 그 친구는 다 읽고 나서 말했다. "어디선가 많이 본 것 같은데?" 그 말을 듣고 나는 속에서 스멀스멀 괴로운 감정이 밀려 올라왔으나 내색을 하지 않았다. 아니, 내색하지 않았다는 건 나만의 착각이었을 것이다. 그 어린 나이에 표정을 숨기고 자시고 할 재주가 내겐 없었을 것이고, 당연히 곧장 실망한 얼굴이 되어 친구를 눈치 보게 했을 것이다. 나는 두 말 않고 원고를 받아서 자리로 돌아가 한 5분쯤 얼어붙은 채로 앉아 있었다. 독서실 칸막이 안에서 희부윰한 형광등이 처량하게 빛났다. 갑자기 모든 것이 막막해졌고 앞날이 불투명하게 느껴졌다. 어느새 원고는 찢어발겨진 채 휴지통 안에 흩어져 있었다. 그날 이후 나는 며칠 동안 생각하고 또 생각했다. 그리고 나만의 오롯한 체험이 없이 남의 소설을 읽기만 한 뒤에 쓰는 소설이란 결국 베껴 쓰기밖에는 되지 않을 것이다, 하는 결론에 도달했다. 나는 마음이 한결 가벼워졌고, 내가 이것저것 체험을 많이 해서 이제 써도 되겠다는 자신감이 생길 때까지는 소설 쓰는 일을 하지 않으리라 작정했다. 그렇게 열아홉 살부터 마흔아홉 살까지 어언 30여 년이 흘렀다. 대학 시절 문학반 새내기로 소설가 김원우 선생과 막걸리 잔을 기울인 단 한 번의 추억도 있고, '창비' 전집을 내 돈으로 사다 문학반 서고에 채워놓은 기억도 있기는 하다.

몇몇 소설 쓰고 시 쓰는 선배들을 동경의 눈초리로 바라보던 내 풋풋한 모습이 눈에 밟히기도 했고, 2012년 조선일보 신춘문예에 당선된 작가의 스승이 1984년 군에서 제대하고 막 복학했던 내 문학반 선배라는 사실을 알고 격세지감을 느끼기도 했다.

무려 30여 년의 세월 동안 나는 소설을 멀리했다. 격동의 세월에 어울리지 않는 매우 한갓진 오락으로 여겨졌고, 그리 사세다급하게 하지 않아도 언젠가는 하게 되겠지 싶어 미루고 미뤄왔던 것이다. 생계를 잇는다는 강박감에 짓눌려 소설이나 시가 머릿속에 들어오지 않았고, 그렇게 습관이 배겨 본의 아닌 난독증이 생긴 탓이었다. 문단 내부에서 자성의 소리가 일듯, 문학이 전체적으로 예술의 한길로 올곧게 가기보다 시속에 따라 표류해온 탓도 있을 것이다. 일부 작가들이 이념이나 사회현상의 지배를 받았다거나, 지배받지 않으려는 강박감의 지배를 받았다거나, 깊고 고요하고 높은 상상의 공간에 깃들지 않았다거나, 푼돈에 홀려 대중의 입맛대로 써 갈겨 내놓았다거나, 남이 써준 걸 자기 것으로 발표한다거나 그런 탓도 있었을 것이다. 작품에서 빛이 나지 않다 보니 독자인 내가 유명한 외국 작품들만 찾게 되고, 그런 흐름에 정신을 팔아온 탓도 클 것이다. 분명 무언가의 탓은 탓일 것이다. 하지만 무조건 읽고 봤어야 한다는 말도 일리가 있을 것이다. 하룻저녁에 쓱싹 읽히는 낡은 잡지의 표지처럼 통속한 소설도, 높은 정신세계를 노래한 백석의 시와 산문도, 김동리, 윤후명, 김주영, 최명희, 박경리, 마르셀 푸르스트, 카프카, 이상, 서정주, 제임스 조이스, 니체, 헤세, 까뮈, 사르트르, 에코의 작품들도 진즉 읽어두었어야 한다는 말이 맞을 것이다. 그런데 왜 읽지 않고 버렸을까? 그동안 어디서 무슨 생각을 하며 지내느라 시와 소설을 멀리했을까? 특히 우리나라의 시와 소설을 나는 왜 멀리 했던 것일까? 못생겨서일까? 미워져서일까? 실망이 커서일까? 아마도 그렇기는 할 것이다. 하지만 못생겼으면 못생긴 대로, 미워졌으면 미워진 대로, 실망마저 컸으면 큰 대로 읽고 또 읽음으로써 작가들과 함께 견뎌내고 이겨냈어야 하지 않았을까, 하는 자괴감도 생긴다. 이제 내 후회의 기록을 오롯이 나만의 소설로, 오소록한 기억의 습작으로 써 내려가야만 할 것이다. 써야 매듭이 풀릴 것이다. 써서 풀어내야만 다시금 매일 얹히는 체증이 또 내려갈 것이다. 그래서 후련한 인생을 한판 살아 볼 것이다.

# 나는 세계일주로 경제를 배웠다

코너 우드먼
갤리온
2011년 03월 출간

세상을 헤매고 다니는 사람은 두 종류다. 종교인 아니면 장사꾼. 《객주》의 작가 김주영 선생은 이렇게 표현했다. "길을 떠나는 사람은 두 부류 중 한 부류입니다. 하나는 종교인이고 다른 하나는 장사꾼입니다" 멋진 말이다. 종교인은 순례삼아 길을 떠나고 장사꾼은 이문을 남기자고 길을 떠난다. 코너 우드먼은 금융회사에 근무하던 엘리트였는데 TV 프로그램 기획물인 '80일간의 거래일주'의 주인공으로 세계를 돌아다녔다. 그의 자본금은 5,000만 원인데 그 돈을 정해진 기간동안 두 배로 불리는 게 여행의 목표였다. 그가 경험한 거래일주의 경험을 이 책에 담았다. 때로 무모하고 때로 용감하며 때로 실패하고 때로 성공한다. 그리고 무진장 고생한다. 날마다 돈을 얼마나 남겼나, 어디서 뭘 사서 어디까지 가서 팔면 이문을 더 남기겠나, 잔머리를 굴리고 싸구려 잠자리를 얻거나 노숙을 한다. 밤새워 울컹덜컹 트럭을 타고 먼 길을 가기도 한다. 젊으니까 할 수 있는 일이다. 자유주의 경제가 장사의 세계화, 화폐의 전 지구화 캠페인을 해대다보니 경제권은 이제 지구 전체가 되어 버렸다. 이런 시절에 젊은이들이 길을 떠나지 않고 편안하게 경제에 적응할 수 있는 기회는 줄어들었다. 내수가 부양하던 경제의 시대가 끝났다. 몇 번의 경제 위기로 달러가 마구 풀리다 보니 세계 경제는 하이퍼인플레이션의 늪에 빠져버렸다. 돈, 돈, 돈, 더 많은 돈을 쫓는 게 경제학이 되어 버렸고 비즈니스의 목표는 오직 더 많은 화폐가 되었다. 교환가치도 아니고 오직 더 많은 돈이다. 이건 골칫거리가 아닐 수 없다. 나는 돈만 쫓는 젊은이의 이 여정에 사상적으로 찬동하지 않는다. 하지만 그렇게라도 세상 돌아가는 물리를 알아가는 젊은이의 열정은 지지한다. 이 책에서 돈을 쫓는 장사꾼의 행동방식이 아니라 세상 물리를 깨우치려는 그의 몸부림을 읽어낼 수 있다면 훌륭한 반면교사라는 생각이다. 도전만이 인생의 전부인 시절, 이 책은 남녀노소 누구나 한번 읽어볼만한 책이다.

# 평범한
# 사람일지라도

"문학과 예술 방면에 그다지 조예가 깊지 못한 평범한 사람일지라도 소박하되 넘치는 애정으로 독서 생활을 가꾸어 나가며 삶의 기쁨과 내면의 가치를 키울 줄 아는 진지함이 있다면, 그것으로 충분하다. 그리하여 별별 멋들어진 비평에 신경을 곤두세워 귀 기울이기보다 흔들림 없이 내면의 요구를 따르고, 유행에 동요하기보다 자기 마음에 맞는 것을 충실히 지켜낸다면 더 빠르고 확실하게 진정한 문학적 교양을 성취해낼 수 있을 것이다. 혹 미숙한 서생이나 아류의 작품을 읽을지라도 마음에 와 닿는 점이 있을 테고, 계속해서 다른 작품을 찾아 읽으며 점점 예민해지는 감수성으로 더욱 순전하고 풍부하게 울리는 방향으로 따라가다 보면 마침내 대가들의 작품에 이르게 되는 것이다."

—헤르만 헤세 《책과의 교제》 중에서

《유리알 유희》로 1946년 노벨문학상을 수상한 헤르만 헤세는 어려서부터 오직 시인이 되기만을 꿈꾸었다고 한다. 열다섯 살 때 기숙 신학교를 뛰쳐나와 자살 기도를 하고, 곧이어 학업마저 때려치워 버렸다. 그 후에도 이런저런 자질구레한 직업을 갖기를 원치 않았고, 차라리 방랑을 일삼으며 시를 쓰고 책을 읽고 소설을 썼다. 당시 프랑스 지식인 사회를 떠들썩하게 했던 드레퓌스 사건의 와중에 그는 처녀 시집 《낭만의 노래》(1898년)를 자기 돈 들여 펴내고, 이어 산문집 《자정 지나 한 시간》(1899년)을 출간했으며 이탈리아로 여행을 떠났다(1901년). 지식인들이 좌파, 우파로 갈라져 밤낮없이 싸워도 아랑곳않고 출세작 《페터 카멘친트(향수)》를 썼고, 《수레바퀴 밑에서》를 썼다. 독일이 프랑스를 침공해 벌어진 1차세계대전 와중인 1915년엔 방랑하는 젊은이의 순수한 영혼을 묘사한 소설, 《크눌프》를 발간했다. 이 정도면 헤세에겐 오직 문학밖에 없었고, 바깥세계는 문학의 껍데기에 지나지 않았을 법하다.

《자정 지나 한 시간》에서 헤세는 "나는 예술가의 꿈의 세계, 미의 섬을 만들어냈다. 그 창작 세계는 일상생활의 혼돈과 좌절로부터 밤으로, 꿈으로 그리고 아름다운 고독으로 도피하는 것이었다. 이 책에는 또한 유미주의적인 특징이 들어 있다."라고 썼다. 서점과 고서점에서 아르바이트를 하다 그만둘 무렵인 1903년, 헤세는 '책과의 교제'라는 에세이를 썼다.

1907년 12월 30일자 〈취리히 차이퉁〉에 처음 게재되었다는데, 그렇다면 처음부터 원고 청탁을 받고 쓴 글은 아니었나보다. 요즘 사람들이 블로그에 끼적거리듯 써놓은 글일 확률이 높다. 1877년생이니까 1903년이라면 이십대 중반 무렵이다. 출세작인 《향수》가 이듬해인 1904년 출간되고, 유명한 《수레바퀴 밑에서》가 1906년에 나오는 걸로 미루어 한창 창작에 미쳐 물이 오르던 때였으리라. 이 무렵 헤세가 문학적 교양을 성취하는 것의 중요성에 대해, 자기 인생의 행로에 대해 분명하게 밝히고 있는 에세이가 바로 '책과의 교제'라는 짧은 글이 아닌가 한다.

문학적 교양(문학은 소설이나 시, 희곡 등 작품에 한정해서 말하는 개념이 아니다. 읽기와 쓰기 일반을 말하는 것이다.)의 중요성에 대해 이처럼 명징하고 쉽게 쓰인 글은 내가 정독한 열두어 권의 대표적인 '독서' 관련 책에서도 읽지 못했다. 그래서 여기 인용하기도 하거니와, 문학적 교양이란 그리 어려운 게 아니라는 어떤 시사점을 얻을까 하여 굳이 선택한 글이다. 문학적 교양을 성취하는 게 왜 중요한지, 어째서 뒤로 미루거나 가식적인 겸손을 떨 일이 아닌지 일러주는 말로써 이 말 외에 더 할 말이 있을까? 게다가 너무도 쉽고 간명하게 쓰여 있다. "문학과 예술에 조예가 없는 사람이라도 소박하되 넘치는 애정으로 독서 생활을 가꾸어 나가며 삶의 기쁨과 내면의 가치를 키울 줄 아는 진지함이 있다면 그것으로 충분하다." 이 얼마나 따뜻한 위로이며, 넘치는 애정인가? '책과의 교제'라는 글 전편은 《책의 세계》(《헤르만 헤세의 독서의 기술》이라는 다소이상한 제목으로 번역되어 있다.)에 있다.

우리는 헤세의 인생에서 문학적 교양을 향한 한 인간의 순수한 열망과 추구를 본다. 헤세는 힌두 철학과 장자, 공자 철학을 전문가 수준으로 공부했고, 피 터지는 싸움에 이골난 당시 서구 문명의 정신적 탈출구로써 조화와 평화의 세계관을 퍼뜨렸다. 1960년대 미국이 베트남전 반대 운동으로 후끈 달아올랐을 때, 헤세가 던지는 메시지가 미국 젊은이들의 가슴을 울렸다고 한다. 그것은 다름 아닌 전쟁을 반대하고 평화를 바라는 모든 인간의 꿈, 낭만의 노래라는 유미주의적 메시지이다. 인간 내면의 신성을 발견하기 위한 젊은이들의 낭만적인 방랑을 옹호하며, 진정한 삶의 가치를 찾는 여행자로서의 삶을 추구하는 그의 문학이 시대정신으로 떠오른 것이다. 문학적 교양이란 바로 이런 것이 아닐까 한다. 헤세처럼 조용하고 진지하며 낭만적인 내면의 성찰이 악의적이고 무자비한 환경과 부조화 하는 것. 그 부조화가 널리 퍼져 알음알음 심지가 되고 성냥이 되어 발화하는 것. 발화 지점의 작은 불꽃들이 모여 들불이 되고, 들불이 한 덩이가 되어 앙샹 레짐(구체제)을 타파하는 것. 18세기 말 서구 유럽의 앙샹 레짐이나 21세기 디지털 시대에도 잔재처럼 남아 있는 앙샹 레짐은 실은 내면의 문제이다. 정치적 행동과 폭력은 비뚤어진 욕망과 탐욕, 집단적 이기심이 빚어낸 것이다. '폭력을 응징하는 것은 더 큰 폭력밖에 없지만 폭력을 유야무야 시키는 것은 결국 문학적 교양밖에 없다' 는 생각이 점점 유행을 타고 있다. 전쟁 영웅을 기리거나 그들의 무용담을 쿵야 쿵야 포장하는 과격한 콘텐츠가 각광받는 시대는 저물고 있다. 소리 소문 없이 갈등을 해결하는 천재적인 두뇌의 문제아나 작은 공동체의 안위에 기여한 뜻밖의 작은 행동, 수많은 사람들을 손쉽게 연결해서 작은 공감을 거대한 공유로 만들어내는 기술 같은 콘텐츠가 인기를 끄는 시대가 도래하고 있다. 심지어 3차대전급 충격파를 던진 2001년 9.11 테러는 그 뚜렷한 악의와 반문명적 야만성에도 불구하고 2차대전의 희생에 비하면 매우 고마울 따름이라는 해석도 가능한 시대이다. 곪고 곪은 민족 간, 종교 간 갈등은 이제 충격적인 한두 번의 테러로 불꽃처럼 터진다. 그 깊고 광대한 가해와 피해의 역사에 비하면 보잘 것 없는 불꽃이다. 하지만 충격파는 크고 깊다. 문명사회 전체가 회복할 수 없는 내상을 입었다. 심지어 문명이 망할 징조마저 있다는 사실을 극명히 드러내 보여 사람들을 아연실색하게 한다. 사람들은 얼굴이 파랗게 질려 겨우 숨을 붙이고 하루하루 살아가는 기분에 빠진다. 거기에 기후 변화로 인한 환경 재앙까지 엎친 데 덮쳤다. 어떤 사람들은 이제 삶을 놓아야 할지 말지를 고민하고 있는 지경이다.

이런 시대에 과연 무엇이 교양일 것인가? 그것은 뻔하다. 문학적 교양 말고는 없다. 정치적 사상적 경제적 교양이란, 이제 개나 고양이도 안 먹는 정크 푸드가 되어버렸다. 헤세나 지드, 칸트, 팡세, 아우렐리우스의 콘텐츠들이 웰빙형 문학적 교양으로 유행할 조짐을 나는 본다. 다치고 죽고 작살나고 망하는 길이 뻔히 보이는 콘텐츠는 흥청망청 낙관이 판치던 시대의 오락일 뿐이다. 그런 오락은 이제 없다. 더는 오락이 아니므로 즐길 수 없는 교양이다.

보양
창해
2007년 01월 출간

제목 그대로 중국인의 추악하고 더러운 근성을 적나라하게 폭로한 책이다. 저자 보양 선생은 산전수전 공중전을 다 겪은 인물로 노인이 다 되어 이 책을 썼다. 2000년간 썩어 빠진 공 맹사상에 주눅들려 사는 중국인들, 이들은 장독 안에서 썩은 구더기와 더불어 살면서 이리 저리 몸을 뒤척이며 구차하고 비루한 인생을 견디는 족속들이다. 평판을 중시해서 더욱 이기적이 되고 출세를 위해서라면 물불을 가리지 않으며, 옆 사람이 죽어 나자빠져도 눈하나 깜짝않는 사람들이 다. 공공선이 중요하지 않은 관료들, 오직 겉치장과 허례허식에 눈 먼 엘리트들이 중국을 삼류국 가로 전락시키고 있다. 원로의 쓴소리라기에는 너무 자극적이어서 이러고도 그가 중국에서 무사 할까 하는 생각이 들 정도다. 하지만 대만에 살고 있다는데 대륙에서도 존경하는 팬들이 많다고 한다. 자화상을 똑바로 보고 이를 극복하고자 하는 양심적인 사람들은 어디나 있게 마련이다. 보 양은 주장한다. 앞으로는 더러운 중국에서 신선한 젊은 세대가 탄생할 것이라고 이 책은 그들을 위해 썼다고. 나는 이 책을 읽으면서 중국인이 구제불능이다,라는 상념도 가져봤지만 동양 삼국 국민들에게 공통적인 이상하게 끈적거리는 이기적인 근성을 엿보기도 했다. 자기 평판을 좋게 유 지하기 위해 남의 험담을 일삼고 출세나 생존을 위해서 지저분한 짓을 스스럼없이 하는 등 인격 적 이중성 또는 다중성이 그것이다. 솔직하고 정직하게 자기를 까발리고 서로 위로하고 도우면서 인생을 살아가는 서구식 합리주의 전통과는 멀어도 너무 멀다. 서양도 별 수 없다고 할지 몰라도 그들은 정직하지 못한 자의 평판이 바닥이 되는 문화가 있다. 문화권이라는 게 이게 낫다 저게 낫 다 할 수는 없을 것이다. 하지만 배울 건 배워야 할 것 같다. '대만의 루쉰' '중국인의 양심'이라 불리던 보양 선생은 2008년 향년 89세에 폐렴으로 사망했다고 한다. 대만 총통들이 문병을 오는 등 대접이 깍듯했다고 한다. 우리 자신의 모습을 들여다보는데 세상에 이만큼 통렬한 책은 없다 고 생각한다. 인문학은 '내가 누구인가'에서 시작한다는데, 이 책이야말로 인문학의 정수다. 특히 동양 삼국인들에게 그렇다. 일독을 권한다.

# 써야
# 역사다

맹자가 안자, 증자를 제치고 공자 다음 2인자로 추앙받는 이유는 기록이 있기 때문이라고 한다. 이순신 장군이 정기룡 장군이나 원균 장군보다 추앙받는 이유도 《난중일기》 때문이라고 한다. 백범 김구가 민족의 지도자로 추앙받는 이유도 신세한탄이 많이 섞인 《백범일지》 때문이다. 백범도 암살을 당했지만 당시 암살은 여러 건이었다. 송진우, 여운영 등 많은 사람들이 당했다. 그런데도 김구의 이름만 추앙받고 있다. 정기룡, 원균도 이순신 못지않게 활약한 것으로 알려져 있다. 이순신 장군이 나라를 구한 게 아니라 여러 장군들과 의병들이 있었기에 왜구를 격퇴할 수 있었다. 하지만 후대 사람들은 이순신을 대표주자로 기억한다. 《난중일기》 때문이다. 그 일기에는 사나이의 외로움도 묻어 있다. 이겨야 살아남는다는 절박한 고뇌도 엿보인다. 인간적인 두려움도, 초인적 용맹함도 모두 그 일기를 해독함으로써 얻을 수 있는 인간 이순신의 면모이다. 사람들은 인간 이순신을 사랑한다. 박정희 전 대통령이 쿠데타의 정당성을 강변하기 위해 이순신 동상을 광화문 네거리에 세워서 그리 된 거 아니냐, 하는 항변은 바보 같다. 동상까지 세워지게 한 힘이 바로 《난중일기》라는 걸 모르는 것이다. 결국 모든 행위는 써야 역사다.

독서 낭독은 텍스트를 마음속에 고이게 하는 특이한 독서 방법이다. 고이면 흐르게 되어 있다. 흐르지 않으면 썩는다. 썩으면서 시야를 흐리고 관점을 흩트린다. 결국 사물이 어렴풋해지고 사람이 올바로 보이지 않는다. 흘려야 한다. 마음에 고인 텍스트를 흘리는 방법은 쓰기이다. 쓰기는 곧 사유의 한 방법이다. 사유하면서 쓰고, 쓰면서 사유하는 것이다. 사유는 해석이고 창조다. 밥과 반찬을 따로따로 먹기보다 비빔밥이나 잡탕밥을 만들어 더 맛있게 더 멋지게 만든다. 색다른 맛, 특이한 멋을 창조한다. 그러다 엉뚱한 돌연변이를 만들어 내서 한 획을 긋기도 한다. 그것도 알고 보면 다 어디어디 있던 콘텐츠들을 재정의하거나 재해석한 것이지만, 일단 그것만으로도 훌륭한 창조로 인정받는다. 쓰기 중에서도 창작은 훨씬 즐거운 쓰기이다. 사물이나 상황을 있는 그

대로 묘사해야 하거나 객관적 사실을 검증하기 위한 쓰기는
규정을 준수해야 한다. 규정을 잘 지키면 훌륭한 쓰기의 모
델이 된다. 하지만 처음부터 규정 없이 자유롭게 쓴다면 완
전한 자기만의 관점이 갖춰지게 된다. 그런 사람들을 소설가
나 시인이라고 한다. 시시한 사랑 이야기만으로 20세기 재
래 전쟁을 가장 비극적인 인간 역사의 한 페이지로 규정한
헤밍웨이가 대표적이다. 거슬러 올라가면 헐벗고 비참하고
굶어 죽고 맞아 죽는 고대 세계의 혼란을 신과 인간이 질서
를 만들기 위해 몸부림친 일련의 과정으로 신비화시킨 《그
리스-로마 신화》의 저자도 대표적인 사례다. 저자가 따로
없는 《성경》도, 《불경》도, 《코란》도 다 대표적인 작품들이다.
씀으로써 역사가 시작된다. 체계와 질서와 균형이 잡힌다.
어떤 정형이 되고, 모범이 되며, 기준이 된다. 대표적인 텍스
트의 저자들은 모두 씀으로써 세상을 재정의하거나 재창조
한 것이다. 《성서》로 말하면, 아무리 '개독교의 경전'이라고
욕을 먹어도 인류사를 지배하는 가장 유서 깊고 강력한 텍
스트라는 사실을 부인할 길은 없다. 《성서》 때문에 그나마
세상이 이 정도로 안정화 된 것이라는 데 동의하는 사람들
이 훨씬 더 많다. 텍스트가 곧 세상인 셈이다. 쓰기의 위대
함이란 말로 표현할 수 없다.

쓰기는 베껴 쓰기가 안 된다. 습작 중에는 베껴 쓰기를 해

도 창작에선 베껴 쓰기가 허용되지 않는다. 어떤 사람들은 필사, 즉 베껴 쓰기를 통해 문장력을 키운다고 한다. 소설가 신경숙은 오정희 선생의 작품을 베껴 써서 소설 문장을 익혔다고 한다. 칼럼니스트 박경철도 인문학 저서를 쓰기 위해 오정희 선생의 책을 베껴 썼다고 한다. 문화재청장을 지낸 유홍준 교수도 베껴 쓰기로 문장력을 익혔다고 한다. 좋은 문장을 베껴 쓰면 문장력이 향상된다. 효율적인 방법이다. 자체적으로 도저히 자기 자체로는 나오지 않는 문장을 남의 힘이라도 빌려서 효과적으로 꾸며내는 것이다. 하지만 나는 베껴 쓰기에 반대한다. 쓰기를 수단 삼아 뭔가 다른 걸 노리는 것 같아서다. 쓰기는 그 자체로 살아 있는 실체이고 목적이라고 나는 생각한다. '정치는 생물'이라고 헛소리하는 사람들도 있는데, 사실은 인간이 생물이고 정치는 인간이 선택하는 의제에 불과한 것이다. 정치는 인간 행위의 포장이다. 숙청해야만 내가 사니까 역적이라는 정치적 누명을 씌워서 보내버리는 것이다. 역적이라서 숙청하는 것이 아니다. 실은 서로가 서로에게 역적이니 누가 누구를 역적이라 단죄할 수도 없다. "내가 너라도 그렇게 했겠다."는 동병상련이 있고, 그저 반대파라는 이유 하나만으로 처단하는 것이다. 한마디로 정치란 실체조차 없는 것이다. 실체 없는 것을 실체가 있는 것처럼 꾸며내는 행위가 정치다. 따라서 정치는 살아 있는 생물이 아니다. '정치가 생물'이라는 말은 정치 브로커 나부랭이들이 만들어낸 허접스런 수사적 표현일 뿐이다. 하지만 쓰기는 생물이다. 써야지, 작정하고 써지는 게 아니다. 무조건 쓰다가 순간순간 고쳐지고 또 고쳐지면서 작가도 잘 모르는 어떤 결과물이 창조된다. 마치 화가가 그림을 그리는 것과 같다. 화가들은 스케치 여행을 다니는데 작은 화첩에 풍경의 대강을 그린 뒤 화실에서 낑낑대며 색깔을 입힌다. 그런데 단지 스케치에 색깔을 입히는 게 그림이 아니다. 그림은 심상에서 나온다고 한다. 화첩은, 메모지일 뿐이다. 심상을 되살리는 낑낑댐과 중노동 속에서 그림은 완성된다. 작업은 몇 날 며칠 계속된다. 수개월 동안 계속 되기도 한다. 그렇게 그림을 그리는 와중에 여러 재미있는 생각이 스쳐가면서 그림에 이런저런 상징들, 재미 요소들, 지랄 맞은 예술적 끼들을 집어넣는다. 동양화를 그리는 박병춘 화가는 먹으로 산야와 내를 그리다가 느닷없이 노랗거나 빨간 패러글라이딩 장면을 집어넣는다. 그가 그리는 산야와 내는 수천 번의 꼬부랑꼬부랑 붓칠을 해서 그려진다. 화가가 원하는 색감을 내기 위해 족히 수천 번의 붓칠과 덧칠이 이루어진다. 순간순간 그림의 디테일은 달라진다. 천변만화라고 해야 옳을 것이다. 원로 드러머이자 할리 데이비슨 마니아인 고 김대환 씨는 서대문구 홍지동 주택에서 쌀알에 반야심경을 써넣거나 100호가 넘는 검은 비단 천 조각에 금빛으로 불경을 써 넣었다. 비단천에는 보는 사람이 각도를 조금 달리하면 안 보이기도 하고 보이기도 하는 큰 대자가 아로새겨져 있다. 새겨져 있다고밖에 말을 못 하겠는데, 작가가 어떻게 써넣은 것인지 모르겠다. 그는 지방 공연을 갔던 사이 연탄가스에 중독되었던 아내의 노후를 위해 공을 들여 그런 작품들을 남겨놓았다고 한다. 특히 쌀 한톨에 반야심경을 써놓은 작품은 절절한 느낌을 준다. 이런 미술 작품들은 순간순간 손끝의 힘을 조절하여 미세한 떨림으로 창조하는 것이다. 글쓰기도 그렇다고 생각한다. 결국 플롯이나 구성, 개연성, 필연성, 소재, 주제 같은 것들이 평론의 대상이 되기도 하나 창작 당시에는 글이 글을, 사유가 사유의 꼬리를 물어 그때그때 그림 그리듯 써지는 것이다. 미리 기획되고 구성된, 잘 짜인 글은 어딘지 어색하고 재미없다.

낭독을 통해 마음속에 가득 읽기의 우물물이 고이면, 그 우물물은 자체적인 뒤섞임과 소용돌이를 통해 창조적인 사고로 전환되고, 그 창조성은 세상을 다시 보고 이해하는 에너지가 된다. 그러면 쓰지 않을 수 없다. 그런 '쓰기'는 그림 그리듯 순간의 사유를 잡아채는 과정의 연속이다. 쓰이고 다시 쓰이는 것, 어쩌면 그것이 역사가 아닐까? 역사학자 E.

H. 카가 "역사는 과거와 현재의 대화이다."라고 말했던 것은 알고 보면 이런 쓰기의 속성을 감안해서라는 생각이 든다. 우리는 텍스트를 재발견하고 재해석하고 재창조하는 작업의 일환으로 쓴다. 역사는, 역사적 사실은 늘 오리무중이나 어떤 사실을 쓰는 자는 그 쓰는 지혜로 인하여 보다 더 근원적인 역사적 사유에 도달하고 통찰을 얻는다. 소설이나 시 창작의 세계에서라면 쓰는 자가 곧 역사가 된다. 쓰는 자는 역사 전체를 좌지우지하는 신이 되기도 하는 것이다.

# 소송

프란츠 카프카
문학동네
2010년 03월 출간

프란츠 카프카의 소설은 난해하기로 소문나 있다. 우리나라 학생들에게는 시인이자 소설가 이상이 카프카와 비슷하다고 여겨지고 있다. 하지만 나는 난해하다는 게 게으른 평가라고 생각된다. 흔히 '변신'이나 '성'을 난해한 소설의 대표작으로 꼽는데, 그것은 읽는 방법을 잘 몰라서라는 생각이 든다. 변신이나 성의 서사에 대해서는 그저 그 이야기를 신기하다 여기며 따라 읽으면 되고, 다만 그런 상상을 하게 된 경위를 이해하려 애쓰며 문장과 문체, 묘사 등을 즐기면 되리라 본다. 내가 최후로 다닌 직장은 법무법인이었다. 유명한 변호사가 대표로 계셨는데, 1년 반 정도 다닌 것 같다. 거기서 온갖 인간군상들의 사연과 소송 내막을 알 수 있었고, 그들이 벌이는 문서놀음에서 법조인들이 어떻게 반응하고 어떤 것들을 찾아 내어 법적 판단을 하는가 알 수 있었다. 내가 겪은 바로는 성문법 시스템이란 법조문에 써진 문구가 해당 소송 건의 내막과 일치하는가 일치하지 않는가를 가리는 것이다. 하지만 사건들은 성문법이 다 해독할 수 없는 풍부한 사연과 이야기를 내포하고 있었다. 성문법 시스템이 실은 허구의 성이라 여겨지는 상황도 부지기수였다. 카프카의 '소송'은 바로 이런 점, 성문법 시스템이 실은 허구적 관념 위에 쌓은 모래성으로 누구도 주인이 아니고 아무도 책임질 자 없는 늪지대임을 간파한 소설이다. 주인공이 이유도 없이 헤매돌며 법 앞에서 허둥대는 꼴은 참으로 덧없는 법치주의의 실상을 보여준다. 법이라는 허상 앞에서 이런 저런 이기적인 생존을 핑계로 아무렇게나 자기 생각을 갖다 붙이는 군상들의 세상, 바로 현대사회다. 보통 사람들은 불안할 수밖에 없다. 감수성이 예민한 사람들이라면 중세 암흑시대와 별 다를 게 없어 보이기도 할 것이다. 카프카는 민감한 사람이었다. 번역본이지만 내가 느낀 카프카의 문장은 법 마저도 허상인 현대사회의 불안을 더듬더듬, 어눌하게 쓴 불안한 문장 같았다. 이런 불안한 문장에 사람을 끌어 들이는 마력이 있다. 단언컨대, 2014년 현재까지도 현대사회의 불안을 묘사한 작가 중에 카프카를 뛰어 넘었다고 큰소리칠 소설가는 없을 것이다. 있을까?

'문학다방 봄봄'에서 두껍거나 어렵거나 고전인 책을 낭독하ᄂ 코러스 모임을 계속할 것이다. 《객주》 10권까지 낭독하는 《객주》 낭독회ᄋ 속할 것이다. 그리고 '문학의 밤'을 복원할 것이다. 청춘들에게 용기를 ᄀ 각종 패자부활전 이벤트와 각종 인문학 여행 모임을 주선할 것이다. … ᄒ 한 발 차분히 해나갈 것이다. 그렇게 나와 여러 공감 어린 사람들의 행복ᄒ 께 만들어 가고 싶다. 서로 위로하고 위로받으며 인생을 허비하고 싶다. ᄒ 게 하고 싶다. 아, 낭독의 지평이 이렇듯 넓어진다. 신난다. 살맛난다.

## PART 05

# 여럿이
## 함께
### 오래

《객주》 보부상 길 탐사
북코러스 제주로 가다
낭독클럽에서 술클럽으로

# 《객주》낭독회,
## 낭독의 새로운 지평을
## 열다

　　경상북도 울진은 초등학교 교과서에도 등장하는 시골 마을이다. 군 단위이니까 마을이라기는 뭣하나 울울창창 삼림을 끌어안고 깊고 푸른 바닷가를 거느린 동네다. 풍광 좋고 물이 맑으며 민물고기와 바닷고기의 맛이 최고인 두루두루 살기 좋은 곳이다. 초등학교 교과서에 등장하는 이유는 무섭다. 울진 삼척 무장공비 침투 사건 때문이니까. 세월이 얼마나 흘렀는데도 내 뇌리에는 '무장공비'라는 단어가 울진과 함께 떠올랐다. 하지만 울진에서 봉화로 이어지는 호젓하고 울창한 계곡 길, 산길을 걸으면서 내 생각은 완전히 달라졌다. 원자력 공장이 있어 상전벽해를 이룬 곳이기도 하지만 산을 가로지르고 계곡을 따라 흐르는 옛길도 제법 정취가 살아 있었다. 그 길을 걸었다. 소설가 김주영 선생 일행과 함께였는데, 그 길은 김주영 선생이 1980년대에 연재했던 소설 《객주》의 무대와 이어지는 길이었다.

산비탈을 쳐내어 뻥뻥 도로를 낸 오늘날과 달리 조선후기에는 오직 그 한 길, 우리가 걸었던 옛길밖에 없었다. 그 길이 고속도로요, 국도요, 인도였다. 원님 행차도 그 길로, 시집 장가도 그 길로, 한양 과거 길도 그 길로, 도부꾼들의 장삿길도 그 길이었다. 그 길에서 우리 일행은 보부상(오늘날의 유통 상인, 비즈니스맨)들이 다녔던 흔적과 자취, 기념물들을 볼 수 있었다. 원래 금강산 소나무 숲으로 가는 길을 내다가 곁다리로 발굴된 길이었는데, 뜻밖에 보부상들의 행로와 역사를 이해할 수 있는 흔적들이 보존되어 있었던 것이다. 행상들을 산적들로부터 보부상들의 안전을 도모해준 행수와 도반을 기린 철비석이 그대로 있고, 보부상들이 서로의 안녕을 빌어주던 성황사도 그대로였다. 하다못해 봉놋방 달린 주막 터의 흔적도 남아 있었다. 옛 장터는 오늘날의 장터로 모습을 바꾸었지만 여전히 건재한 채 있었고, 산길에 수령이 몇 백 년 되어 보이는 나무들도 울울창창 그대로였다. 무엇보다 아늑한 밀림이 아름다웠는데, 그 아름다운 길에는 멧돼지가 돼지감자 파먹으려 뭉그적거린 자국도 있었다. 재수 좋으면 천연기념물인 산양도 먼발치에서 볼 수 있다고 했다. 길가에 꽃 하나, 풀 한 무더기, 나무 한 그루 어느 하나 아름답지 않은 게 없었다. 그 길은 고스란히 《객주》의 한 대목에 등장할 법한 길이었다. 울진과 봉화, 영주까지 이어져 예천 삼포나루를 건너 문경새재를 넘어 한양으로 가는 길, 그 비즈니스 로드는 객주에 등장하는 무대 그대로의 길이었다. 울진 부구장터에서 보부상들은 미역과 소금, 생선 짐을 지고 가서 영주, 봉화로 담배, 쌀, 고기, 박물과 바꿔 이문을 남겼고, 울진에서 나간 물화는 산마루를 타고 넘어 다시 강나루와 여러 고을의 장터를 거쳐 한양까지 닿았다. 9권까지 마감된 지 무려 27년여 만에 쓴 《객주》 10권의 무대가 되기에 딱 안성맞춤이었다. 그 길에서 영감을 얻은 김주영 선생은 1년이 넘는 자료 수집 기간을 거치고 다시 1년여의 집필 작업을 거쳐 마침내 2013년 《객주》 10권을 써냈다. 27년 전 9권으로 완간되어 여러 판본으로 발간된 객주는 2013년 문학동네 출판사에서 10권으로 최종 발간되었다. 김영주 선생 필생의 역작이자 마침 작가의 고향에 지어지고 있는 객주문학관 완공 즈음에 완성된 기념비적인 작품이 되었다.

　《객주》 낭독회는 이종주 시인 등 사단법인 장날(소설 객주를 모티브로 전통 장터와 장날을 문화예술로 지원하는 사업을 하는 문화체육관광부 산하 비영리 단체)의 전문가들과 내가 함께 만들었는데, 나는 이 소설, 《객주》를 낭독하자는 아이디어를

낸 덕분에 《객주》 낭독회의 회장이 되었다. 《객주》 낭독회이
건 북코러스이건 낭독에는 왕도가 없다. 자발적으로 해야 하
고 모임에 한 명이 나오건 두 명이 나오건 끝까지 가야 한
다. 가면, 가기만 하면 에너지가 모이게 되어 있다. 4년 동안
의 북코러스 경험을 통해 알게 된 노하우였다. 물론 희생이
라면 희생이 따른다. 시간도 돈도 몸도 써야 한다. 신경도
쓰고 컴퓨터도 엄청 두들겨야 하고 문자질과 카톡질도 무진
장해야 한다. 반쯤은 정신이 얽매여야 한다. 시간이 없거나
의지와 정성이 없으면 하기 힘든 일이다. 하지만 좋은 걸 어
쩌랴. 《객주》의 등장인물들, 그들이 빚어내는 이야기들, 월
궁항아 같은 미인들과 눈깔 희번들한 왈짜 패거리들이 좋은
걸. 병신 짜바리여도, 곰배 할매여도, 외눈 찢어진 악녀여도,
궁기 들려 객사하기 딱 좋은 거지발싸개 같은 인간들도 모
두 모두 모여서 악극단을 이루니 그 자체가 예술 공연인 걸,
그래서 좋은 걸 어쩌랴. 작가의 다른 작품들에는 적당히 간
이 밴 슬픔과 기쁨이 슴슴한 맛을 내는 데 어쩌랴.

　10권 전작 낭독을 목표로 2013년 10월에 시작된 《객주》
낭독회는 참가자들의 끈끈한 동지애를 에너지로 10년 넘게
계속될 것이다. 물론 그 에너지가 나오는 근원은 《객주》라는
텍스트의 힘이다. 알고 보면 《객주》는 세르반테스의 《돈키호

테》처럼 유일한 딱, 그 작품이다. 세상이 근대로 접어들기 직전인 조선 후기, 정치적으로는 혼란기였다. 이런 시절 그나마 제 정신을 차려 모진 악전고투 속에서 생계를 잇고 그럼으로써 역사를 이어간 군중들이 있었다. 그들이 바로 《객주》의 주인공들이다. 선비처럼 글을 배운 것도 아니고 연줄이 있는 것도 아니다. 불학무식하여 낫 놓고 기억 자도 모르지만 먼지바람 일렁이는 장터에서 세상 사는 이치를 배운 무리들이다. 사랑도 욕망도 이익도 살인도 싸움도 모두 사람들이 저지르는 일이다. 인간 군상들 사이에 벌어지는 일에는 묘하게 흐르는 기운의 적절한 속도가 있다. 그 기운의 적절한 속도감을 즐기는 이치, 예를 들어 남의 입 냄새와 봉놋방 발 꾸룽내를 맡으면서도 싫은 내색을 하지 않는 마음 쓰임새 같은 것들이 있다. 나아가 서로간에 말 안 해도 지켜지는 예의와 윤리, 규율, 약속의 세계가 있다. 윤리, 규율, 약속의 원리란 알고 보면 도덕의 황금률에 뿌리박고 있다. '남에게 대접받고 싶은 대로 남을 대접하라.' 예수님이 말씀하셨다는 이 금언은 절묘하기 이를 데 없다. 이 한마디로 도덕 교육은 끝이다. 도덕 같은 것에 당위성이란 없다. 도덕을 지키지 않으면 내가 위험에 처하므로 할 수 없이 지켜야만 하는 것, 그것이 도덕의 실상이다. 오늘날에도 핵 억지 전략 같은 게 있다. 북한이 도발을 자제하는 이유도 그런 것이다. 《객주》

를 관통하는 정신이 바로 이 황금률이라면 지나친 해석일
까? 내 생각에는 지나치지 않은 것 같다. 《객주》를 읽어보면
조소사, 월이, 천봉삼, 조성준, 최가, 석가, 선돌이, 이용익,
매월이 등 주요 캐릭터들의 공통점은 '원수는 진만큼 복수
로 되갚는다.' 또는 '신세는 반드시 갚는다.' 같은 것이다.
상업의 원리도 바로 이런 게 아닌가. 《객주》는 이런 간단하
고 단순한 원리를 구성지고 서글프고 흥겨운 이야기 가락으
로 풀어내고 있다. 한 대목 한 대목이 재미지고 눈물겹다.
김주영식 이야기의 힘이다. 그 이야기의 끝에 둥두렷이 솟아
오르는 것은 태양처럼 눈부신 어떤 정신, 즉 인간이 자기 운
명의 주인으로서 가져야 할 당연한 자각과 자긍심이다. 장날
과 장터, 장꾼들의 길 위에서 자연스레 솟아난 인간 주체성
의 힘, 그것이 살아난다. 활극과 정사, 흥정, 경치, 몰매질,
모사, 계략 등의 에피소드를 따라가다 보면 자연히 느끼게
되는 어떤 기운이다. '인문학이 밥이다.' 이런 카피가 있는
데, 《객주》야말로 인문학이 밥이 되는 어떤 경지를 보여준
다. 《객주》의 스토리 자체가 생존과 번영, 자산 획득의 방법
이자 부자의 길이며 상인의 도이다. 또한 《객주》라는 작품
이 제임스 조이스의 《율리시스》가 더블린 시를 먹여 살리듯,
작가 김주영의 고향 청송을 문학여행의 메카로 만드는 사업
의 모티브가 되기도 한다. 더불어 《객주》 낭독회는 전국에

복원 중인 보부상 길을 따라 걷는 여정을 인문학적 경제 교육의 길 걷기 프로그램으로 만들어 선도할 계획의 일부이기도 하다.

21세기는 상업의 세기이다. 제조업이 동남아시아와 중국 등지로 넘어가고 한국은 서비스업, 상업의 번성으로 다음을 기약해야 한다고들 한다. 객주는 상인 정신과 글로벌 비즈니스 정신을 계몽하는 안성맞춤의 콘텐츠라는 생각이 든다. 이런 의견에 찬성하는 분들이면 《객주》 낭독회와 달리 최인호 작가의 《상도》 낭독회를 만들어도 좋겠다. 《유림》 낭독회, 《토지》 낭독회, 《장길산》 낭독회면 또 어떠랴. 나는 작가별로 낭독회를 만들고 싶은 욕심이 든다. 《객주》 낭독회를 하면서 얻은 힌트이기도 하다. 《동리》 낭독회, 《후명》 낭독회, 알랭 드 보통 낭독회, 사르트르 낭독회, 헤밍웨이 낭독회, 알베르 까뮈 낭독회 같은. 아, 낭독의 지평이 이렇듯 넓어진다. 신난다. 살맛난다.

함양과
체찰

신창호
미다스북스
2010년 01월 출간

　　퇴계 이황 선생 공부법의 핵심을 함양 그리고 체찰로 요약한 책이다. 우암 송시열도 그렇다지만 퇴계 이황도 임금이 주는 벼슬자리를 무지하게 많이 사양한 분이다. 벼슬자리 사양이라는 전통은 몸값 높이기 아니면 겸손, 두 가지 이유일텐데 퇴계 선생의 사양은 어쩐지 전부 겸손인 것만 같다. 퇴계 선생이 벼슬자리를 사양하고 고향에 머물면서 한 일은 공부가 다다. 낮에는 공부하고 토론하며 밤에는 주색과 여흥을 즐겼다고 하는데 당시 선비들은 공부와 풍류, 두 가지가 멋이었다. 나는 퇴계의 문집이나 서책을 번역본으로라도 읽어본 일 없지만,《함양과 체찰》,《퇴계와 고봉 편지를 쓰다》같은 책에서 언뜻 그의 정신세계와 사상을 엿보았다.《함양과 체찰》에는 정신을 함양하고 실천으로써 함양된 정신을 갈고 다듬어 수정한다, 이런 뜻이 담긴 듯 하다. 통속적으로 풀이하면 이론과 실천, 지행합일 같은 개념일 것이다. 정신을 함양한다는 것은 쓸데없은 잡념을 내려놓고 사리사욕없이 오직 진리탐구에 몰입하는 일일 테고 실천으로 통찰한다는 것은 세속사에 간섭할 때 경우의 수와 줄거리를 따지되 이미 탐구한 진리에 견주면서 옳게 하는 일인가 아닌가 끊임없이 비교 검색하는 일일 것이다. 결국 공부법이란 오롯이 진리를 위해서, 남을 위해서가 전부인 셈이다. 입신양명이나 일신영달은 없다. 그것은 사가 개입하는 것으로 공부를 타락시킨다. 이렇게 올곧게 공부한대로만 살면, 부와 명예가 저절로 따르는 것을 퇴계는 경험했을 것이다. 퇴계의 공부법과 처세법을 엿볼 수 있는 책으로《함양과 체찰》과 함께《퇴계와 고봉 편지를 쓰다》를 추천하고 싶다. 저자 신창호 교수는 고려대학교 교양실장이자 교육학과 교수로 율곡 이이 전공자이다. 그는 사석에서건 공석에서건 자연스러움을 강조한다. 스스로 있는 자연의 모습이 인간의 본모습이라는 통찰이다. 유학이 인간의 실상을 감추고 이쁘게 꾸미는 철학체계라는 내 생각은 그를 만나면서 사정없이 깨졌다. 권이 있으면 도가 있고 이가 있으면 기가 있더라고, 그런 걸 모르고 공부도 하지 않은 채 함부로 판단한 내가 불손한 자였다.

# '문학다방 봄봄' 이야기

　'문학다방 봄봄'은 내가 2013년 12월 12일 오픈한 카페의 이름이다. 나는 고등학교 2~3학년 시절 이후 20여 년간 문학에서도 멀어져 있었고, 다방이라면 더더욱 아무런 관심이 없었다. 더욱이 자영업이라는 건 내 갈 길이 전혀 아니었다. 그런데 차츰 나이가 들면서 인문학으로 기울고 급기야 문학의 바다로 흘러들어 다방까지 열게 되었다. 보통 다방이라면 장사꾼 소질이 없으니 고개를 절레절레 했겠지만 문학이라는 이름이 붙으니 좀 그럴싸했다. 그래봤자 자영업이라고 한다면 글쎄, 나도 잘 모르겠다. 아무튼 간에 문학다방까지 열게 된 데는 여러 가지 핑계거리가 있었다. 인생이란 내내 핑계거리를 발견하거나 발견할 게 없다면 발명이라도 해서 존재가치를 입증하려 기를 쓰는 건지도 모르겠다. 여하튼 나에게 문학을 향한 열망의 잔재 같은 게 남아

있어서 그렇다고 여겨진다. 인생의 행로는 참 알다가도 모를
일이다.

　여러 가지 오리랍 넓은 체를 하는 동안 나는 뭔가 독서 낭
독의 아지트 겸 나처럼 문학을 좋아하는 사람들이 모이는 공
간을 만들었으면 좋겠다는 생각을 하게 되었다. 막연한 생각
이 차츰 구체화되기까지 상당한 시간이 걸렸다. 주위의 반대
도 많았다. 하지만 무슨 중독자처럼 만류를 아랑곳하지 않았
다. 벌어놓은 돈도 없어서 집을 줄여 자금을 마련했다. 그러다
보니 뒷골목 죽은 상권, 임차료 싼 곳에 기어들 수밖에 없었
다. 2013년 여름과 가을 내내 서울의 홍대와 신촌, 이대 주변
에 자리를 보러 다니다 고른 자리였다. 임차료가 싸다는 것,
교통이나 유동 인구 여건도 그리 나쁘지 않다는 게 절대 조건
이었다. 이래저래 자리를 잡고 인테리어 공사를 시작했다. 인
테리어는 《소울 로드》와 《대한민국 국도1번 걷기여행》의 공저
자인 여행 작가 이민 씨가 해주었다. 친분도 있고 믿을 만한
사람이어서 돈 한 푼 안 깎고 믿고 맡겼다. 인테리어는 잘 된
편인데 막상 다 되고 보니 더럭 겁이 났다. 바리스타도 뽑아야
하고 알바생도 구해야 했다. 전문가들의 조언을 들으러 쫓아
다니고 로스팅 머신이나 에스프레소 머신, 각종 집기와 설비
등을 구하러 다녔다. 생각보다 심각한 좌충우돌이 이어졌다.

하지만 뜻이 있는 곳엔 길이 있기 마련이고 도와주는 손길들이 있었다. 우연히 맞아 떨어져 더 잘 된 경우도 있었다. 이런 와중에도 준비 부족으로 인한 후폭풍이 두려워 오픈 일자를 늦췄다. 마케팅 원칙에 맞추려다 우왕좌왕하느니 내 마음이 정리되고 준비가 될 때까지 차분히 기다리자고 생각한 것이다. 우여곡절 끝에 12월 12일, '문학다방 봄봄'을 오픈했다. 인테리어 공사가 끝난 지 3개월 만이었다. 12월 12일은 시인 이상의 소설 〈12월 12일생〉에서 따왔다고 해도 말이 된다. 게다가 나와 내 아들의 생일도 12월 12일이었다. 주민등록증 앞 숫자가 641212와 001212이다. 36년차 띠 동갑. 나중에 이런 이야기를 들은 지인들이 눈을 동그랗게 떴다. 아무튼 '문학다방 봄봄'은 서울 서대문구 신촌 기차역에서 이화여대 사이 뒷골목에 자리를 잡게 되었다. 이 카페의 콘셉트는 제목대로 문학이다. 소설과 시 그리고 기타 장르의 책들이 '정신적 인테리어'라는 명목으로 1,200여 권 가량 장식되어 있다. 간판 글씨는 최석운 화백이 그려주었고, 이인 화백은 작가 30인의 초상화를 그려주었다. 문학이 장르로 취급받는 어두운 시절에 문학을 빛내려 캠페인을 하겠다니, 참 갸륵하다며 기꺼이 그려주셨다. 소설가이며 시인이자 화가이신 윤후명 선생은 문학 생태계의 부흥에 도움이 될 수 있다면 응원하겠다는 감지덕지한 말씀과 함께 격려 방문을 해주셨다. 〈계간 문학나무〉의 황충상 선생도 아연 반가워하시면서 우리 문학을 애호하는 사람들이 이런 카페를 통해서 더 많아졌으면 오죽 좋겠냐고 덕담을 해주셨다. 〈월간 커피 앤 티〉의 지영구 대표는 자기도 국문과 출신인데 어쩌다 보니 까맣게 멀어진 문학의 열정이 새삼 가슴에 차오른다며 쑥스럽게 웃었다. 숯불 로스팅으로 유명한 커피 장인, '칼디' 대표 서덕식 선생도 수업료를 내더라도 하고 싶은 걸 하라고 격려해주었다.

　그러나 나는 무슨 배짱으로 불쑥 평생 팔자에도 없는 카페를 연 것일까? 커피도 모르고, 인테리어도 모른 채 더더구나 문학은 그저 좋아한다는 감정 한 가지만 가진 채 문학다방이라니. 한동안 생각할수록 골치가 지끈거리고 앞날이 막막했다. 문을 연 지 한 달도 안 되어서 살살 후회하는 마음이 밀려왔다. 하지만 저지른 일이고 오래 작심해왔던 일인 것은 분명했다. 나는 아지트를 원했고, 그 아지트에서 문학과 인생을 논하고, 사람들을 모아 독서와 낭독과 문학을 누리고자 했다. '지름신'이 있듯이 '문학신'이 있다고 해야 할까? 나는 단단히 문학에 접신했고, 문학신의 포로가 되었다. 북코러스가 햇수로 6년이나 지속되어 온 것도 결심에 큰 영향을 미쳤다. 나 혼자 독서계의 프리랜서로 우왕좌왕했으면 결행하지 못했을 것이다. 하지만 나름 든든한 지원군들이 있었다. 북코러스와

《객주》 낭독회, 길 위의 인문학 멤버들과 인터넷 커뮤니티 친구들이 그들이다. '문학다방 봄봄'은 문학과 독서를 좋아하는 자유인들의 공간이며 둥지이자 아지트이다. 단골이 단골을 부르고 그 단골들이 모두 문학과 독서와 낭독에 푹 빠져서 함께 삶을 영위하는 것. 이것이 '문학다방 봄봄'이 문을 연 취지다. '봄봄'을 시작할 때 '작은 돈으로 큰 효율을'이라는 뻔한 속내를 가졌다. 그런데 생각보다 싸게 넓은 공간을 계약할 수 있는 것까지는 좋았으나 결국 예상보다 많은 시설비가 들고 효율도 크지 않았다. 앞으로야 두고 볼 일이지만 초심을 뚝심 있게 밀어붙이는 게 상책이지 싶다. 나의 초심 중에는 문학을 장르로 가두는 고정관념을 깨보자는 마음도 슬며시 깃들어 있다. 문학과 담을 쌓고 지내던 지난 30여 년간 나는 문학과 다른 장르의 인생을 살았다. 그러나 돌이켜 생각해보면 그 모두가 문학이라는 장르에 포함되어 있었다. 한때 운동권의 일원으로 신산을 겪고, 그 이후 이 직업 저 직업, 이 직장 저 직장을 전전하며 겪은 세월은 그 자체로 문학이라 할 밖에 달리 표현할 길이 없다는 생각이 든다. 나는 고등학교 2학년 겨울방학 어느 날 "수많은 체험이 글을 풍성하게 하리라." 결심했었다. 그 후 그 결심에 따른다는 자각도 없이 내 나이 또래가 겪었을 법한 순탄한 길이 아니라 동가식서가숙을 반복해왔다. 학생 운동과 노동 운동, 감옥살이, 사면 복권,

복학, 10군데의 직장과 4개의 업계. 서울 서초동 유망한 법무
법인의 이사직을 끝으로 직장 생활을 접었을 때 나는 드디어
홀가분히 문학의 길로 들어설 수 있었다. 일이 많고 야근도
많아 1년 넘게 북코러스 활동도 제대로 하지 못했는데 알고
보니 2보 전진을 위한 1보 후퇴였다. 그때 나는 이미 나만의
아지트, 나처럼 문학과 독서에 푹 빠진 사람들이 자유롭게 드
나들 수 있는 공간을 구상했다. 구상에서부터 실행까지 대략
1년 6개월이 걸렸다. 집을 줄여 자금을 마련하기까지 어지간
히 밀어붙인 1년 반이었다. 막연히 구상하던 것이 막상 실행
단계로 접어들 때는 더 혼란스럽고 뚜렷했던 목표의식도 왔
다리 갔다리 하게 마련이다. 이런 경험은 누구나 할 것이다.
더구나 오롯이 내가 주인인 일일 때 말수가 줄고 생각이 많아
진다. 나로서도 뾰족수가 없었다. 그 무언가 모호하던 것이
확신으로 다가올 때까지 여러 사람의 말을 들었다. 바쁘다는
일정도 확신이 찰 때까지 미뤄둔다. 이렇게 하나하나 결정하
면서 일이 진전됐다. 커피를 팔고 차를 팔며 간단한 과실주와
커피 칵테일 등을 팔면서 문학의 향기를 묻혀 전한다는 취지
가 얼마나 먹힐지 알 수 없다. 하지만 커피와 문학이 섞이고
술과 인간이, 그 모든 것들이 인생사와 섞이면서 어울린 맛과
향이 어떨지 나는 자못 궁금하다. 커피 전문가들은 커피를 성
스러운 음료 취급을 하면서 커피향이 곳곳에 스며있는 고품

격의 분위기를 강조했고, 마케팅 전문가들은 테이블 회전률과 유동 인구 유치 전략, 객단가 높은 메뉴의 필요성에 대해 역설했다. 나는 문학 속에서 마케팅이건 우리의 이상이건 꿈이건 커피건 술이건 그 모든 것들이 녹아들기를 바란다. 상상력의 세계인 문학에 무엇이건 아무런 경계는 없다고 나는 생각한다. 문학은 글자 그대로 읽고 쓰는 행위 전반이다. 문학이 학문의 한 분야나 글쓰기의 한 장르로 구분되는 건 교육제도의 편의상 그런 것이지만 문학은 장르가 아니다. 철학이 장르가 아닌 것과 마찬가지다.

문학을 장르로 가두는 생각은 확실히 교과목 위주의 교육이 낳은 왜곡된 습관이다. 읽고 쓰는 행위 전반이 문학이라면 《성서》나 《불경》도 문학이고, 《논어》, 《대학》, 《중용》, 《주역》, 《시경》, 《서경》, 《사기》, 《순수이성비판》, 《자본론》, 《상대성 이론》, 《종의 기원》, 《코스모스》, 《부의 미래》, 《특이점이 온다》, 《바가바드기타》, 《그리스-로마 신화》, 《탈무드》도 전부 문학이다. 마르쿠스 아우렐리우스의 《명상록》이나 파스칼의 《팡세》, 단테의 《신곡》은 말할 것도 없고, 괴테의 《파우스트》, 세르반테스의 《돈키호테》는 물론이다. 절대진리라 여겨지는 믿음의 대상도 문학적 상상력이 가미되어 더욱 위대해졌고, 숫자와 계산을 설명하는 과학 논문일지라도 제시된 문제나 풀이 과정의 창의적인 언술, 새로운 궁금증은 다분히 문학적이다. 완전히 100퍼센트 객관적인 진리를 담은 논문은 문학과 다르다고 할 사람들이 있을 것이다. 하지만 그런 건 없다. 100퍼센트 객관적인 진리는 있을 수 없다. 노벨상을 받은 과학 논문도 100퍼센트라고 단정하지는 않는다. 실험 조건 내에서 100퍼센트라고 하지 무조건 100퍼센트 맞다, 틀리다, 다르다, 같다고 하지는 않는다. 알면 알수록 점점 모른다는 과학자들의 고백은 100퍼센트 문학이다. 표현이 서정적이거나 문체가 유려해서만 문학이 아니라 어떤 분야건 깨달음이나 동기부여에 연결된 인식, 자각은 매우 문학적이다. 한마디로 정리되는 통찰력 있는 문장들은 더욱 문학적이다. 그 한 문장을 깨닫고 공유하기 위해서 별 쓸 데 없는 것처럼 보이는 단어들이 가래떡처럼 길게 늘어지고 늘어지는 것, 그것이야말로 문학이다.

나는 '문학이란 깨달음으로 안내하는 모든 읽기와 쓰기'라고 정의한다. 몇 년 동안 독서 낭독 클럽을 운영하면서 마음에 아로새겨진 생각이다. 나는 뚜렷한 목적을 가지고 '문학다방 봄봄'을 오픈한 것은 아니다. 그저 어떤 신호를 보내고 싶을 뿐이었다. 문학이라는 장르가 잊혀져 가는 시대에 '문학'이라는 가치에 공감하는 사람들과 만남을 잇고 싶다는 신호이다. 이런 신호가 도심의 외로운 등댓불이 아니라

호롱불이나 반딧불이어도 만족한다. '문학다방 봄봄'에는 김유정이 있고, 김영랑, 김소월, 김수영, 채만식, 박태원, 정지용, 백석, 이상, 염상섭, 김춘수, 서정주, 박목월, 김동리, 윤후명, 김주영, 이문구, 김승옥, 박경리, 오정희, 최인훈, 윤흥길, 카프카, 헤밍웨이, 서머싯 몸, 버지니아 울프, 펄 벅, 쌩떽쥐페리, 헤르만 헤세, 미우라 아야꼬, 제임스 조이스, 마르셀 푸르스트가 있다. 공간도 좁고 안목이 짧아 원하는 책을 다 갖춰놓고 있지는 못하다. 1,000여 권의 소설책과 시집, 오래된 문예지와 여러 분야의 책들이 있는데, 정작 쓸모 있는 수백여 권을 다 갖추어야 한다. 딱히 편하게 꺼내 읽을 수 있게 진열할 수도 없었다. 고육지책으로 테이블 상판을 유리로 해서 그 아래 10cm 정도의 공간을 내어 책을 넣어놓았다. 작가별로 대표작이나 전작을 갖추어 놓았다. 너무 울긋불긋하고 난삽해 보이지 않느냐라는 남자 손님들의 충고도 있었지만, 아이디어 좋다, 보기도 좋다는 여자 손님들이 많았다. 확실히 여자들의 눈이 보배라고 더 내 위주로 생각하기로 했다. 이 공간에서 문학의 향기가 퍼져 너도 나도 시 한 수, 소설 한 편 쓰고 싶은 충동을 느끼게 되었으면, 하고 막연히 바라본다. 꿈이 아닐 거야, 꿈이 아닐 거야, 되뇌어도 본다. 시인 박인환은 사자 같은 시인 김수영에겐 한량이라 욕을 얻어먹었지만 그의 시 한 수를 나는 고등학교 시

절부터 애송하며 좋아한다. 그 시에 뭉클한 한 대목은 이렇
다. "… 문학이 죽고 인생이 죽고 사랑의 진리마저 애증의
그림자를 버릴 때 목마를 탄 사랑의 사람은 보이지 않는다.
…" 나는 박인환의 '목마와 숙녀'라는 시에서 '문학이 죽으
면 인생도 죽는다.'는 명제를 추출한다. 백만 부 넘게 팔리는
소설의 시대에 왜, 어째서 "소설 쓰고 자빠졌네."라는 말은
횡행하는가? 시인은 넘쳐나는데 어째서 시집은 안 팔리며
시 전문 문예지의 폐간이 속출하는가? 문학상이 많아지고
상금도 늘어나는데 예술혼이 깃든 문학을 하는 작가들은 왜
시나브로 잊혀 가는가? 문단 권력을 없애야 한다고 주장하
면서 왜 문학이 정치의 일부가 아니다, 하고 소리치는 문학
인은 줄어드는가? 나는 일개 독자이지만 점점 메말라 가는
문학의 토양이 안타깝다. 나아가 드라마인지 소설인지, 다큐
멘터리인지 소설인지, 정치 선언문인지 시인지, 설교문인지
시인지 헷갈리게 된 소설과 시의 대중 영합 현상도 안타깝
다. 소설이나 시가 텔레비전 주말 예능 프로그램은 아닐 것이
다. 인간의 정신을 한없이 고양시키는 고도의 역할이 소설
과 시에는 분명히 있을 것이다. 내 또래들이라면 1960~1970
년대 별처럼 빛나던 문학, 소설가와 시인의 시절이 있었음을
기억할 것이다. 서울 산동네 작은 교회당에건 시골 마을의
손바닥만 한 예배당이건, '문학의 밤'이 열렸던 것도 생각날

것이다. 누구나 문학으로 폼 잡고, 문학을 떠들던 시절 말이다. 이 시절은 단지 '고래사냥'이나 통기타, LP판의 시절이 아니었다. 시퍼런 문학이, 부릅뜬 정신이 살아 있던 시절이었다. 지금이라도 그 시절, 생계나 부, 명예, 인기에 연연하지 않던 문학을, 그 문학을 온 누리에서 누리던 그 생태계를 복원해야 할 것이다.

'문학다방 봄봄'이 그런 일에 한몫을 할 수 있을까? 알 수 없다. 아마도 망하지 않으면 할 수 있을 것이다. 옛 마야문명의 사람들이 비가 올 때까지 지냈다는 기우제처럼 '문학다방 봄봄'의 주인으로서, 한몫 하고 싶다. 그 몫을 하기 위해서 나는 '봄봄'에서 두껍거나 어렵거나 고전인 책을 낭독하는 북코러스 모임을 계속할 것이다. 《객주》 10권까지 낭독하는 《객주》 낭독회도 계속할 것이다. 그리고 소설과 시를 낭독하는 모임을 하나 더 만들고 '문학의 밤'을 복원할 것이다. 청춘들에게 용기를 주는 각종 패자부활전 이벤트와 각종 인문학 여행 모임을 주선할 것이다. 문학과 인문학을 나누는 강연과 교육 프로그램도 기획하고 퍼뜨릴 것이다. 미술과 문학을 통섭하는 행사와 작은 공연도 끊임없이 주최할 것이다. 한 발 한 발 차분히 해나갈 것이다. 그렇게 나와 여러 공감 어린 사람들의 행복을 함께 만들어 가고 싶다. 서로 위로하고 위로받으며 인생을 허비하고 싶다. 그렇게 하고 싶다.

야간
비행

생텍쥐페리
범우사
1997년 03월출간

쌩떽쥐페리를 읽는 것은 고역이다. 《어린왕자》만 해도 만만히 읽히지만 읽고나면 막막한 느낌만 남을 뿐이다. 《어린왕자》 보다 덜 알려진 《야간비행》(1931, 프랑스 페미나상 수상작)을 오디오 북으로 먼저 접했다. 매 순간 이야기 흐름을 놓쳐 다시 듣고 다시 듣기를 열 번도 넘게 했다. 오디오 북의 장점은 편안히 누워 눈을 감고도 책을 읽을 수 있다는 데 있다. 해봤다. 스토리라인이 줄줄 이어지면 쉬운데, 야간비행은 아니었다. 종이책을 폈다. 소리 내어 낭독을 해서야 겨우 쌩떽쥐페리의 마음 근처에 가 닿는 것 같았다. 그는 엉뚱한 상상력만으로 《야간비행》을 쓰지 않았다. 무엇보다 그는 소설의 모티브이자 모든 것인 야간 우편 비행기를 조종했던 직업인이었고, 심지어 조종사로 2차 대전에 참전했다가 장렬히 전사한 사람이다. 구절구절 그의 체험이 녹아 있다. 서평을 쓴 앙드레 지드도 '체험 없이는 쓸 수 없는 디테일이 살아 있어 미학적으로 독보성을 얻었다' 고 칭찬 했다. 오디오 북의 첫 문장은 이렇게 시작한다. "비행기 아래로 보이는 풍경은 저녁의 황혼 속에서 서서히 검은 그림자로 드리워지고 있었다. 들판은 영원한 빛으로 환했고 마치 겨울이 지나도 오래 눈이 남아 있듯이 평야의 황금물결이 잔잔한 여운을 던지고 있었다."
상공에서 바라보는 시내의 밤 풍경을 이토록 실감나게 묘사한 작품이 있을까. 아마 없을 것이다. 누가 비행문학이라고 이름붙였나 본데, 이런 비행문학은 생떽쥐페리가 처음이자 마지막일 것이다. 앞으로야 알 수 없지만. 앙드레 지드는 그를 자기가 근무하는 신문사에서 계약직으로 데리고 있으면서 막역하게 지냈다고 한다. 그 선배에 그 후배 아니랄까봐 문장과 통찰이 탁월하다. 《야간비행》을 읽노라면 지금 당장 시 한편을 써야 할 것 같고 문학이라는 걸 화두로 붙잡고 매순간 살아야겠다는 감상에 젖게 된다. 《인간의 대지》와 함께 읽으면 생떽쥐페리 문학의 진수를 맛볼 수 있다. 안 나가도 될 비행을 억지로 나가서 미사일을 맞고 추락사했다니, 그는 죽음마저 문학의 제단에 바쳐 창공에 빛난 별이 되고자 했던 것일까. 아름다운 작가다. 원서로 일독, 아니 수십독을 권장한다. 나에게도 권한다. 꼭, 자신은 없지만.

# 낭독,
# 그 깊은 사유와
# 창의성 유발

　'문학다방 봄봄'을 낭독과 문학의 아지트로 삼고 나서 나는 온갖 구상과 아이디어를 집중시킬 수 있게 되었다. 드문드문 만나던 사람들을 자주 보게 되고, 사람들을 자주 만나게 되자 공중에 흩어지던 이야기들이 가닥이 잡혀 다음을 기약할 수 있게 되었다. 낭독 모임 북코러스의 미래에 대해서도, 원래 모임의 발전 가능성에 대해서는 막연해했는데 모임을 더 여러 곳에 더 많이, 더 크게 만들 수 있으리라는 낙관론으로 크게 기울고 있다. 더 깊은 낭독의 세계로 들어가서 더 숙성된 낭독의 맛을 보고 똥인지 된장인지, 얼마나 맛 좋은 된장인지 가려내어 확실히 퍼뜨리자는 결기가 새롭게 일어나고 있다.

　낭독의 좋은 점은 자기 목소리를 자기가 들으므로 신뢰도

가 은근히 높다는 점과 남의 어눌한 낭독 솜씨에도 깊은 공감
으로 귀 기울이므로 몰입도가 높다는 점이라고 앞서 말한 바
있다. 또 낭독은 기억 저장소에 콘텐츠를 더 오래 머물게 해
서 독서의 효율을 높인다고도 했다. 참 효율적이고 경제적인
공부법이라고 했다. 나아가, 낭독이 텍스트에 대한 상상력을
더 북돋운다는 점을 덧붙이고 싶다. 묵독을 하면서 이해 못하
는 대목은 머릿속의 거부반응 때문인지 까맣게 잊히지만 낭
독으로 읽고 넘어간 대목은 은근히 생각나고 다시 또 들춰보
고 싶은 충동을 일으킨다. 공부는 반복이라고 했는데 낭독은
반복 독서로 이끄는 지름길이다. 나는 일종의 잔상효과라고
말하고 싶다. 텍스트의 맥락을 잘 이해하지 못하지만 그래도
낭독이라도 하고 페이지를 넘겼을 때 머릿속에 묘한 잔상이
남는다. 저자가 말하고자 하는 어떤 뉘앙스가 향기처럼 풍겨
서 은은히 배어 있다고 해도 좋다. 나는 아무리 읽어도 전혀
이해하지 못했던 조지프 캠벨의 《신화의 이미지》와 곰브리치
의 《서양 미술사》 같은 책에서 그런 점을 느낀다. 열심히 읽
었지만 그 책의 내용들은 단 한 페이지도 머릿속에 남아 있지
않다. 하지만 책의 기본적인 구성이나 필자의 의도, 그의 관
심 분야가 무엇인지 정도는 이해하고 있는 것 같다. 책의 이
미지, 저자의 주장 같은 게 머릿속에 계속 맴돈다. 그러고 보
니 낭독을 하면 내용을 금세 암기하거나 이해하지는 못하더

라도 그 책을 좋아하게 되어서 마치 친구나 애인처럼 느끼는 것 같다. 내 노력으로, 내 입으로 열심히 읽어놔서 정이 가고 팔이 안으로 굽는 효과가 아닐까 막연히 생각해본다. '사랑하면 알게 되고, 알면 보이나니 그때 보이는 것은 이전과 다르리라.'는 유홍준 교수의 글이 있는데, 나는 독서 낭독에서도 비슷한 점이 있다고 생각한다. 텍스트와 정분이 나는 행위가 바로 낭독이다. 나는 유홍준 교수를 본떠 '낭독하면 알게 되고, 알면 사랑하게 되어서 다시 보고 또 보고 싶어지나니 결국 외울 수도 있게 되리라.'고 말하고 싶다.

어쩐지 낭독은 뇌를 말랑말랑하게 만드는 독서법이라는 생각도 든다. 과학적으로도 입증되었듯 낭독은 굳은 뇌를 맛사지하여 부드럽게 만든다. 뇌의 전두엽 전반이 활성화되고 깜빡거린다는 게 그런 효과다. 그리 되면 일종의 창의성 훈련도 자동적으로 되지 싶다. 뇌의 시냅스가 깜빡깜빡 하는 동안 수만 가지 사유가 섞이고 뒤엎어지고 차원이 달라지는 효과가 분명 있을 것 같다. 브레인스토밍이라는 아이디어 회의가 있는데, 낭독을 통해서 뇌가 전반적으로 활성화되는 게 어쩌면 브레인스토밍을 닮았다는 생각도 든다. 뇌와 입이 대화를 하면서 브레인스토밍을 하는 것이다. 딱히 정해진 규칙도 제한도 없이 실컷 자기 하고 싶은 이야기를 떠들어대는 것이다. 그렇게 떠들다가 문득, 골똘히 생각하고 있었던 골칫거리가 해결의 실마리를 찾는다거나 불현듯 대단한 아이디어가 떠오른다거나, 그럴 수 있을 것이다. 새로운 아이디어라는 것은 이미 존재하는 다양한 아이디어를 융합하거나 뒤섞거나 다 없애거나 하는 등의 방법으로 새롭게 거듭나는 것이다. 기왕의 아이디어에서 조금만 더해지거나 감해지거나 곱해지고 나눠지기만 해도 새로운 아이디어는 탄생한다. 낭독을 하면서 각성된 뇌에서는 자유롭고 창의적인 각종 연산작용이 이루어질 것이다.

디지털시대 인재의 조건은 창의성이다. 그전 시대처럼 근면과 성실이 아니다. 남보다 부지런해야 소출을 많이 올리는 시절은 농경시대였다. 공업시대에는 남보다 오랜 시간 반복 작업을 해야 생산량이 늘어났다. 하지만 디지털시대에는 일주일에 단 몇 시간만 일하고 나머지 시간을 땡땡이쳐도 창의성만 있다면 남들이 평생 해도 못 이룰 드라마틱한 업적을 이뤄낼 수 있다. 이미 그런 사례가 많다. 야후 창업자 제리 양, 이베이 창업자 피에르 오이디야르, 아마존 창업자 제프 베조스, MS 창업자 빌 게이츠, 아이폰 발명자 스티브 잡스, 페이스북 발명자 마크 주커버그, 구글의 레리 페이지 등이다. 거슬러 올라가면 월드 와이드 웹의 제안자 팀 버너스 리, 최초의 웹 브라우저인 모자이크 개발자 마크 안데르센 등이 있다. 이들의 트레이드마크가 창의성이다. 남의 것을 모방하거나 매뉴얼대로 따라서 반복 작업을 하던 관행을 깨부수고 떨쳐 나와 오직 자기만의 방법, 남들이 인정하지 않는 괴짜의 방식대로 창의성을 발휘해온 것이다. 이들도 낭독 독서를 많이 했는지 어떤지 알 길이 없지만 아마도 낭독이 유발한다고 여겨지는 입체적인 사고의 소유자들인 것만은 틀림없을 것이다. 멀티플레이어라도고 하는데 낭독은 입으로 말하고 귀로 듣고 뇌로 생각하고 연상하며 비교하는 멀티플레이 독서법이다. 이런 독서습관에서라면 자연히 멀티플레이어가 될 수밖에 없을 것이다.

창의성이 대세인 시대에는 고리타분한 단선적인 사고방식으로는 버티기 힘들 것이다. 고리타분한 자들은 애가 커서 어른이 된다고 당연히 생각하겠지만, 내 생각에는 당연한 논리가 아니다. 어른의 기준, 어린이의 기준에 따라 '당연한 논리'라는 게 각자 다르게 해석될 수 있다.

# 참고도서

독서, 김열규

독서의 탄생, 마거릿 윌리스

독서의 역사, 알베르토 망구엘

탐서주의자의 책, 표정훈

각하, 문학을 읽으십시오, 얀 마텔

책의 우주, 움베르토 에코 외 2인

책, 열 권을 동시에 읽어라, 나루케 마코토

헤르만 헤세 독서의 기술, 헤르만 헤세

해럴드 블룸 독서 기술, 해럴드 블룸

왜 책을 읽는가, 샤를 단치

나는 이런 책을 읽어왔다, 다치바나 다카시

잘라라, 기도하는 두 손을, 사사키 아타루

코스모스, 칼 세이건

총 균 쇠, 제레드 다이아몬드

특이점이 온다, 레이 커즈와일

부의 미래, 앨빈 토플러

객주1~10, 김주영

협궤열차, 둔황의 사랑, 가장 멀리 있는 나, 윤후명

섬, 장 그르니에

인간의 대지, 남방 우편기, 야간비행, 생텍쥐페리

무기여 잘 있거라, 노인과 바다, 어니스트 헤밍웨이

강신주의 맨얼굴의 철학 당당한 인문학, 강신주

김수영을 위하여, 강신주